~ダンジョン内で
冒険者向け
雑貨店
はじめます~
聖獣と一緒!2

ダンジョン内で
聖獣・テクトと冒険者さんを
お助けします！
聖樹さん
神様がくれた「箱庭」の
癒やし的存在。
言葉は通じないが
ルイとテクトを
見守っている。
ダリル
冒険者ギルドの
ラースフィッタ支部支部長《ギルドマスター》。
穏やかな物腰だが
油断も隙もない
タヌキじじい。
ルイ
5歳の幼女として
ダンジョン「内」に転生。
料理と裁縫が
得意。

マルセナ
商業ギルドの
ラースフィッタ支部支部長《ギルドマスター》。
いつもダリルに
振り回される
気の毒なお姉さん。
テクト
聖獣。リスっぽい。
ルイの相棒。
結界・隠蔽魔法も
使えるチート。
グロース
ダリルの秘書。
ルイの淹れる
お茶が大好きな
食いしん坊。

Contents

Seiju to issho! 2

Dungeon nai de boukensha muke zakkaten hazimemasu

聖獣と一緒!2

～ダンジョン内で冒険者向け雑貨店はじめます～

時潟《Tokigata》

ill.わたあめ

口絵・本文イラスト
わたあめ

装丁
AFTERGLOW

Step1　お休みしましょう

　あやしい勇者召喚に巻き込まれ、まさかの5歳児に早変わりした私。可愛い聖獣とダンジョンで暮らして半月が経ったある日に、初めてのポーション、初めての冒険者と、さまざまな出来事があって興奮してしまった私は初めてのお月見をこころみて……果たして、幼女に夜更かしは無理だった。テクトの予想通り、私は異世界の月を拝む前に寝落ちしてしまったのである。

　いやー、ダメだったかぁ。目を覚ました途端にクリーム色のもふもふが視界をジャックしていた経験は、私史上2回目だねぇ。初回は半月も前、ダンジョンに転生して目が覚めた時だけど、何だか懐かしい。

　私の視界を占めるテクトは、寝不足で気怠《けだる》い様子の幼女の頭を仁王立ちで見下ろしている。あ、視線が痛いですテクトさん。日光と同じくらいグサグサ突き刺さってます。

「……ま、まだ朝、かなぁ？　まぶしいねえ……」

〈昼には遠いよ。おはよう〉

お、おっす。心なしか声が低い気がするけど、おはようございます。

「私、いつねた？」

〈月が出る30分前には落ちたね〉

「え⁉　惜しい。あと少しだったのに、何でねちゃったかな」

〈わかってるでしょ、体力の限界だ。っていうか聖樹の睡眠導入スキル下にいながらよく堪《こら》えたと思うよ、子どもの興奮ってすごいね〉

しみじみ言われたって、聖樹さんのスキル忘れてたんだもの。初の月見、楽しみだったのになぁ。きっと月と星空が聖樹さんに映《は》えて綺麗《きれい》だったろうに、一目見る間もなく寝ちゃうだなんて……ショックだぁ。

寝袋から出て、肩に乗ったテクトに笑いかける。

「ありがとう、テクトがねぶくろに入れてくれたんだね」

〈僕は寒さを感じないけど、人は寝る時包《くる》まってないと寒いんでしょ〉

「うん。おかげ様で、あったかくねられたよ！」

そうやって優しい気遣いを実行できるようになったのは、すごい進歩だよ。テクトの紳士力が着々と上がってるね、大変頼もしい‼

ところで今何時なんだろ。結構日が高いけど、時計は……え、10時⁉

「うわー！　テクトごめんね、朝ご飯すっぽかしちゃって……」

5歳児だもん、夜遅ければそれだけ朝も遅くなるよね。いつも通りの時間になんて、幼女の体で起きられるわけがなかったのに。まだ大人の時の癖が抜けてないんだなぁ。

ごめんね、としぼむ私の頬をテクトがぺちぺち叩《たた》く。

〈気に病まなくていいよ。元々、僕の分は準備しなくたってよかったのに、ルイの厚意に甘えて食事をとっていたのは僕だ〉

「そりゃあ、だって……一緒に食べた方が美味《おい》しいじゃん」

聖獣が食べなくても生きていけるのは覚えてるよ。そこらへんから吸い取った魔力が生命力に変わるんだよね？　神様がどこでも生きていけるようにって配慮してくれたんだっけ。特別な魔導器官を持つ聖獣だから出来る事なんだよね。

でも、テクトには食べ物を「美味しい」って味わえる舌があって、食感を楽しむ歯や、匂いを感じる嗅覚《きゆうかく》だってある。好きなものもあるし、食事をして幸せな気分になる心がある。そんな大切な事を無視して私だけご飯を楽しむなんてできない。一緒に食卓を囲む方が好きだし。

〈今なら僕もそう思う。だから深く気にしないでいいんだよ。僕には食べたいと思ったら勝手に食べられる手段もあるんだからね〉

カタログブックは私にしか使えないけど、アイテム袋は自由に使えるもんね。作り置きないから、ジャム食パンになっちゃうけど。

〈それでもルイと一緒に食べたいから、君が起きるのを待ってたんだよ。待つ時間が多少延びただけで、いつも通りだ。まあ、ルイがどうしても気になるって言うのなら、甘いもの増やしてくれれば僕は嬉《うれ》しい〉

「ん、そっか！　今日のおやつはテクトにいっぱいデザート買うね！」

〈やった、アップルパイ食べたい！〉

「オッケー！　美味しいとこ、いっぱい巡ってたから、期待しててね」

テクトは思わずといった様子で舌なめずりした。尻尾《しつぽ》が千切れんばかりに回ってる。私の頭に風がくるほど振ってるなぁ、扇風機みたい。

「あ。それと、月見はもっと、健全な時間に見えるまで、がまんするよ。自分の体を大事にする」

月が増える時期だと少し早く出てくるらしいので、来月に期待しようか。今は1の月だっけ？

2の月にいつ頃なるかわからないから、今度ルウェンさん達にちゃんとした暦を聞こう。

〈それがいいよ。聖樹も心配するし〉

ぱっと聖樹さんを見上げると、まったく動いてなかった枝がわさわさ揺れた。テクトの言葉に頷《うなず》いてるみたい。遅く帰ってきた事といい、夜更かしといい、聖樹さんに心配かけすぎだなぁ私。しっかりしよ！

「しばらく、箱庭で過ごすから。聖樹さんの目の届くところにいるよ」

〈探索はいいの？〉

「ちょっと休もう。私たち、毎日探索し過ぎたと思うの」

転生してからほぼ半月、欠かすことなく探索《さんぽ》してきた。でも現実的に考えて半月も働き通しってどうなの？　労働基準法に引っかかるよ。宝玉無双から逃れたくて、意地でも他のアイテム探すって意気込んでたけど、それももう落ち着いたし。自分は幼女なんだから、たとえ加護ブーストかかってても体力ないのを忘れちゃいけない。

それに容量大きめのアイテム袋のお陰《かげ》で、宝玉は3桁《けた》超えるほど溜《た》まってるもの。売り物の在庫は潤沢だから、急いで探索して集める必要も今はない。5日後……もう4日後か。ルウェンさん達が来てくれるんだから、おもてなしや出店の準備もしたい！

つまり、私達には休みが必要なんだよ！

「だから今日は箱庭で、だらだらします！」

〈おおー……具体的には？〉

「これからの事をのーんびり考えたり、ゆっくり買い物したりしよ？」

〈それが休み？〉

「自由な時間が1日分あるから、何でもしていいんだよ。体を休めたり、好きな事したりね」

〈ふぅん。僕には普段の生活とあまり変わらないように感じるけど……人には大切な事なんだね〉

そりゃあもちろん、健全な生活を送る上で大切な事だよ。今度から数日置きに休日を入れようかな。私は特に、自分が5歳だって事を忘れてしまうから、意識的に休んだ方がいいよね。探索の時の昼寝みたいに。

まあ、これも自分の体調を意識して確認しながら、決めていこう。それよりも今は朝ご飯……いや早めの昼ご飯、作らないとね！

カタログブックを開いて、ナビに残高を聞いてみたら思っていたほど減ってなかった。1万ダル分贅沢《ぜいたく》しようってチャージしたはずなのに、結局は半分も使ってなかったのかぁ。お金のかかる贅沢って、実際やろうと思うと案外難しいな……はっ！　っていうかこの状況、ついにあれを買う時がきたのでは!?

「テクト、まどうぐコンロを買おう!!」

〈確かにあれは高値だから、ルイの言う贅沢な買い物になりそうだね〉

「うん！　で、ちょっと、ごーせいなブランチ作ろ！」

〈ブランチ？〉

「朝と昼のご飯を兼ねた食事のことだよ。私はこれでいいとして、テクトは何か買いたいものはない？」

未《いま》だに信じがたい事だけど、私達の懐には１０１０万ダルもあるから、大抵のものは買えるよ！魔導具コンロの20万ダルがほんの少しの消費に感じるとか、金銭感覚おかしくなりそうだけどね！今までいっぱい苦労をかけたし、テクトにも何かご褒美がないとね。

テクトはしばらく考えていたけど、ふと顔を上げて大きく頷いた。お、何かいいもの思いついた？

〈ルイが使いやすい食器。冒険者が使っていた椀《わん》じゃ大きすぎて不便そうだから、子ども用のが欲しい〉

「テクトぉおお‼　物欲にまみれてて、ごめんねぇぇ‼」

感動のあまりテクトに思いっきり抱きついたのは許してほしい。ぐえって聞こえたけど。

「指を切らないように、玉ねぎはしっかり押さえて……もうちょっと指は左かな」

〈こう？〉

作業台を前に、玉ねぎへ包丁を当てるテクト。私は傍《そば》で見守る態勢だ。包丁が皮で滑る事なく、ストンと落ちる。おお、綺麗に切れたね。

テクトが自分の体ほどもある包丁を軽々扱うのを見て、可愛《かわい》いのに仕草がちょこちょこ男前なんだよなぁと内心呟《つぶや》く。まあこれもバレてるから、照れたように睨《にら》まれるんだけども。

「玉ねぎを切る時は口で呼吸した方がいいよ。はな呼吸だと、めっちゃつらくなる」

〈へー……あ、想像しないでわかったから〉

　さて、何でテクトに玉ねぎを切ってもらっているかというと。コンロと揃《そろ》いの食器ついでに必要なものはないかなって探していたら、日本で愛用していた小振りの包丁を見つけてしまったのが始まり。思わず買っちゃったんだよね、えへ。

　買った後に私《幼女》の手じゃ扱えないじゃん、と落ち込んでいたら、僕がやってみようかって立候補してくれた。テクトの手は私より小さいから難しいのではって思ったけど、それ以上に力が強いんだった。不利を凌駕《りょうが》する圧倒的パワーである。

　でもテクトって、食べ物は宴会で出されたものしか食べた事ないって言ってたから、包丁って初めて見る道具だと思うけど、大丈夫？

〈ルイが教えてくれれば何とかなる、と思うよ。切り方を想像してくれるだけで十分助かるし〉

　私の心というか、記憶も見えるテクトならではだよね。テレビで教材流しながら野菜を切る、みたいな状況なのかな？　でもテクトが使ってくれるなら、包丁をアイテム袋に眠らせてしまうよりずっといい。

　ならやってみよう試してみよう、となったのが数分前。現在、私の目の前にはまな板の上でみじん切りにされた玉ねぎがある。大きさもまばらじゃなくてほぼ均等。まさかここまでテクトが器用だったとは……

　いや、その片鱗《へんりん》はずっと感じていた。テクトは学習能力がすごく高い。出来ない事をすぐ出来る事に変えられるスペックがある。この数日で、力加減を気にする素振りはほとんどなくなったし、私に確認を取りながら物に触れる回数も減った。

　だから、このちっちゃな手が器用に包丁を扱うのも、私は心のどこかで確信してたんじゃないかな。玉ねぎは初心者に難しいな、力加減を誤ってまな板両断しちゃうかもって思ったのは、大変失礼だったね。

〈まあ、ルイの切り方をそのまま再現しただけだよ〉

「記憶のままやるのは、さすがだよ。テクトすごいね！」

〈まあ……褒められて悪い気はしないね〉

実際、見るとやるとでは全然違う結果になるのが常ですけども。再現することの難しさを、テクトはわかってないなぁ。顔がにやにや緩んでるのでいつもより強めに撫《な》でた。私は子どもの頃苦労したんだぞ、もー！

テクトには引き続き、じゃがいもを小さな賽《さい》の目に切ってもらって、私はたっぷりオリーブオイルを引いたフライパンに玉ねぎを落とす。シリコン製の大きな調理スプーンで優しく混ぜながら、じゃがいもの切り方を想像していると、すぐに切られたじゃがいもが横から出てきた。マジかテクト……早いわ……

じゃがいもも入れて、軽く混ぜてからフライパンに蓋《ふた》をする。弱火にして、蒸し焼きだ。その間に、ボウルへ卵を割り入れ溶きほぐしていると、テクトが興味深げに見てきた。

「やってみる？」

〈うん〉

私がボウルを抱きしめて、テクトは菜箸《さいばし》を構える。私の肩から体を伸ばして両腕を動かすテクトは、目をキラキラさせていた。やっぱり包丁より、こうやって混ぜたり粉ものを扱ったりする方がテクトは好きみたいだ。

よく混ざり合ったところでボウルは一旦《いったん》作業台へ。フライパンの中身を少しかき混ぜて、塩胡椒《しおこしょう》で味付け。細かく千切ったハムを入れて、また蓋をして蒸し時間。買い足したコンロにもう1つフライパンを載せる。

ああー、ついにコンロが二口揃ったんだぁ。顔がにやけるね。

こっちのフライパンにはソーセージを入れて転がし炒《いた》める。多少焦げ目がつくくらいでワンプレートに移して、余熱の残るフライパンにバターを落とした。テクト用の分厚い食パンと、私の薄い食パンも一緒に焼いちゃおう。ちょっと水を振りかけて、ひっくり返して蓋をする。フライパン、蓋とセットのやつを買って正解だなぁ。おっと、そろそろメインの方は火が通ってきたかな？

じゃがいもに竹串《たけぐし》がするっと入るのを確認してから、フライパンに卵を流し込む。調理スプーンで一気に混ぜて、蓋をした。黒く焦がさないように弱火寄りの中火で、じっくりと。

しばらくするといい感じに膨らんだので、テクトの手を借りてひっくり返す。平たい蓋に載せるようにフライパンを返して、蓋から滑り落とす作戦だ。想像しながら伝えると、テクトは面白そうだ、と嬉々《きき》として手伝ってくれた。いい子か。いい子だわ。

そして焼き上がったのは、中はふっくら外はカリッと焦げ目がついたスパニッシュオムレツ。これをケーキカットしたらワンプレートに重ねて、ケチャップをかける。傍に炒《い》った食パンとソーセージも添えて、スパニッシュオムレツプレートの出来上がり！

これは朝に時間がある時じゃないと出来ないから、よく休みの日に作ってたなぁ。えへへ。玉ねぎと卵の甘い匂いがするぅ。

作業台で向かい合って、さあ、いただこうか！　テクトが選んでくれたナイフとフォーク、グリ

ップが小さくて握りやすいよー‼

「んんー！　おいしい！」

〈じゃがいもがほくほくだ！　玉ねぎも甘いけど、ハムの塩気とぴったりで……ケチャップも卵と合うよ！　美味しい！〉

相変わらずフォークを握りしめてオムレツを突き刺す、見た目とギャップのある食べ方をするテクトが、嬉しそうに頬張ってる。こっちが幸せになるくらい、美味しそうに食べてくれるなぁ。

それにしても、器用なはずなのにフォークの持ち方だけは変わらないねぇ。


「次は、だらだらするための道具を買おう‼」

〈ほう〉

朝の日課である日記を片付けてから、カタログブックを抱き込んで宣言する。買い物いっぱいして、頑張った分の贅沢をしようパート2ですよ‼　ただ上限を決めないときりがなくなるから、ちょっと考えようね。

今のところ使ったのは、昨日のご飯とアップルパイとキャンドル、野菜ジュースはまとめ買いしておいたものだから除外して、今朝の魔導具コンロと三徳包丁と食器で、締めて25万弱……あれ、こんなに贅沢してまだ30万いってないの？　大金怖っ……

そ、そうだ！　1010万をもっと身近な数字に変えてみよう。とんでもない金額を前に唸《うな》ってるから頭がこんがらがるんだ。たとえば、桁を減らして考えてみる？　総額100万×10とちょっとの金額……う、うわあ、どう足掻《あが》いてもえぐい数字。

えー、途方もない数字だけど気にしない！　今日はもっとたくさん、買い物しよう‼

〈半ば自棄《やけ》になってるじゃない〉

「だってこんな大金持ったことないんだもん……」

私ってば財布に1万円入ってるだけでびくびくする小市民よ？　それがいきなり1010倍よ？　想像つかないよね、まだ全部換金してないけど……いや本当、金銭感覚おかしくなりそう。

だから、そうだ。目安として、今回は50万まで贅沢として買っていいことにしよう。つまり残り25万って思えばちょっとは気楽にできる気がする。気がするだけだけど。

後は、いくらかは現金にして聖樹さんの根元貯金に回して、箱庭の改造費も分けて、いつも通りの生活に戻ろうかな。分不相応な生活はいつか身を滅ぼすからね。金銭的余裕を持っておくのも大事だよ、うん。そういう事にしよう。

さて、まずは休日に相応《ふさわ》しいものを買おうか。

「この景色に絶対似合うだろうなって、思ったのを買いたいんだ」

〈へぇ。それって時々聖樹と山の方を見て思い浮かべてたやつ？〉

「ねころんでタオル抱きしめてた？」

〈うん〉

「じゃあそれで合ってる！」

カタログブックにページを出してもらって、とあるアウトドア店で釘付《くぎづ》けになったものを購入する。それから薄めのクッションとバスタオルなどなど。まあまずはこれでいっか。

一瞬で届いた大きい段ボールは、私の胸くらいまで高さがあった。そして長い。私2人分くらいかな。これはでっかいわ。

〈今までで一番大きいね〉

「それだけのものが入ってるからね。重たいから、テクトに組み立ててもらうけどいい？」

〈任せてよ〉

テクトが最近見せるようになった、マッチョポーズをする。だけどそのポーズをテクトがやるとね、素敵なふわふわ毛が腕を隠しちゃうんだよ。可愛いから私は好きだけど。って思ってたら毛をかき分けて筋肉部分を見せてきた。うん、ふにっと柔らかそう！　やっぱり可愛い！

笑顔でサムズアップしたら、テクトはちぇって感じで段ボールを開け始めちゃった。拗《す》ねられてしまった……目に見えた筋肉がなくても力強いからこそ素敵なんじゃない。聖獣ってそういうものでしょ？　外見だけで判断させない、圧倒的実力で驚かせて神聖さを出す……違う？

〈さあね。どういうつもりで神様が僕をこんな見た目で生み出したのか、聞いた事ないから〉

「そっかー。まあ私は、いやされてるし、助けられてるから、とてもステキなギャップだと思う」

〈ギャップ？〉

「んー……確か、周りの人達とのイメージ、えーっと、想像していた姿との食い違い、だったかな。そういう差が乙女心をガシッとつかんでいくんだよ」

〈ふーん〉

そうだなぁ。身近でわかりやすい例え……ディノさんみたいに強面《こわもて》でずんぐりむっくりしてる男の人が子ども好きっていうのは、結構なギャップだったよね。

〈ああー、なるほどね。ギャップの使い方はなんとなくわかったけど……それって癒されるの？〉

「ギャップではあるけど……いやし系、ではないね……」

ごめんディノさん。悪気はなかった。テクトの癒しギャップと一緒にしちゃだめなやつだった。ごめん。

と、とりあえず買ったやつ作ろう！　休日を過ごすのに必要だから！

段ボールから取り出した金属の棒を、付属の説明書を読む私の指示通りにテクトが組み立てていく。うん、そうそうそっち立てて、連結部分はネジ締めてね。力を入れすぎると壊れちゃうから適度にぎゅって。

〈そういえば今日は休むとして、ルウェン達が来るまでは何をするの？　箱庭にはいるんでしょ？〉

「んっと、色々生活を便利にしたいなーって。主に雨がしのげる、休憩スペースを作ろうって思ってるんだ。あ、そっちは伸ばしてね」

〈はいはい。休憩スペース？〉

「うん。今まで箱庭で雨ふった事ないけど、いつかはふるんでしょ？　だから、屋根のある場所がほしいなって。そこ金具つけてね」

〈ん。嵐にはならないように制御されてるらしいけどね。ダンジョンの外と連動しているから、街で雨が降ればこっちも降るよ。テントじゃ駄目なの？〉

「ずっとテントで過ごせたらいいんだけどねー。雨がふったら、下から水が染みてきちゃうから……組み上がった骨組みに、この布を取り付けるんだよ。さっきの金具とここを合わせて……」

〈なるほどね。多少高さのある床と、それを保護する覆いが必要って事か……よし、ちゃんとはまったよ。これで完成？〉

「かんせーい！　ハンモックって言うんだよ、テクト！」

〈ほう。布が下がっているだけに見えるけどね〉

自立式ハンモック、これがどうしても買ってみたかったやつ！　嬉《うれ》しいね、わくわくするね！

大人2人がゆったり寝られるでっかいサイズだから、殊更でかく感じるね！

テクトに聖樹さんの下に運んでもらって、ちょっと離れてからじっくり眺める。うん、やっぱり背景の山と聖樹さん、その木陰の芝生にハンモック、めっちゃ合うね！　避暑地の優雅な庭って感じ！　想像通りでニヤニヤが止まりませんな‼

ハンモックにクッションとタオルを添えた。確かお尻《しり》から乗るのが正解なんだよね。布部分を広げて、中央あたりに背中から乗ってみる。お、おお。ふわふわして、ちょっと安定しない。でも布の肌触りと全身包まれる感じがいいね！

靴を脱ぎ捨てて、寝心地のいい場所を探してみる。ハンモックに対して斜めか十の字になるように、だったっけ……ここらへんかな？

「テクト、段ボールの中にね、まだもう1個、出してないものがあるんだ。テクトの分だから、それで一緒にねてみようよ」

〈僕はいいよ。睡眠はとれないから〉

「まあまあ。こうやって、ねころぶだけでも楽しいよ」

タオルをお腹に載せて、クッションを頭に添えてみる。うん、薄いクッションで正解だった。いい感じの枕になるね。

遠慮がちにこっちを見上げるテクトへ、あえて見せつけてみた。どうよー、この寝心地は最高ですぞー。ちょうどタイミングよく、ふわんと風が吹き抜けた。ああー、何とも言えない心地好《よ》さ。

「きっとテクトが好きになると思って買ったんだ。テクトが私の食器をえらんでくれたから、そのお返しだと思って。受け取ってよ」

〈……ん、わかった〉

テクトの小さな体が茶色い箱の中に消えて、直後。クリーム色が跳び出してきた。その手にはテクトが大好きな食パン、に似た低反発おもちゃ《スクイーズ》がガッチリ握られてる。

〈ちょ、っと‼　ルイ、何これすごく気持ちいい‼　握ったら心地好くて、食パンの見た目なのに甘い匂いっていうか、食パンと錯覚するような匂いっていうか、え、何これ⁉〉

「めっちゃこうふんしてる」

テクトがこんなに興奮するとは、さすが老若男女問わず癒すアイテム。それにテクトって揉《も》み込む系の調理が結構好きだから、きっと喜んでくれると思ったんだよ。私の直感は間違いなかったという事だね！

〈いや、ルイが食パンらしいものを放置してたのは知ってたんだけど、何やってるんだこの子って思ってた僕がいた事は否定しないけど‼〉

「正直者めー」

〈これ、何？　こんなに柔らかくてふにふにしてるのに、押しても元の形に戻るし、触るだけですごく気持ちいい。食べられないよね、本物の食パンじゃないんだよね？　でも食パンみたいな匂いがする‼〉

跳んでそのまま私の懐に着地したテクトが、スクイーズをぐいぐい押しつけてくる。いや、そんな近くじゃなくても見えてる、ちょい落ち着いて。説明させてちょうだいな！

「それは食パンの匂いがほんのりついてる、食パンの形をしたスクイーズっていうんだよ。ポリウレタンとか……化学素材で作られてるのが多いかな。簡単に言えば、感触を楽しむアイテムだね」

薄型の大判だから、テクトが埋もれちゃうサイズだ。

〈……腐らない？〉

「くさらないねぇ、食べ物じゃないから。ずっとふにふにできるよ」

〈じゃあ顔突っ込んでもいい？〉

「どうぞ思う存分！」

ハンモックに背中を預けたまま、期待に溢《あふ》れるキラキラした顔で食パンを持ち上げていたテクトは、大きく唾《つば》を飲み込んでから、ばふっと思いっきり顔を埋《うず》める。しばらくしてから全身の力が抜けてだらーんとしてしまったので、私は雲の形を眺める事にした。お、あの雲はカニパンの形。あっちは食品サンプルのナポリタン……パスタも食べたいなぁ。

〈……はあ‼　ぼけっとしてた、何だこれ初めての体験‼〉

「うん、テクトが幸せそうでなにより」

ほっぺをちょっと赤くして、とろける笑顔。全身を感動で震わせてるので、ハンモックが揺れる揺れるぅ！

今回はハンモックに使うからスライスパンだったけど、一斤タイプとかも買いたいね。テクトきっと全身埋もれて喜ぶと思う。

〈一斤っていつも食べてる食パンを切る前の、大きい状態のものだよね⁉　それもいいね、僕食パ

ンに埋もれてみたい‼〉

「あ、じゃあテクト専用のパン空間とか作ろうか。パン系スクイーズやクッションにどこもかしこも囲まれる空間とか、ステキなぜーたく！」

〈ちょっと待って、そんなに幸せだと僕はどうにかなってしまう‼〉

ひえーってスクイーズを抱きしめて首を振るテクト。これは幸福の供給過多で倒れてしまうやつだな。パン空間はまた後日にしようか。

「じゃあ、今はハンモックでスクイーズに包まれる体験しよ」

せっかく作ったんだもん。テクトも寝てみようよ。

〈スクイーズ、頭に敷かなきゃ駄目？　抱きしめてていい？〉

「私は枕があった方がピッタリきたから、クッション使ってるけど。決まりとかはないんだ」

〈じゃあ好きにする〉

テクトと並んで寝転んで、タオルをテクトの方にも伸ばす。その中でぎゅうっとスクイーズを抱きしめてたテクトは、空を見上げて笑った。

〈ルイ、さっき空を見上げて何か言ってなかった？　僕これに夢中だったから、全然わからなかったよ〉

「ふふ。すごい幸せそうだったもんねー。私はね、雲の形で、食べ物を連想してたよ」

あ、ほら。あの雲は今日のおやつ、シュークリームにそっくり！

〈ルイにかかったら、どの雲でも全部食べ物に見えちゃいそうだね〉

「バレちゃったかー。えへへ」

昔っから、空を見上げては腹を鳴らしていたよ。懐かしいなぁ。昼間の月なんて、まんま月餅《げっぺい》を想像しちゃって……あ、そういえば。

「箱庭にもずいぶんいるけど、昼に月が見えたことないよね。半月も過ごしてれば見られる日があってもいいのに」

私、理数には明るくないから正直忘れたけど。1ヶ月に何回かは見た覚えがあるような。あれ、夏だけだった？　と思っていたら、この世界はそういう常識じゃないらしい。

〈昼に月が出るわけないよ。日中は生命力溢れる太陽の時間、夜は魔力溢れる月の時間だからね〉

「あ、そこらへんきっちり区分けされてるんだね」

〈そういうものじゃないの？〉

「地球は違ったからねぇ」

月が1個しかないんだっけ？　信じられないなぁ。って首を傾《かし》げられたけど、私はまだ見ぬこの世界の月の方がちょっと信じられないなぁ。月が増えるって何でだろうね。月と一緒に星が出てくるってどういう状況なんだろうね。楽しみにとっとくけどさ。

まだまだ、わからない事がたくさんある。それを学んでいく時間も、同じくらいあるんだ。

〈こうやって、何もしないまま寝転ぶのも悪くないね〉

空を見上げながら、いつかの話に胸を躍らせた。

ハンモックでのんびりリフレッシュは大成功を収めた。やっぱり買って正解だったね！　よいだらだらを過ごせたと思う！

その後のおやつでも大変盛り上がったけどね。約束のシュークリームにテクトはもちろんアップルパイを添えて、彼の尻尾《しっぽ》は千切れんばかりだった事だけは言っておきます。

いや本当、美味《おい》しかったんだねぇ。満足そうにお腹ぽんぽんしてるのを見ると、選んだかいがありますな……彼は半月で随分と私に毒されたと思う。一緒になってお腹撫《な》でるのは、悪い気はしないけど。

さて、そろそろ夕食の準備を始めますか。今日は雲の影響でパスタに決めた！　スパゲッティ、フェットチーネ、ラヴィオリ、ペンネ、フジッリ、ラザニア……うん、転生してからエビ食べてなかったし、エビのトマトクリームスパゲッティにしようかな！　ぷりぷりのエビと酸味と甘みの濃厚クリームが、スパゲッティによーく絡んでベストマッチなんだよね、これが。うん、テクトの期待にきらめく視線が痛い！

あ、そうそう。調味料も整理したいと思ってたんだ。でっかいペットボトル容器のままじゃ使いづらかったんだよ。オイルボトルに入れたりして、幼女の手でも使いやすくしたい！　さあ買っていこう！

エビを剥《む》くのは大変なので冷凍むきエビ、スパゲッティ、生クリーム、トマト缶、マッシュルーム、にんにく、それから大量のオイルボトルと、大きなバスケット、ずっと気になってた砂糖や塩を入れてても固まらないっていう噂《うわさ》のポットを買ってみた。見た目も可愛《かわい》いし、焼き物だから人に見られても問題ない！　どっちかって言うとオイルボトルの方にツッコミ入れられそうだ。そこは謎の幼女専門店の不思議な品揃えって事にしておこう。幼女は何も知りませーん。

まあ、普段からアイテム袋に入れてれば時間経過しないから、湿気と乾燥なんて意味がないかもしれないけど。そこは調理する人間の矜持《きょうじ》的《てき》な……そんな高尚なもんじゃないね、趣味かな。綺麗《きれい》なキッチンはテンション上がる、とても大切な事だ。うーん、キッチンかあ……箱庭にあったら素敵だねぇ。夢がある！　今はこの大きなバスケットが、私の夢の第一歩なんだね。

　ようし、エビの下処理を始めますか。凍った食材を見るのは初めてらしいテクトが、不思議そうにむきエビをコンコン叩《たた》いてる。うっかり叩き割らないでねー。

〈このまま焼けばいいんじゃないの？〉

「そうするとエビのくさみが残ったり、水分でべちゃべちゃになったりしちゃうんだよ」

〈ふうん〉

「ひと手間増えると面倒だけど、美味しく食べるためにやってみようね」

　まずはボウルに濃度１％の塩水を作る。今回は５００ｃｃの水だから、塩は５ｇ。小さじ１だね。よく混ぜてから、浸《つ》かる程度にむきエビを入れていく。今の気温なら大体30分くらい放置すれば解凍できるから、それまで調味料の整理をしようかな。残ったエビは溶けないうちに保冷バッグに移してアイテム袋へ。

〈これ放っておいていいの？〉

「むきエビって凍ってるでしょ？　この氷を今、塩水の中でゆっくり溶かしてるんだよ」

〈べちゃべちゃしないように？〉

「せいかーい」

〈じゃあ、他にも何かするんだね〉

「うん。ま、それは後でね」

今は調味料を1つずつオイルボトルに移していく作業が待ってるんだよテクト。私1人だと絶対零《こぼ》すから、手伝ってもらわないとね！　漏斗とオイルボトルを持って構えてみる。気分は戦隊ものの レンジャーさんだ。私を真似《まね》てテクトがオイルボトル2つを構えてる。やだ可愛い、写真撮りたい……萌《も》えてないで移しますか。

「あ、テクトは油性ペンもじゅんびして」

ボールペンと一緒に渡したやつがあったと思うんだけど……ボトルに移した後使うから、近くに置いておいてね。

醤油《しょうゆ》、料理酒、みりん、めんつゆ原液、サラダ油……と、ごま油とオリーブオイルとお酢は細めの入れ物だからそのままでいいかな。1個移すごとに漏斗に洗浄魔法をかける。漏斗の細い部分も綺麗に洗浄できるから、魔法は本当に便利だねぇ。

さぁて、全部移し終わったから大きなペットボトルとかはアイテム袋に片付けて、バスケットに入れていこうか。

四角いピクニックバスケットに大判の白い布巾《ふきん》を敷く。そこにオイルボトルや油、ポット類、顆《か》粒出汁《りゅうだし》や胡椒《こしょう》やケチャップやマヨネーズ、ハーブとかを収めてみた。うん、ギリギリ全部入ったね！

これならバスケット1つ取り出せば、調味料が全部揃《そろ》ってすっごく便利。一つ一つが軽いから私も使いやすい！　ポットは蓋《ふた》が色違いでわかりやすいし、オイルボトルは上から見て何が入ってるかわかるように、テクトが蓋に調味料名を書いてくれたからわかりやすいね。異世界文字だから誰かに見られても問題ない！

まあ別に、私が日本語書いても召喚特典で翻訳されるけど……察してください。綺麗な字なんて今の私には……!!

あ、そうそう。にんにくを買って、2欠片《かけら》分の根を切り落として薄皮を剥く。そして半分に切って中の芽を取り除いた。これを醤油のボトルに入れておく。

〈何してるの?〉

「私の家に伝わる、健康的なしょうゆの作り方。普段の料理からにんにくの成分をとって、風邪を引かないようにって。昔からやってるんだ」

〈へえ。醤油がにんにく臭くならない?〉

「入れすぎたら、臭くなるけどねー。これくらいなら多少感じるくらいで、平気だよ。料理に使っても、臭わないし」

そしてこのにんにくが濃い醤油の色に染まった頃、1つの調味料として美味しくいただくんだよねぇ。これも楽しみにしていいよテクト。

そろそろ30分経《た》ったかな。むきエビを軽く揉んで水を捨てる前に、聖樹さんに箱庭で捨てていいか確認しよう。ちゃんとね。

「聖樹さん、この水、捨てて大丈夫?」

エビの生臭さがありますけど、問題ない? 大地腐らない?

恐々《こわごわ》窺ったら、優しく枝が揺れた。これ許されてるよね、わかります。聖樹さんの気持ちを読み取ったテクト曰《いわ》く、調理行程で出た水分はその場で遠慮なく捨てていいみたい。マジか。

箱庭って聖樹さんが支えてる領域だから、傍で熱湯や汚れた水を捨てたりしたら危ないし、空間の維持の関係で駄目だと思ってた。よくよく考えてみれば、自分の家の敷地内に隣人が勝手に生活水を捨ててるのと同じ事だよね。普通なら怒るよね？

箱庭の中心であるご本人に了解もらえたから、今から塩水捨てるよ？　この次、片栗粉含んだ水も捨てるよ？　ホントに大丈夫？　聖樹さんの枝がさっきと同じように優しく揺れる。じゃ、じゃあ捨てるねー！

ボウルの中の水を捨てて、エビの背わたがないか確認する。丁寧に取り除かれてるのが多いけど、時々残ってるやつあるからね。念のため。

大丈夫だったので、早速調味料バスケットの出番ですよ。エビ特有の臭みを消すため、ポットから片栗粉を掬《すく》って料理酒が入ったボトルを取る。むきエビに両方振り掛け、軽く揉《も》んでから水で洗った。躊躇《ためら》いつつ、その水を足元に捨ててみる。

今まで申し訳ない気持ちで洗浄魔法かけたり、カタログブックに片付けてもらったりしていたから、素のまま捨てたのをまじまじと見た事なかったなぁ。芝生に流れ落ちた白い水をちょっと不安な気分で見ていたら、ただの水が染み込むようにささっと消えてしまった。足元には何もなかったかのように乾いた芝生がある。

ええー、マジかぁ。水捌《みずは》けよすぎない？　片栗粉成分はどこにいったの。普通芝生の上に残るよね？　いや、こうなるって知っていたから、聖樹さんも快くＯＫ出したのかな。神様クオリティ箱庭パワーか、聖樹さん癒しパワーか……どちらにせよ半端ないっす。

テクトと一緒に不思議な気分で眺めた。箱庭は、私達の知らない事がまだまだあるんだねぇ。

Step2　家を作りましょう

次の日、出してあるものをすべて片付けて、箱庭の全貌《ぜんぼう》を出入り口から眺めてみた。どこらへんに休憩スペース作ろうか。

〈ハンモックに寝れば、屋根だけで事足りるんじゃない？　この高さなら、水が染みてくる心配はいらないでしょ〉

その意見はよくわかる。でもねぇ、一長一短ありまして。

「日中とか室内で使うなら問題ないんだけど、ハンモックって風がよく通り抜けるでしょ？」

〈うん、気持ちよかった〉

「でもそれってつまり、日光の暖かさがない夜は、冷たい風にさらされるって事なんだよ。さすがに寒くて風邪引いちゃう」

〈なるほど、確かによくないね。床や屋根が必要なのがわかったよ〉

テントは保温効果が抜群に高いから、寝袋との掛け合わせでほこほこ暖かく寝られるんだよね。夏ならハンモックでもいいかなって思えるけど、今そこまで暑くないし。ダンジョンと比べると暖かいってだけで、体感的には春や秋の晴れやかな日って感じ。温暖な気候を保ってくれる箱庭でも夜は寒いからねぇ。雪が降らないように設定してくれて、本当助かります。おかげ様で凍え死なずに済んでる。

「寝る場所って考えると……やっぱり景色のいい所だよね」

〈聖樹の下も絶対条件ね。興奮したルイは大変だった〉

「あははー……ご、ごめんって」

えーっと、聖樹さんの近くで、景色がいい……聖樹さんの右側の奥かな。山と聖樹さんが重なって見える所。あのあたり使ってなかったし、ちょうどいいかな。

実際にその場所に立って、聖樹さんの方を向く。うん、山が背景に見えていいねぇ。写真に収めたら、左側に聖樹さん、真ん中に山がどーんっとそびえて、右が空になる。まあ、カメラはないので心に焼きつけるしかできないんですけども。風もふんわり通るし、うん、ここにしよう！

聖樹さんからは建築していいってOK貰《もら》ってるし、早速やろうと思ったけど……意気揚々とカタログブック出しても、どう検索するか戸惑ってしまった。木材？　建物そのもの？　私の記憶に引っかかるかも問題だよね。カタログブックはどういう風に売ってくれるんだろう。

〈とりあえず建物で調べてみたら？　眺めるだけならタダなんでしょ〉

「それもそうだ。えーっと……ナビ、家、建物で何かない？」

カタログブックがぺらりとめくれる。

出てきたのは見覚えのある家……あ、これ実家《うち》だ。隣に並んでるのは、親戚《しんせき》と、友達、の……やばい。だめだこれ。

「……ごめん。ナビ、家は外して。建物、だけ」

――かしこまりました。

ページがめくれた。次に出てきたのは大きな建造物だった。私が通ってた大学、高校、中学校、小学校……建物も、だめか。

私はカタログブックを閉じた。指が、震える。

〈ルイ……ごめんね〉

「……テクトのせいじゃないよ」

そりゃ、そうだよね。カタログブックは、私の記憶によく残ってるものを優先するんだから、まず真っ先に実家が出てくるよね。建物なんて曖昧《あいまい》な検索をすれば、校舎だって出てくる。独り暮らしをしてたマンションも、通い慣れた場所だもの、よく覚えてるよ。

だから、この涙は自分の不注意が原因なんだよ。何をしたって、もう戻れない場所に、未練がましく帰りたいと、少しでも思ってしまった私が悪いんだよ。テクトは何も悪くない。

私が迂闊《うかつ》だった、それだけ。

テクトが耳を垂らして、申し訳なさそうに眉根《まゆね》を寄せている。気にしないでいいよー！

「大丈夫だって！　もう泣いていないでしょ？」

〈……ん。そうだね〉

「建物は1000万ダル軽く超えちゃうのばっかりだし、一から組み立てていく方向にしようか。いい木材が売ってるといいんだけどね」

〈地面に突き刺すくらいなら僕でも出来るから、安心して大きい木を買うといいよ。聖樹以上のサイズだと、拗《す》ねると思うから止《や》めた方がいいけどね〉

「そんなでかい木を使う家は作る気ないよ⁉」

思わず叫んだ後、笑ってしまった。テクトも楽しげに目元を緩ませる。気を遣わせちゃったなぁ。

うん、どんな建物でもいい。私とテクトが笑って過ごせる場所なら、なんでも。じくじく痛む胸を抱えて、私は確かにそう思った。


四角く綺麗《きれい》に切られた木材が、4本。一定間隔を空けて四角を作っている。それらが真っ直《す》ぐ天に向かって伸びるのを見上げた。青い空に白い木がとても映えていますねー。

「ここからどうしよ」

〈さあ？〉

顔を見合わせて、2人揃《そろ》って首を傾《かし》げた。

家の柱は長いもの、と大まかに考えて購入した角材は、テクトによって見事に地面へ突き刺さった。一発ですよ、一発。よいしょっの掛け声で深く刺さったよ。さすがっすわ。

ただ、柱の次をどうしたらいいかわからなくて、頓挫《とんざ》してしまった。床ってどうやって張るんだろ。まさか柱に糊《のり》くっつけるわけじゃないだろうし、床板を支える部分が必要なんだよね？

「ふと思ったんだけど。建築って、木材を地面に突き刺すものなの？」

〈現場を見た事がないからわからないな〉

「私も」

実家は私が生まれる前に、バリアフリーの和洋折衷ハウスに建て替えていたから、途中工程は知らないし。ご近所だってリフォームはしても、骨組みを晒《さら》すところまで外壁を剥《は》がしはしなかった。

あれ、これ建築のいろはを知らない奴が手を出していい案件？　治外法権の神様仕様な空間だから誰にも訴えられないけど、ド素人が手を出していい部類じゃないよね。水平に作れるかもわからないし……斜めの家とか、アトラクション過ぎて安眠できない。

〈ふぅむ、困ったね〉

「ノリと勢いでやってみるか！　って進めてきたけど、無理だったね」

〈ちょっと考えを改めないといけないね。無計画すぎた〉

「うん……よし‼」

空を再度見上げると、白い雲が流れてきた。雨雲らしい暗い色は1つも見当たらない。きっと、雨は当分降らない。たぶんね。降った時は諦《あきら》めて、大きな台でも買ってその上にテントを張ればいい。

いつまでも暗い気分では駄目だ、今日はもう止めよう‼　家の事は、また明日考える‼　気分切り替えてこ‼

「というわけで、ぜーたくの続きをします‼」

〈いいの？〉

「いーの！　気分転換、大事‼」

〈ま、ルイがいいなら僕は構わないよ〉

ぐいっと頬に顔を擦り付けてくるテクトを撫《な》でる。ふわっふわ。

「他に必要なもの、買おうと思って。ご飯食べて思い出したんだけど、私達サイズのテーブルとイスを準備しないとだよね」

いつまでも人様の大事な道具を尻《しり》に敷くのはよくない。反省しよ。

「それとね、テクトにプレゼントしたいのが、まだあるんですよ」

スクイーズ空間とは別に、ね。にんまり笑うと、首を振られた。

〈別にいいよ。僕、ノートやスクイーズだけで十分楽しんでるよ〉

うんうん、遠慮されると思ってたよ。でもそうは問屋が卸しません！

「私の気が済まないんだよねー！　テクトにだって必要なものがあるはずなんだから、買わない手はありません！」

というわけで問答無用‼　なんたって、購入権は私にある‼

「ナビー！　ちょっと買いたいのがあるんだけどねー‼」

〈ああっ、いらないのにぃいい！〉

全力拒否モードなテクトに顔面張り付かれて妨害されても、めげずに買い物した数分後。

〈何これすごい、見やすい描きやすい……！〉

感動に全身を震わせるテクトが、そこにいた。

三脚イーゼルに立てかけられたスケッチブック。昇降自在なモチーフ台に置かれたリンゴ。あれば便利だろうとイーゼルの傍《そば》に置いたテーブルには、いつものペンと鉛筆セット、消しゴム、150色の色鉛筆セット。手を伸ばせばすぐ取れる位置だ。

届いたからには仕方ない、と組み立ててくれたテクトを背の高いイスに座らせたら、機嫌が一変して面白かった。細長いイスから垂れる尻尾《しっぽ》が上機嫌にフリフリ振られて、目はキラキラ輝いてるもん。私の口元もにやりと緩みますよ。

ぱっと見、デッサン教室にいる可愛《かわい》いマスコットキャラだ。テクト似合いすぎ。今度ベレー帽被《かぶ》る？　水彩にも手を出してみては？　そうしたらエプロンも必要だから……うん、絶対可愛い。

って思っていたら、テクトが鉛筆放り投げて私に駆け寄ってきた。

〈いいよもう！　これ以上はいらないよ〉

「でも水彩画もきっと楽しいと思うよ。テクト、きっとハマるよ」

〈ううう……そうかもしれないけど！　でも僕、貰いすぎてない？〉

「え？　そんな事ないよ。むしろ私が色々もらってるから」

そう、癒しをね！　自信満々で胸を張ったら、ジト目で微妙な顔をされた。いやいや、これ本当に私の本音だからね。私なりの感謝の気持ちなんだよ。わがまま聞いてもらってばっかりだし、申し訳なく思ってたんだ。テクトが喜んでくれれば、私はとても嬉《うれ》しい。

〈僕、もうたくさん貰ってるよ。ルイが思っているより、ずっとね〉

「そうかなぁ」

いつも迷惑かけてる事しか思い出せないんだけど……ご飯作りだって、結局手伝わせてるし。

〈その調理だって、僕はとても楽しんでいるよ。新しい知識や技術が身につくと、こんなにも胸が躍るんだね〉

うん、その気持ちはわかる。私も出来る事が増えていくたび、楽しかった。わくわくして、次は何を作ろうかなってレシピ本を眺めてたよ。

〈それと同じだ。今日の夕飯も楽しみにしているね？〉

「……そう言われたら、腕によりをかけるよって答えるしかないよね」

〈それでいい〉

うん、じゃあとりあえず、土鍋《どなべ》の様子を見ようか。

今日は米にするって決めてたから、土鍋を朝から準備してたんだよね。ひび割れ防止の目止めをしてたんだ。洗浄魔法をかけて片栗粉を溶いた水をたっぷり入れ、弱火にかけた後、放置しておいたのを開ける。

調理用スプーンで固まった片栗粉を掬《すく》い上げると、どろどろと落ちていく塊をテクトが面白そうに突《つつ》いた。あ、それベタッてくっつくよ。

〈わあ、どろどろ。片栗粉ってすごいね、ただの粉と水だったのに〉

「片栗粉のデンプンが熱に反応して、こんな風になるんだよ。どなべを買ったら、まず先にこれをしなくちゃいけないんだ」

〈へえ〉

長く丈夫に使うためのひと手間なんだよね。お粥《かゆ》でもいいんだけど、初めて作るならつやつやの白米がいいなぁという欲望を優先した。

土鍋がしっかり冷めたのを確認して、中身を捨てて洗浄魔法をかける。多少濡《ぬ》れてるから、ひっくり返して乾燥させておこう。

後は米の準備だけだね。まだ炊くには早すぎるから、その前におやつ食べようか。今日はティラミスだー‼

〈また新しいデザートか！　わあ、すごく美味《おい》しそう……‼〉

「テクト、テレパスだけでヨダレ出すって器用だよね」

〈誰のせいだと……！〉

「私のせいだね‼　知ってる‼」

どうせ贅沢《ぜいたく》するなら素材から。というわけで、特A評価を受けた米を買ってみた。5キロで3000ダルか。普段なら手の届かないお米だから、はっきり言って未知の領域！　銘柄と味の評価だけ見て、夢を膨らませ涎《よだれ》を垂らしていたあの頃を思い出すなぁ。

そして今、水を吸った米は、土鍋の中でくつくつと炊かれている。

〈ねえ、まだ？〉

「まーだー」

火がついてる魔導具コンロの傍でうろうろしてるテクトに、思わず微笑《ほほえ》む。まだまだ、蓋《ふた》は開けないよー。ご飯を土鍋で炊く時は、どんなに気になっても蓋は取っちゃいけません。

〈でももう10分も火にかけてるんだよ。米、焦げない？〉

「そんなテクトにお知らせがあります」

〈なに？〉

「今からさらに15分、弱火にかけるんだよねこれが」

〈何だって〉

10分ちょっと経《た》ってるのを時計で確認して、ツマミを少し回す。沸騰してる頃合いだからね。弱火になってるのをテクトと一緒に目視した。

テクトはまだ半信半疑だ。私と土鍋を交互に見てる。

〈ねえ、これ本当に焦げないんだよね？〉

「大丈夫。どなべは、じっくり熱が伝わるから、焦げつかないよ」

〈水、そんなに入れてないのに？　さっきの目止めとかいうのをやった時は、鍋《なべ》のふちぎりぎりまで入れてたのに〉

「さっきのは、どなべを長持ちさせるための作業だから。内側全部が水にひたらないと、意味がないの」

〈同じくらい時間をかけるスープだと、水分の多い野菜入れたり、もっと水入れたりするじゃない〉

「これで問題ないのが、どなべの優秀なところだねぇ」

〈……ふーん。じゃあ、待つけど〉

私の記憶見てるんだよね？　土鍋炊きした事あるから、今それ思い出してるよ。それでもやっぱり不安になるかー。スープを引き合いに出したあたり、テクトに調理の知識と経験がついてきてる証拠だよね。ふふふ、食育が進んでますなぁ。

何度か土鍋をチラチラ見てるけど、テクトは私の作業を手伝う事にしたみたい。今はゴボウをささがきにするため土汚れを取って、十字に切り込みを入れたところだよ。テクトやってみる？

〈ささがき？〉

「薄くスライスするんだよ。危ないから、ピーラーでやろうと思って」

切り込み入れる事さえ、私には難題だったからね……手が震えるわゴボウが安定しないわ。だがめげぬ‼　ゴボウと垂直になるように菜箸《さいばし》を1本敷いて、斜めのゴボウをしっかり掴《つか》む。右手のピーラーを引いたら回して、を繰り返すと薄く切られたゴボウの出来上がり。

テクトの目が興味に煌《きら》めいたのを見て、さっと場所をどいた。テクトが左手にゴボウ、右手にピーラーを装備する。しゃっしゃっしゃっ。

〈おおー、面白い！　この切り込みのお陰で細く薄く切れるんだね！〉

「そうそう。で、切れたやつはすぐに水を張ったボウルに入れてね」

〈ゴボウが変色しちゃうからだね〉

「その通り。テクトも覚えてきたね」

〈まあ毎日やってるから〉

そっけない言い方だけど、尻尾はふりふりしてるんだよねぇ。ふふ。

あっという間に出来上がったささがきを浸している水は、1回入れ換えてまた水にさらす。次は玉ねぎと白滝かな。

玉ねぎの薄切りをテクトに任せて、私は白滝をフライパンで炒《いた》める。ごま油の香ばしい匂いがしてくると、テクトが薄切りを終わらせたので玉ねぎと、水を切ったゴボウを入れる。

調味料バスケットを取り出して、酒を取った。最初に料理酒を大量に入れて、アルコールを飛ばすのが我が家流なんだよね。そこから白出汁、砂糖、みりん、水、醤油《しょうゆ》を入れて少し煮てから、カットされてる鶏《とり》もも肉を落としていった。後は蓋して火が通るのを待つ。ふう、ちょっと片付けしようっか。

まな板と包丁に洗浄魔法をかけてアイテム袋へ。醤油のボトルを見て、にんにくまだ沈まないなー、と呟《つぶや》いてからハッとした。

しまったー！　どや顔で楽しみにしててとか言ったけど、バスケットごとアイテム袋に入れてたら、にんにくの醤油漬けは出来上がらないよ！　だってアイテム袋の中は時間止まるもの。どれだけ待っても、入れた時と同じにんにくが出てくるだけだ！　ダメじゃん、これじゃ美味しい調味料できないじゃん‼

アイテム袋が便利すぎて忘れてたけど、冷蔵系を一定期間保存するものがない。イコール料理のレパートリーが減る‼　これは由々《ゆゆ》しき事態だ、健全な生活を送る上で必須《ひっす》なアイテムを買わなきゃいけない！

〈何を買うの？〉

「魔導具！」

コンロ探してた時に見つけて、いいなーって思ってたやつ。色々あって忘れてたけど、今こそが買い時！　これは箱庭改造費に含めよう。たった1つで100万いくからね‼　ナービー‼

〈うわ、大きいねぇ〉

「食べ物を冷たく保ってくれるものなんだよ」

〈ほう〉

どんっとでかい段ボールで届いたのは、魔導具冷蔵庫。段ボールを開いたら、どう見ても冷蔵庫な長細い箱が現れた。ありがとうございます、先に転生したどこかの誰か様、本当感謝しきれない。きっと日本人の知識がふんだんに使われてるんだろうなぁこれ。

テクトは不思議そうな顔で取っ手を引っ張ったり閉じたりしている。ひんやりとした空気が額を撫でる。もう冷たいんだ……魔導具だからかな？　魔力吸ったらすぐに動くよって事かな。

上の冷蔵室、真ん中の冷凍室、下の野菜室と揃《そろ》い踏み。手動だけど製氷室もついてる！　やばい、本当に冷蔵庫だ。魔導構成考えた人は天才に違いない！

早速にんにく醤油をストックバッグに保存して、冷蔵室に入れた。いつかこれが美味しい調味料になるんだ。今度こそ‼

箱庭は温暖な気候を保ってくれるけど、調理途中の食材を外にそのまま置いておくには向かない。腐ったらもったいないしね。食材に味を染み込ませるなら冷蔵庫保存が一番だ。冷凍室もあるし、今度アイスクリームを作ってもいいよねぇ。商品を選ぶのも楽しいし美味しいけど、手作りもまた格別だから、是非テクトに食べてもらいたい。他には何作ろうかなぁ。

〈ルイ、夕飯作ってる途中だよ〉

おっと、そうだった。ぼけっとしてられない！

ご飯はちょうど15分経ってた。蓋を開けて表面に水気がないのを確認して、中火に戻して10秒加熱。火を消したら、新しいテーブルへ置いといた鍋敷きに移動する。ここからさらに10分蒸らすんだよね。テクト、もうちょっと我慢してー！

フライパンの方は、買い物前に火を消しといてよかった。ご飯が出来たら、最後の仕上げをしようかな。

テクトがテーブルに身を預けて、じーっと土鍋を観察してる。可愛いねぇ。自立しゃもじと丼《どんぶり》とスプーンとコップを準備して、そんなテクトをにやにや観察してたら10分はすぐだった。

蓋を開けると、むわりと蒸気が舞い上がって、ご飯の甘い香りが鼻をくすぐる。ふあん幸せぇ。

〈んー、いい匂いだねぇ〉

「でしょぉ……炊きたてご飯サイコー」

潰《つぶ》さないように底から持ち上げてほぐし、ご飯の完成。さあて、親子丼の仕上げをしますか！

中火にかけて、ぐつぐつ煮えたのを確認。味見をして、物足りなかったらめんつゆを入れるんだけど、今日はこのままで良さそう。肉に火が通ってるから、後は卵。

「テクト、今日はリベンジする？」

〈ううん。また今度にする〉

テクトの力加減は最初の頃よりずっと上手になったんだけど、卵を割るのは難しいらしい。どうも握《にぎ》り潰しちゃうんだよね。大丈夫、テクトならそのうち出来るようになるよ。

卵を複数割って、軽く混ぜる。箸《はし》を添えてフライパンに流し込み、少し固まってきたら火を止めて蓋をした。後は余熱でＯＫ！

待ってる間にご飯をよそう。テクトはいっぱい、私は少なめ。そしてとろとろ半熟の具を載せて、三つ葉を散らす。

「親子丼の完成‼」

〈おおー！〉

いただきますしてさっそく一口！　とろとろだから零《こぼ》れないように、そっと口に運ぶ。出来立てで熱いけど、はふはふと空気を含めば、あまじょっぱい香りが鼻から抜けてく。

「ああー、いい匂いぃぃい……おいしいぃぃい……」

〈これは幸せ……幸せだ。食パンに勝るとも劣らない……〉

「ついにテクトの食パン愛に匹敵した……！」

またご飯炊こう‼　絶対‼

次の日の朝。冷蔵庫で卵液に浸しておいた食パンをじっくり焼いて、フレンチトーストを楽しんだ。甘い卵液を一晩かけてたっぷり吸い込んだ4枚切りの分厚い生地が、弱火でとろとろ食感に大変身だ。メープルシロップとバターをかけるのもいいけど、私は粉砂糖を振りかけて素朴な甘さを味わうのも好き！

〈うわああ……口の中でとろける……！〉

テクトも大変満足そうな顔で尻尾《しっぽ》をパタパタさせているので、冷蔵庫買って正解だなぁと、しみじみ思う。

さぁて、朝ご飯ももりもり食べた事だし。家の問題を考えていきますか。なんて言って、やる事は決めていたけどね。

「もう一度、カタログブックを見てみよう」

〈ルイ、それは……大丈夫なんだね？〉

肩に駆け上がったテクトは、気遣う様子で私の頬に触れる。柔らかい短毛と小さな手がすりすりと撫《な》でてきて気持ちがいい。大丈夫だよ、もう落ち着いてるから。テクトがぶっすり柱立てたの見て、ぐっすり寝て起きたら、なんかすっきりしちゃったんだよね。

むやみやたらに検索しようとしてるんじゃない。ナビにまず聞いてみようって思ったんだ。だから聖樹さんもザワザワ揺れなくていいからね‼　強がってるわけじゃないからね‼

芝生に座り込んで、ナビを呼び出す。いつも通りのクールな声だ。

「ナビ。カタログブックって、検索する時、見たくないものを除外するとかできない？」

——可能です。いくつか条件を絞り込み、検索する事が出来ます。マスターの場合、「肉、牛肉と豚肉を除く」などの条件検索が可能です。

え、絞り込み検索できるの⁉　すごいじゃん、レシピ検索サイトみたい‼　って事は、日本産除く、にすれば私のトラウマ直撃しないんだね、カタログブックすごい‼

意外だったのはナビにも牛と豚に苦手意識あるってバレてた事だ。今までの検索結果から集計かなんかとったのかな？　それとも私が牛豚見た瞬間にカタログブック閉じたから？　その節はごめんね、ナビの学習能力も高すぎぃ‼　でもこれなら‼

「カタログブックはこの世界で売買されてるものが取扱商品になるから、たぶん家も買えるよ！昨日だってすでに建ってるやつが売ってたし！」

興奮気味にテクトを見ると、ほんのり口元を緩ませて頷《うなず》いた。

〈ついでに水平に建ててくれるとさらに助かるけど、そのあたりどうなの？　いつもみたく、段ボールに入って届いても困るけど〉

確かに。家が段ボールに入って届く想像はできないけど、比較的大きな冷蔵庫も段ボールに入ってたもんね。とりあえず聞いてみよう！

「ナビ、もし家を買ったらどうやって、どこに転送してくれるの？」

——巨大な商品の購入に関しては、マスターが望む任意の場所へ直接転送します。その際、家屋の場合は地形に合わせた微調整も行います。

「ぴちょうせい……えっと、傾かないように設置してくれるって事？」

——その通りです。

わあお、勇者の遺産半端ない。ただただ、過去の勇者さんに感謝をするばっかりだよ。こんなステキな魔導具作ってくれてありがとう！　充実した多機能もそうだけど、ナビに相談しただけで悩んでた事が全部解決しちゃったのが本当に嬉《うれ》しい。

テクトと聖樹さん、ナビ。私は頼もしい仲間に恵まれたなぁ。

「じゃあ、早速……んんっ。ナビ、日本産を除く、家を出して」

なんとなく緊張して、咳払《せきばら》い。ナビに検索をしてもらうと、紙がぺらりとめくれた。頬に寄り添うテクトが、ふっと笑った気配がする。ん？

〈大丈夫みたいだね〉

画面に出てきたのは、洋風の古民家みたいな、日本じゃあまり見ない建物ばかり。その全部に異世界のものの証である「世界産」の文字がついてる。これなら大丈夫だ。

「……うん。さすがナビ」

——ありがとうございます。

クールな声で返事がきたから、思わず笑ってしまった。

「んー、もう少し右かな。ナビ、私の1歩分、右に寄ってくれる？」

——かしこまりました。

テクトと一緒にああでもない、こうでもないと悩んで決めた家が、眼前でふわふわと浮かんでる。購入した時はびっくりしたよね。淡い光の中に浮かぶ木造建築が突然現れて、顎《あご》が閉まらなくなったもん。ぼーっとしてる場合じゃないよ、とテクトに頬をペチペチされるわ、現在の場所でよろしいですか？　ってナビに聞かれて慌てて否定するわ……まあ一番びっくりしたのは、邪魔だよねって言いながらテクトが柱をスポンッと抜いた事だけど。

カタログブック片手にナビへ指示を出すと、家が空中で動くのが大変面白い。超能力に目覚めたような疑似体験に興奮しないわけがなかった。あ、ナビ、そこ時計回りにゆっくりと……よしよし、そこでストップ！　個室の窓が聖樹さん側に向いたね。

これでいいかな？　幼女の体じゃ、どんなに伸びても見上げるだけで精一杯だから、全体図が見えない。

〈遠くから確認してみたら？〉

「それもそうだね！　ナビ、私が離れても、このまま待ってくれる？」

――マスターの許可が下りるまでの現状維持は可能です。

いいんだ……すごい優秀！　お願いするね！

テクトと一緒に出入り口付近に走る。振り返ってみると、真っ白な平屋が聖樹さんのお膝元《ひざもと》に見えた。大体真正面が玄関。うん、いいかな。

「テクト的にはどう？」

〈いいと思う。聖樹の枝が寝室にかかってるから〉

あ、はい。個室の事ですね、わかります。

もう一度、浮いている家の外側をぐるりと回って、深く頷く。ちゃんと遠くから確認してよかった。ここにしよう。

「ナビ、ここでいいよ。下ろしてくれる？」

――かしこまりました。ただいまから微調整を行います。家屋への接近はご遠慮ください。

はーい！　花畑まで距離を取ると、始めます、とナビが言った。

淡い光をまといながらゆっくり降下していく家の足元、土台部分に強く光が集まる。ガツガツ、ゴツゴツ、と石同士が当たるような音がし始めたので凝視すると、赤いレンガが独りでに組み上がっていってるところだった。わあお、ファンタジー。

数分と経《た》たず、光は収まった。あれ、終わり？

――施工が完了しました。

〈終わったみたいだね〉

「うん」

こんな簡単に、短時間で、家が出来ちゃうなんて。

箱庭は平らな土地じゃなく、小高い丘が要所にある。聖樹さんの近くもなだらかに斜めなんだけど、その僅《わず》かな隙間もレンガブロックでがっちり固められてるみたい。壁は白い木材が上から重ねられて、隙間風も通らなそう。寝室に決めた個室から延びる広いテラスは、壁と同じ木材で出来てて、直接聖樹さんの根元に降りられるように階段付き。屋根は、緑や空の中に映える赤色。

一見、アメリカの木造フラットハウスだ。

「家だよ、テクト……あれだけ悩んでたのが、うそみたい」

〈そうだね。雨が降る前に解決してよかったよ〉

空を見上げると、真っ白な雲が泳いでいる。まだ降りそうにないけど、不安が取り除かれてほっと胸を撫で下ろした。

私達が買った平屋は80万ダル。破格のお値段だ。この家安くて目が飛び出そう‼　って叫んだらテクトが慌てて両目を押さえに来たよね。比喩《ひゆ》だから実際出てこないよテクト。可愛いのでもう少しお願いします、って言ったらすぐさま離れたけど。

建物だけで中身なし、素材だけの値段を請求するカタログブックだからこの値段で済んだんだよね。冷蔵庫より安いんだよ、高性能で大きい魔導具だから3桁《けた》でも納得だけども……木材自体が安いのかな？　異世界だと資源がたっぷりありそうな気がする。昨日の角材なんて1本1万だからね。丈夫そうなやつ、って事で買ったけど日本産たかぁい。

それに、普通に建てるとしたら人件費とか、素材の運搬費とか諸経費が色々つくはずだからもっと高いはずだけど、転送も私の魔力で済んでるし。どれくらい消費されたかわからないけど、ちょっと体がだるく感じる程度だ。1LDK（バストイレスペース有り）で結構大きい家なのに。大人2人は暮らせる間取りだよ？　私ってば案外魔力多いのかな？　それともカタログブックの転送代《魔力》が、ナビが言うほど多くないのか……ステータスわからないからなぁ。まあ、これだけ大きい荷物を転送できるだけの魔力が私に備わってるってわかったんだし、今後の買い物に役立てよう。

それよりも、家だ！　家だよ‼

「テクト入ろう！」

〈うん！〉

玄関前のアプローチを駆けて、背を伸ばしてドアノブを捻《ひね》る。ここは大人仕様でしょうがないけど、どうせいつか大きくなるし。開けば問題ないのだよ、開けば。

室内に入ると、真っ先に香るのは木材の匂い。んんー、好き！

玄関から入ってすぐにリビングダイニングらしい広々空間。靴を脱ぐスペースがないあたり、外国らしさをひしひし感じるねぇ。奥側に2つの扉があって、左が個室、右がお風呂《ふろ》とかトイレ用のスペースだ。個室から屋根付きのテラスに出られて、目の前に聖樹さんと山を望める。テラスはリビングダイニングの扉に繋《つな》がってるので、そこからも出入りできる。各所にはめられた窓ガラスは透明だったし、これなら室内からでも聖樹さんが見れるね！

水回り用の部屋を開けると、濃紺と水色のタイルが張られてあるだけで、ガランとしてた。生活用水を通す配管は見当たらない。たぶん、お風呂買った時に排水パイプがつくか、魔導具で解決するんだろう。またナビに頼む事になりそうだね！　配管までいじれたらカタログブックは建築士にもなれるから、通販の範疇《はんちゅう》超えてるね‼　もう深く考えない、全力でお世話になりまーす‼

「よし、今日は大忙しだ！　過ごしやすい家を作ります！」

〈ほう。僕は人の家に何が必要か知らないけど、1つだけわかってる事があるよ〉

「なに？」

〈ルイは必ずキッチンから作る〉

「バレてた」

ルイらしいけどね、と微笑《ほほえ》まれたので、むず痒《がゆ》い気持ちで頬をかいた。でもキッチンは最重要な場所だよ。食べるの大事。

とりあえず、外に置きっぱなしになってる冷蔵庫の場所から決めようと家を出て、放置されている木材が視界に入った。さっきまで地面に埋まっていた土まみれの柱だ。こうして家が建っちゃった今、使う機会はなさそうだけど。でもまあ。

「いつか使うかもしれないし、洗浄してアイテム袋に入れとこう」

〈そうだね〉

土汚れならすぐに落とせるようになったので、洗浄魔法をささっとかける。木材を片付けてから足元を見て、首を傾《かし》げた。

「あれ？　テクト、ここに穴なかったっけ？」

柱を引っこ抜いた時の穴が4つあったはず。もしかして、家の下敷きになってる？

〈いいや、木材の傍《そば》だったと思うけど……〉

「……普通に芝生だね？」

〈まごうことなく芝生だね〉

テクトと私でふみふみと、念入りに穴があるはずの場所を満遍なく踏みしめる。沈むような感覚はまったくない。

「……どうなってるの？」

〈神様仕様というしかない、かなぁ〉

片栗粉を含んだ水も消えるし、深く空いた穴も芝生になるし、箱庭ってわからない事がまだまだあるみたい、だね？

「うあぁー……1日の終わりは、やっぱりお風呂だよねぇ」

全身をお湯に沈めると、浴槽からお湯が溢《あふ》れて流れていく。立ち上る湯気が高い位置にある窓から外へ逃げていった。湿気がこもると湯あたりしやすくなるからね、開けて予防だ。

私の前でぷかぷか浮いてるテクトも、頬をほんのり赤くして目を細めてる。体中から力を抜いてるので、そうとう気持ちがいいみたい。

〈湯に浸《つ》かる程度じゃ何も変わらないだろうって思ってたけど、これは……言いようのない気持ちよさだね……〉

「でしょぉ……」

私は半月ぶりの、テクトは初めてのお風呂に浸かって、揃《そろ》ってとろけている。ふああん、骨身に染みるぅ。

テクトの言葉通り、まず真っ先にキッチンを据え終えた私は次にお風呂とトイレを作る事にした。衛生上、優先しちゃったよね。

タイル張りの部屋に立って、トイレとお風呂のスペースを分ける間仕切りが欲しいなーって呟《つぶや》いたら、ナビに家屋のオプションをお勧めされた。購入した家の改装を、割安でしてくれるらしい。後付けも可能なんですね、すごすぎるわ勇者の遺産。奥様これ2000年前に作られた魔導具なんですよ。この有能さ、信じられます？

いくつか提示されたパターンの中から選択すると、家を固定した時と同じ光が迸《ほとばし》って収縮し、選んだそのままの壁と脱衣所が出来上がった。思わず呆《ほう》けてしまうのは仕方ない事だと思う。

扉の真正面、トイレスペースはタイルのまま。間仕切りの塗り壁は優しいベージュ。扉の横には、水はけのいい簀《す》の子が隙間なく敷かれている脱衣所。タイルに素足は冷たいし、木のぬくもりに吸い寄せられて選んじゃったよね。脱衣所からバスルームへ続く引き戸は白で、全体的に清潔感がある。

どこから見ても優秀な改装だ。これ改装費は材料費込みで3万なんですよー、はは……お風呂屋さんみたいに、長い暖簾《のれん》でトイレと空間を分けようかなー。足元隠れるくらいのがいいなー。案外スペースがあるし、着替えを置く棚も買わなきゃなー……ふう。

軽く現実逃避してから、バスルームに手をつける。世界産で一番種類が豊富だった磁器の浴槽、壁には明るすぎない壁掛けランプの魔導具、石鹸《せっけん》や桶《おけ》を置く棚、温水冷水の調節が可能な魔導具シャワーと、浴槽に引っかけて湯を張る魔導具給湯器を買ってみた。

またこの給湯器が便利なんだよね。楕円形《だえんけい》の本体に起動停止ボタンと温度調整ダイヤル、その下から2本の管が延びていて、1本の管からお湯が出てくる。もう片方の管が浴槽内のお湯の高さと温度を感知して、ぬるくなったらお湯を吸い取って温め直してくれると……普通にガス風呂だよね。

テクト曰《いわ》く、シャワーと給湯器には水と火の属性の魔導構成がされていて、周辺の魔力を吸い取って水分を大量生成、火属性で温度を調節するんだとか。箱庭なら魔力はふんだんに漂ってるから、水量に困る事がないそうだ。わざわざ浴槽に水を運ばなくていいのは助かるね！　たった2人で毎日バケツリレーとかきつすぎる。

浴槽を設置した時にナビが配管工事もしてくれたので、入浴後は栓を抜くだけでOK！　排水先は箱庭の地中だから、水漏れで家が湿気《しけ》たりカビたりする事もない。幼女でも楽に出入り出来るように、浴槽の傍と中に踏み台を設置して、テクトと私用の小さなバスチェアを置けば、お風呂の完成です！　所要時間？　10分にも満たなかったよね。

次はトイレだ。ここはお風呂にほとんどスペースを取られたけど、実はそんなに狭くない。大人でも窮屈さは感じないいんじゃないかな。

ここの奥にトイレの便座を設置。見た目は日本でもお馴染《なじ》みの水洗トイレだけど、様式はかなり違う。配管が繋がってなくて、後ろのタンクっぽいところに魔導構成がびっしり刻まれてるんですよね！　蓋《ふた》がないから中身は見えないけどね！

魔導具のトイレもねー、便利なんですよねー。恥ずかしいのでぼかすけど、トイレした後ボタンを押すと、一瞬で流してすべて燃焼して、洗浄魔法かけるんだよ。昔の農家が聞いたらめっちゃ怒りそうなくらい、チリも残さない。女子力欠けてる自覚ある私でも、乙女心はありますので。是非跡形もなく残さない方向性でお願いします。

何で知ってるかって？　箱庭貰《もら》った時に、ダァヴ姉さんが移動式トイレの魔導具をくれたからだよ‼　ダンジョンで暮らすのならば不可欠でしょうって、私の気持ちを配慮してか、こっそりくれたんだよね。最初テクトが持ってた手鏡もダァヴ姉さんが、保護する方が女性ならば必要でしょうって、ダンジョンに来る直前に渡してくれたやつらしいね。女性目線のサポート半端ないよ、気遣いがマジでお姉さま‼

移動式トイレは普段は両手に収まるくらいの箱なんだけど、トイレに行きたいって思いながら上蓋を開けると、パタパタ音を立てながら工事現場のトイレみたいな縦長の箱が組み上がるんだよね。中身は据え置き型と同じ、便座式だ。個室のトイレって、本当、ありがたいよね。

用を足したら、開いた時と同じように閉じられていって元のサイズに戻った後、箱と両手に洗浄魔法かけてくれるのも助かる……これ魔力込めるだけで一連の魔法がすべて発動するんだよ、ハイテクすぎない？

いや、本当。給湯器もトイレも、開発してくれた人にはいくら感謝してもし足りない。ダァヴ姉さんにも足向けて寝られないよね。どこにいるかわからないけど、まあ、大切なのは感謝の気持ちって事です！

ペーパーホルダーとか細々した必要なものと、小さな洗面台を設置して。これでキッチンも含め、水回りは完成した。その後リビングダイニング、寝室と色々やっていたら夜になってしまったので、内装作りは一応終了。夕飯を食べてお風呂と相成ったのである。

ぷかぷかと目の前をゆっくり横切ってくテクトのお腹に、手で掬《すく》ったお湯をかけると楽しげに笑われた。いつもはふわふわの毛が濡《ぬ》れて、テクトの体に張りついてる。ちょっと小さく見えるなぁ。まあ、テクトって見た目の割に軽いもんね。そのほとんどが極上の毛なんだと思うと、納得の触り心地だ。

「テクトはぬれるの、嫌じゃないんだね」

〈んー……嫌とか好きとか、特に考える機会がなかったっていうのが正しいのかな？　汚れる事だってほとんどなかったし、汚れてもダァヴに洗浄してもらってたし。こういう文化に触れる事がなかった〉

「へー」

ダァヴ姉さんなら一瞬で終わらせるもんね。どんな汚れもスピード洗浄しますって！　あれ、これすごい宣伝文句だね？

〈こうして浸かってる今は、何で知らなかったんだろうってもったいない気分だよ。もっと早くに知ってたら、いい暇つぶしになったのに〉

「風呂がひまつぶしかぁ。ふへへ、テクトらしいね！」

〈これ、その、お風呂……ねえ、ルイが寝てる時も使っていい？〉

「好きにしていいよー。この家は、私とテクトの家なんだから」

水道光熱費はなし、沸かすのに必要なのは魔力だけ、ボタン押せば数分で出来上がり。そんな好条件のお風呂、私だって好きな時間に好きなだけ入りたいよ。1日に何度も入っていいんだよ。だって、住人が楽しく暮らすのが一番だものね。

「ただし、体を拭《ふ》いたタオルは使用済み用のカゴに入れておく事」

入浴剤とかも買っておこうか。毎日の楽しみが増えたねぇ。

〈やった！〉

テクトが跳ねると、盛大に飛んできたお湯が顔にかかる。わっ、やられたー‼ 目を丸くして見てくるテクトに、前髪からぼたぼたお湯を垂らしながらにんやりと笑ってみせる。やられたらやり返す！ これがお風呂のお湯かけルール‼

両手いっぱいにお湯を掬って、テクトの顔にぶちまけた。


リビングダイニング……長いので居間って呼ぼう。居間でクッションにもたれ、湧き水を呷《あお》る。風呂上がりの1杯はたまりませんなぁ！

「……家、出来ちゃったねぇ」

〈怒涛《どとう》の1日だったね〉

居間をぐるりと見回す。靴箱、玄関、キッチン、食事をするテーブルとイス。そして今、私達が足を伸ばしているユニット畳。それらすべてが、淡いランプの光に照らされている。

履物はいつか増やす予定なので、玄関から見て右脇に靴棚を設置した。その上に花を生けた花瓶を置いて、お洒落《しやれ》さを演出。しかし花畑から摘んできたけど、いい匂いがする花だなぁ。芳香剤いらずだね。

キッチンは玄関入って左側のスペースに即決した。帰ってすぐ横に冷蔵庫があるといいなーって思ったからだ。

対面式のカウンター、水分を捨てるためのシンクは深すぎず広め、据え置きコンロがないからほとんどが作業スペースのキッチンだ。レンジフードは売ってなかったけど、窓があるから代わりになると思う。馴染み深い光景に近付いているけれど、冷蔵庫の隣が何もなくてちょっと寂しい。ワークトップは対面部分しかなかったんだよなぁ。世の皆様はここに何を置いてるの？　竈《かまど》とか？　私は食器棚を置くかなぁって思ったけど、アイテム袋に全部入ってるから結局いらないって話になった。ここはまた後日考えよう。

ちなみに水道からは、湧き水が出てくる仕様だ。付近に豊富な水源を確認、水を引く事が可能ですがいかがなさいますか？　ってナビに聞かれたから、是非お願いしますって頷《うなず》いた。即決だったよね。わざわざ外に出なくても美味《おい》しい水が飲めるようになったわけだ。蛇口を捻《ひね》ってコップにおかわりの水を汲《く》む。一口飲んで、ああー、幸せぇ。

ワークトップ下の収納《キャビネット》スペースを使うつもりは、今のところない。私の身長が足りなくて踏み台を満遍なく置いたから、そもそも開けられないんだよね。長く使うつもりで高いキッチン買ったから、大きくなるまで我慢しよう。お高い石を使ってるから作業スペースが気持ちいいんだ。

いやあ、調味料バスケットを作って数日も経《た》たないうちに夢が叶《かな》っちゃうなんてねぇ。ふへへ、私のキッチンだぁ。テクトに、うわぁ何こいつ、みたいな顔をされたので表情を引き締める。

次は居間。対面キッチンのすぐ傍に低めのテーブルとイスを置いた。ここが食事をする場所だね。そして居間の大部分を占めるように、小上がりになるユニット畳を設置した。広さ6畳、私が1人で上れる高さ。どうしても靴を脱いでくつろげる場所が欲しくて、買っちゃった。風呂上がりにここでゴロゴロ寝転ぶのも、気持ちがいいねぇ。イグサの匂いに包まれた昼寝も素敵だろうな。テクトの食パン空間をここに作ろうかなぁって呟いたら、いらないって言いながら尻尾《しっぽ》がぶんぶんしてた。この正直者め、可愛《かわい》すぎだぞー！　近いうち絶対貢ぐからねー！

〈はいはい。もういいから、寝よう。また寝落ちなんて嫌だよ僕は〉

「うっす」

コップを片付け、居間を横切って寝室へ向かう。いやあ、ランプが明るく照らしてくれるから、夜なのに全然怖くないね。

世界産のランプは油を燃やす系か、魔力を燃料にする系の2種類だったんだけど、油は扱いが難しいので魔導具の方にしました。幼女、危険は排除しといた方が、安全。

このランプ、魔力を込めるだけで点灯消灯が出来るんだよね。私の場合、つけーっ消えろーって念じればOK。やっぱり魔力の扱い方わかんないわー。ちゃんと使えてるからいいんだけどね。壁掛けや吊《つ》り下げランプをそこかしこにつけたから、夜の闇はもう怖くないし、夕方だからって焦らなくてもいい！　決して、テクトの目がいらなくなったわけじゃないんだよ！　家の中は明るい方がほっとするじゃん、そういう事です！　外に出る時は助けてね‼

寝室を開けると、視界に入るのは簡素なクローゼットに、セミダブルのベッド。私、大きいベッドに大の字で寝てみたかったんだよね。テクトは分厚いマットレスに飛び乗ったら軽く跳ねたのが楽しかったみたいで、上機嫌にぽんぽん跳んでたなぁ。トランポリンかな？　私も勿論《もちろん》やりました。幼女なら壊れる心配なく出来るもんね！

ウールのベッドパッドを敷いたら、チェック柄のボックスシーツをマットレスに引っかけて。シーツと同じ柄のカバーで包んだ掛け布団を広げれば、とっても寝心地のいいベッドの完成です！

私自身が軽いからか、地面がふかふかの芝生だったからか、今まで寝袋就寝でも体は痛くはならなかったけれど……やっぱりちゃんとした寝具で睡眠をとりたいよね！　これは自然の流れ、健全なる生活に必要な事……奮発して日本産のめっちゃお高いマットレスと、羽毛の掛け布団買ったんだよねー！　これはかなりぐっすり眠れる予感！

とりあえず、これで私達の家は完成した。必要だと思うものだけ買ったつもりだけど、予定の300万を軽く超えて400万近くになっちゃったなぁ。魔導具尽くしだからしょうがないけど。

いや、よく考えて？　これだけ揃えて400万で済んでるって事がすごいよ。普通に家建てたらこんなんじゃ足りない。カタログブック様々だなぁ。手元に残ったお金は500万……聖樹さんの根元貯金いっぱいしよ。

さーて、久々のベッド寝だ！　幼女の体でセミダブルだから、広範囲をごろごろできるぞー！と意気込んだら、すでに駆けていったテクトが低反発枕に全身埋もれて、うあぁーって呻《うめ》いていた。思わず笑うよね。テクト、柔らかいの好きだなぁ。

テクト用の緑色のカバーと、私用の赤色のカバーの枕。仲良く並べてみたけれど、横幅全然余ってるね。さすがの広さだ。緑色に埋まってるベージュの毛玉が大変愛《いと》しいです、うへへ。

昼間は、僕の分はいらない寝ないんだから枕いらないからね！　なんて拒否ってたのに。こうして沈むとわかるよね、低反発枕の魔性の魅力が。そういうの素直なテクトが大変可愛い。

「テクト、低反発、気に入ったの？」

〈うん……僕はここで食パン抱きしめて寝転びたい……〉

「なるほど任せて」

すぐさまアイテム袋から食パンスクイーズを取り出して、テクトに渡す。枕に背中を預けて、食パンをぎゅうっと抱きしめたテクトは、長い深呼吸をしてから満足げに息を漏らした。尻尾がお上品にぱったぱったしておる。これはテンション高めだけどリラックスしている感じかな？　お気に召したようで何よりです。

いいねぇ、テクトが喜んでくれると嬉《うれ》しいねぇ。私も寝転ぼう。

ベッドに乗って背中からごろりと転がる。ああー……マットレスのふかふかがたまりませんなぁ。体中の力が抜けてく感じー。羽毛布団も肩まで掛けて、ふんわり軽いそれをぺしぺし叩《たた》いてみる。にやける顔を抑えられず、掛け布団を持ち上げて下ろしてを繰り返した。

へへへ、気持ちいいなぁ。羽毛の良さって軽さと保湿力と、それなのに蒸れにくいところだよね。特に薄い羽毛布団は春と秋の気候にぴったり。冷えすぎず、暑すぎず、素晴らしい寝心地をお約束してくれる。子どもの高い体温で、すぐに温まってきた。えへへ、幸せだなぁ……あふ。

〈そんなに気持ちいいの？〉

「うん……すぐにねれそう……」

〈へぇ。ああ、なるほど。これは気持ちいいね〉

「でしょお……」

〈ルイ、明日は何する？　家は出来たわけだし、暇になったけど〉

んー、あしたー？　そうだなぁ。

「あさってー、みんながくるからぁ……その、じゅんびー……」

ルウェンさんたち、なにがすき、かなー……

〈そっか。ゆっくりお茶したり、夕飯も作りたいって言ってたよね〉

「うん……うん……する……」

〈……ルイ？〉

「……んー……」

〈明かりつけっぱなしだけど、いいの？〉

「…………ぅん……」

〈……もう、仕方ないなぁ〉

漫画みたく流れるようなベッドに入っておやすみ3秒を決めた私は、テクトが優しい眼差《まなざ》しでランプの光を消した事を知らず。

けれどテクトや聖樹さんに見守られてる安心感はしっかり全身で受け止めてたのか、夢を見る事なく深い眠りについたのでした。

Step3　おもてなしをしましょう

「クルッポー」

「……お、おはようございます？」

朝起きたら、目の前が白い壁？　あ、違う。これ羽毛だ。ふわふわの羽毛に覆われてた。何で羽毛？　布団から羽毛出てきちゃった？

回らない頭で体を起こすと、どうやら私は横向きで寝てたみたい。枕元にお行儀よく足をたたんで座っていた白いの……鳩は、クエスチョンマークを飛ばしまくる私に、目を細めて微笑《ほほえ》んだ、ように見える。

あ、ダァヴ姉さんだ。このお上品な感じはダァヴ姉さんだ。

ただの鳩らしくない、意思のこもった目。そのダァヴ姉さんの目がさらに愛しげに細くなった。慈愛を感じる……朝から後光がまぶし……ああ、うん。起きよう。

〈おはようございますわ、ルイ。目は覚めまして？〉

「あ、ふあ……うん。少し……？」

〈早朝にお邪魔してごめんなさいね。あなたが気持ち良さそうに眠っているのをたまたま見て、神様が興味を持たれてしまいましたの〉

「ああ、うん……」

テクト、あれ？　テクトがいないなぁ……イーゼルとか出てるから、真夜中の暇潰《ひまつぶ》しは絵を描いてたんだろうけど……てーくとー。ダァヴ姉さんが遊びに来てくれたよー。

〈俺も同じのが欲しい！　と駄々をこねて、少々仕事が滞ってますの〉

「うん……うん。同じのが、ね……うん？」

今なんて？

〈ルイが寝ているベッドが欲しいと子どものように駄々をこねて、少々困ってますわ〉

ううん？　仕事が、とどこおってる？　え、神様の仕事って魂を浄化して、転生の流れに乗せる……えっと、サボっちゃいけない大切なお仕事なんじゃ……ダァヴ姉さんをもう一度、しっかり見た。彼女は疲れたように肩を落とす。

〈申し訳ありませんけれど、このベッド。前世の国のものですわよね？　一式いただけませんか〉

「あー、んー……ダァヴ姉さん、おつかれさまです」

〈お気遣いありがとうございますわ。そうそう。テクトは神様に文句を言いに戻りましたので、今ここにはおりませんの〉

「あ――……」

えーっと。とりあえず、そうだなぁ。ベッド云々《うんぬん》は置いといて。

「朝ご飯、食べません？」

テクトは朝食の準備中に帰ってきた。よかった！　ご飯できても帰ってこなかったら、ダァヴ姉さんに呼びに戻ってもらうところだったよ。テクトと神様の修羅場に割り込ませるとか、更なる心労がかかりそう。

リビングのイスに座るテクトは不機嫌そうにテーブルを睨《にら》み付けた。

〈まったくもう。ベッドは高い買い物なんだ。今回家ごと揃えられたのだって、ルイがめげずにダンジョン探索を続けたからこそなのに。苦労して、手に入れた、お金で、トラウマに耐えて買った家のうちの、大切な1つのスペースなのに！　欲しい欲しいって簡単に言ってくれるよ。大体あの場所のどこにベッド置くんだ。置けないでしょ。ていうか寝ないでしょ。貰《もら》っても意味ないでしょ。何考えてるのあの人〉

いや、これはテーブル越しにどこかの神様睨んでるわ。テクト久々のおかんむりだわ。

所謂《いわゆる》お誕生日席の位置に座ってるダァヴ姉さんが、感慨深げに微笑んだ。イスだと高さが足りないから、テーブルの上に小さい座布団敷いて座ってもらってる。うん、お上品。

〈しばらく見ないうちに、随分と人に寄り添った考え方が出来るようになりましたわね〉

しみじみ言うダァヴ姉さんに、テクトは険しかった目を瞬《しばたた》かせる。

〈そう？　あんまりわからないけど〉

〈ふふふ……私にはあなたの努力が感じられて、嬉しく思いますわ〉

〈そ、そんなこと言われたって……まあ、悪くはないけど〉

おお。ダァヴ姉さんに褒められてテクトが照れてる。さっきまで怒ってたのに。あ、そうだ！

「ダァヴ姉さん、聞いて聞いて！　テクトったらすごく紳士的になったし、料理作るのも進んで手伝ってくれるんですよ！」

私がうっかり寝落ちた時は寝袋にちゃんと入れてくれるし、暗闇の中だと優しく手を引いてくれるし、料理知識もしっかり学んでくれて、包丁の扱いだって上手だし、案外出来ない事もあったし……そう。自慢がしたいと思ってたんだ！　テクトすごいんだよ‼

〈食事をしながらでも、ゆっくり聞きますわ。そろそろ食べ始めませんと、お料理が冷めてしまいますわよ〉

「あ……」

テーブルの上に並べた、湯気の立つ朝ご飯。

トーストした食パン、牛乳とチーズを入れたとろとろスクランブルエッグ。こんがり焼き色をつけた厚切りのハムと、千切ったキャベツとミックスベジタブルのミネストローネ。うん、結構作ったね。

早起きしたからっていうのもあるけど、折角ダァヴ姉さんが来てくれたんだからって、ちょっと朝から張り切りすぎたかな？

〈ルイが私のためにも用意してくださったのですから、美味《おい》しいうちにいただきたいわ。よろしいかしら？〉

うん！　それじゃ手を合わせて、いただきまーす‼

まずはスープ。トマトの酸味と甘味が野菜に染み込んで、爽《さわ》やか美味しい。空《す》いたお腹にじんわり染みて、ほっこり温まりますなぁ。

あ、ダァヴ姉さんにも私達と同じワンプレートとスープカップで盛り付けたけど、大丈夫かな。食べづらくない？　量は多すぎない？

ダァヴ姉さんを見ると、皿がカツカツ鳴らないように、優雅な動作と器用なクチバシで、はぐはぐ食べてる。野生の鳩ならそこらへんに食べカス飛ばすのに、ダァヴ姉さんはすべての動作が洗練されてる感じだ。

姿形が鳩でも聖獣だもんね、さすがお姉様。とても綺麗《きれい》です。

「お口に合いますか？」

〈ええ。とても美味しいですわ。こんなに美味しい手料理を食べたのは、久しぶりです。きっと、ぺろりと平らげてしまいますわ。ルイはお料理が上手ですのね〉

「食べるのが好きなので、ある程度は作れるように……気に入ってもらえてよかったぁ」

思わずにょによしてたら、お向かいの席でテクトが固まってるのが見えた。あれ、どうしたの？

「テクト食べないの？」

〈あれだけ人前で褒めまくっておいてその発言はひどい〉

「へ？」

〈もう、僕の事はいいからベッドの話しよう！　っていうか食べる！　いただきます！〉

〈ふふふ……照れ屋さん〉

フォークをぶっすりハムに突き刺して、大きな口に突っ込んだテクト。どしたの？　いいのベッドの話をして。まあいっか。自慢の方は、後でじっくりダァヴ姉さんに話そう。

スクランブルエッグをよく噛《か》んでから飲み込んで、首を傾《かし》げる。

「私としては、ベッドくらいあげる……えっと、けんじょう、してもいいと思うけどね」

〈ええー！　いいの？　ベッド一式、安くないでしょ〉

「うん。でも私が貰ったものに比べたら……いや、比べるまでもないし、むしろ差し上げたい」

聖樹さんのいる箱庭、保護者としてテクト。これ以上ないくらい素敵なものを、私は貰いすぎてると思ってた。やっとお礼を返せる機会がきたんだなってホッとしてるくらいだよ。

朝ご飯食べて片付けたら、早速準備しようか。

「テクトが怒ってくれたのは嬉しいよ。私達のお金だから、簡単に言われたらむっとするよね。でも、これは恩返しだからさ。だめ？」

〈むー……ルイがいいなら、僕は構わないけど〉

いや、めっちゃ構います、って顔してるよ。これ納得してないね？

〈ベッドをお預け式にしましょう。サボタージュした分、私のポケットに入れておきますわ。何時間でも〉

〈ならよし〉

神様、聖獣達の親、ですよね？　これ手綱《たづな》握られてるね？　ダァヴ姉さんもテクトも強い……きっとこれが彼らなりのスキンシップなんだろう。きっとそうだ。テクトの許可は出たみたいだし、私はプレゼントするベッドの事を考えよう。

男の人の声だったし、神様は成人男性くらいと見ていいかな。大きめのサイズがいいよね。カバーは何にしようかな……あれ、そういえば。

「カタログブックって、２０００年前からあるよね？」

〈ナビがそう言ってたね〉

「これまで何人も日本から、勇者来てたんだよね？」

〈そうですわね……そのカタログブックを使っている者は、何度か見ましたわ。運よく巡り会えていたようですわね〉

「きっと、その中でも何人か、私と同じようなベッドを使っている人、いたと思うんですけど」

この世界のベッド事情は知らないけれど、懐かしくて買った人はいると思うんだ。ちょっと高値だけど、手が届かない程じゃない。簡単に揃えられるセットのはずなのに。何で今になって欲しいなんて言い出すの？　ダァヴ姉さんの様子からして、初めて、だよね？

〈ええ、今まではこのような事はありませんでしたわ。勇者が喚《よ》ばれる場合、たくさんの命が失われる現状があると同義。輪廻《りんね》の輪の管理のため、神として下界を眺める時間は減りますもの〉

あー。たくさんの命が危ぶまれる時、人々の切なる願い、最後の希望として喚ばれるのが勇者だから……そっか。その時にはすでに神様の仕事場はてんやわんやしてるんだ。お疲れ様です。

〈ただ、今回のルイの件は特異なので……仕事の合間に見ておられますの。結構な頻度で〉

「けっこうな、ひんど」

〈美味《うま》そうに食べるじゃんいいなー、俺も食ってみたいなー、とはよく呟《つぶや》いておりますわ〉

神様仕事しよ？　大変なのはわかるけど仕事しよ？　私大丈夫だから。ちゃんとまっとうに生活してるから。ちょくちょく見なくてもいいから。ええい、ご飯とお菓子もプラスで献上するね！

〈たまたま、今回あなたが心地好《よ》さそうに寝ている姿を見て、興味を持ったようですわ〉

「たまたま……って、え。タイミング悪かったら、お風呂《ふろ》、とかも？」

着替えも、トイレも、たまたま見ちゃうの？

〈乙女の秘密を覗《のぞ》こうとした場合は本気で顔周辺を突《つつ》きましたわ。安心なさって〉

「ありがとう姉さん、さすが乙女の味方‼　これからもお願いします‼」

そういえばダァヴ姉さんにも、色々恩返ししたかったんだ！　何か欲しいのあったら教えてください‼

〈……もう一回殴り込みに行こうかな〉

〈お行儀が悪くてよ。食事を済ませてからにしなさい〉

「あ、止めないんだ」

神様、どんまい！


結局、朝食をゆっくり味わったテクトはもう一度神様のところに転移した。ぷんぷこしながら行ったのに、私がベッド一式購入した頃には大変すっきりした顔で帰ってきたので、たぶん、神様は残念な感じになってる事だろう。

ごめんね神様、あなたは確かに恩人だけど、今回はフォローできないよ。たとえ覗いたのが偶然だとしても、私が幼女の体でも、越えちゃいけない一線があるの。元々が成人してただけに、羞恥《しゅうち》心《しん》はそのまま存在してるんですよね。心の底から幼女にはなりきれませんよ……

テクトはいいのかって？　私の保護者だよ。一生連れ添う相棒、つまりは運命共同体だよ？　問題ナッシング。

ベッドを整える作業は神様自身にやらせますからどうぞそのまま、段ボールのままくださいまし。ってダァヴ姉さんに回収された。頑張れ神様！　たぶん1人でやる事になるだろうけど、完成したら思う存分寝てみてね。キングサイズにしたからゴロゴロし放題だよ。だからダァヴ姉さんにちょ

っと冷たく対応されてもめげないでね‼

ダァヴ姉さんには卓上ミラーをプレゼント！　鏡のお礼に鏡をお返ししておかしいかな。でも、これならアイテムポケットから出すだけでいいから使いやすいし。強力洗浄魔法の使い手《ダァヴ姉さん》だから汚れはないだろうけど、それとこれとは別。姿形は鳩でも中身は女性なんだから、身嗜《みだしな》みチェックの道具を贈るのは間違ってないはず！

　それからミニ座布団もお気に召したみたいだし、ダァヴ姉さんが持ち歩く用もプレゼントした。よーし、最後は食べ物だ！　神様とダァヴ姉さんを唸らせる料理やお菓子を買い漁《あさ》るぞー！

　カタログブックであれこれ選んでいると、ウッドデッキを歩いていたダァヴ姉さんが聖樹さんを見上げて微笑《ほほえ》んだ。どうしたの？

　ベッドの仮置き場がないって慌ててテラスに出たんだけど、ダァヴ姉さんは巨大段ボールを回収してから家の周りを歩き始めたんだよね。ちっちゃな鳥さんのおみ足で、こつこつと。時々飛び乗った屋根や壁を嘴《くちばし》で突いたりしてたけど、建物が気になるのかな。ナビがきっちり水平に建ててくれたから大丈夫だよ？

　生活してても微妙な傾きに気持ち悪くなるーなんて事もないし、魔導具のお陰で現代風に過ごせてるから日本での生活と違和感がほとんどない。いや本当、電気が魔力に変わったくらい？　あと全体的に照明がランプだからモダンな感じに仕上がったところ？

「ダァヴ姉さん、どうしたの？」

〈ふふ……ルイの生活が日々満たされているようで、安心しましたわ〉

「うん？　……うん」

満たされてる、そうだね。毎日朝日を浴びて起きられるし、一緒に美味しくご飯食べてくれる相棒はいる、水は美味しいし、癒し系聖母な聖樹さんは最近すごく萌《も》える事に気付けたし、良心的な冒険者には出会えた上に明日会える。大変満たされてるね‼　でも何で今その話？

ダァヴ姉さんはテラスに置いたアンティークテーブルの上に飛び乗って、ミニ座布団にちょこんと収まった。ふふふ、とお上品に笑う。

〈ルイが作った温かみある内装に、聖樹の恩恵を満遍なく得られる位置。地盤もしっかり固められているようですし、よい家ですわね。私も長く居座りたくなりますわ〉

「ダァヴ姉さんなら、ずっといていいいんですよ！」

〈あらまあ！〉

〈ダァヴ仕事あるでしょ。用事終わったら帰って〉

私とダァヴ姉さんのテンションが上がったところで、テクトの冷静なツッコミである。容赦ないなぁ！　また色々言われるのが嫌なのかな？

でもダァヴ姉さんが口煩《くちうるさ》くなってしまうのはテクトや私を思っての事だし、ちゃんと理解すれば褒めてくれる。つまりあれだ、テクトは絶対認めないけどダァヴ姉さんの事かなり好きだから、大好きな姉にツンデレする弟キャラだね、私知ってる！

今のツッコミは照れてる「帰れ」だから、安心してねダァヴ姉さん‼　ついでにさっき話せなかったテクトがいかに成長したかの話をだね‼

って思ったらテクトの尻尾《しっぽ》でべしべし攻撃が始まった。痛くないけどくすぐったい‼　あ、鼻がむずって、ふあっ、はっ、はーっくしょん‼

「いやー、昨日は楽しかったね！」

〈ダァヴにがみがみ言われないでよかったね〉

「そうだねぇ。ふふ、テクトも素直じゃありませんなぁ」

〈うーるーさーいー〉

「でも楽しかったし、嬉《うれ》しかったよ。恩返しの機会をもらえて」

〈別にいいのに。元々神様が悪いんだから〉

「本当に悪いのはたくさんの人を巻き込んで勇者召喚した人達でしょ。神様のうっかりはもういいんだよ」

私に謝るべきなのは怪しい宗教国家！　戦争吹っかける悪い奴ら！

「だからテクトも、もう神様にあんまり怒らないようにね」

〈えー……〉

ぶすくれたテクトの頭を撫《な》でて、安全地帯の洗浄を続ける。

今日は約束の日だから、色々準備しようと朝からダンジョンに来てるんだ。虫1匹来ないような階層だから、掃除は楽なんだけどね。

よしよし、洗浄は一通りできた。次はくつろぎスペースのでっかい敷布準備しようか。厚手でお尻《しり》が冷たくならない加工がされてて、商売にも使えそうなものがいいなぁって思って、前から探してはいたんだけど、これがなかなか見当たらないんだ。皆《みんな》で囲めそうなテーブルや座卓《ざたく》おもてなしグッズは購入済みなので、問題は本当にこれだけ。

カタログブックで販売している敷布は、お洒落《しゃれ》なのは結構あるんだけどサイズが物足りない。冒険者の需要が高いからか、厚手で丈夫なのが多くて柄のバリエーションも豊富なんだけど、ほとんどが1人用。「大人6人用」「敷布」では一致する商品が見つからないんだよねぇ。お店にも活用するから、テーブルだって置けなくちゃ意味がない。

大きなシートに全員で座る文化があまりないのかもしれないなぁ。裏面全部を洗浄するのも大変だしね。でも、せっかく休憩するのに靴も脱げない、っていうのはなんか嫌だ。窮屈な思いをしてる足も解放してこそのお休みでは？

よし、考え方を変えよう。敷布1枚でどうにかしようとするから解決しないんだ。2枚繋《つな》げるとか……あ、いっそ大きな絨毯《じゅうたん》を買って、断熱シートを敷くとか⁉ これならサイズ問題解決できるよね！ どうせ洗浄魔法かけてから片付けるんだから、屋内用でも問題ないはず……これならお尻が冷たくならないし、腰にも優しい！ そうと決まったら絨毯を検索だ、ナビよろしく‼

〈で、これは？〉

「……調子乗って買っちゃったやつです……」

目の前に転送された巨大段ボールから振り返ったテクトの目はジト目だった。めっちゃ呆《あき》れられとる。ごめん、有意義なくつろぎタイムが欲しいと思ったらもう、止まりませんでした。寛《くつろ》いでる時に腰痛いとか少しでも思いたくないじゃん？ 床の冷たさが肌に直通だとつらいじゃん？ 私は耐えられないので断熱シートの巨大ロールと、全厚2㎝のクッションマットと、8畳サイズのもこふわ絨毯を買った。全力が過ぎる。

絨毯広げてみたらめっちゃでか……え、これでかいな。落ち着いて考えてみたらユニット畳より

2畳大きいんだ。サイズ的に1人部屋丸々覆えちゃう規模の絨毯？　うん……そりゃでかいわ。

〈まあ神様のわがままより可愛《かわい》いものだけど〉

「だ、だよね！」

〈今みたいに衝動買いしすぎるとお金なくなるよ？〉

「ぐふっ」

この数日で私の金銭感覚おかしくなってるのは気付いてたけど、実際指摘されると耳が痛い！

ごめんねテクト、今日で止《や》めるよ！　それにもう300万は根元貯金に入れてきたから許して、お願いします‼

〈そんなに慌てなくてもいいよ。お金に関しては僕が決める事じゃないから、僕が言ってるのは許す許さないの問題じゃないんだ。今は保護者として忠告しただけ〉

「はぁい……以後気をつけます」

〈じゃあほら、断熱シートから敷いて重ねていくんでしょ？　早くしないとルウェン達来ちゃうかもしれないよ〉

「うん！」

断熱シートロールを転がして、その上にクッションマットを敷く。絨毯をずれないように端っこから開けば完成！　安全地帯は小ホールくらい広いので、8畳の絨毯敷いても全然余裕があるね！

すごーい……ごめん、ふざけたわけじゃないですテクトその目は止めて？

さっそく踏み心地を試してみようかな、と靴を脱いで足を乗せようとした時。テクトがふと顔を上げて、右の方の廊下を見た。どしたの？　思わず靴に戻しちゃったよ、足。

〈人の気配がする〉

「え、もう？」

テクトの言う通り、本当にもう来ちゃった？　確かあっちに上へ戻る階段があるんだっけ。ルウェンさん達が言ってた。

転移の宝玉は、指定した階層の上り階段前スペースに転移する。遭遇する確率は低いけど、時々モンスターがいる事もあるとか。転移の宝玉も案外安心できないんだねぇ。

突然そのスペースに気配が出てきたって事は、転移の宝玉で移動してきた人達だから、つまりルウェンさん達って事だよね……だよね？

「知ってる気配？」

〈……うん。でも、何でだろう。数が少ない〉

数が少ないって、来た人が少ないって事？　早めに来るにしたって、全員じゃない理由はわからないなあ。

と思ってたら、〈あ、来る〉とテクトが呟いた瞬間、安全地帯の一角に光が集まって弾《はじ》けた。突然明るくなったから、慌てて目を瞑《つぶ》る。

「よかった、ルイもテクトもいましたね！」

「よっしゃ急げ！」

「おはよう！　すまないな、約束より早くなって」

目を開けると、光があったところにシアニスさん、エイベルさん、ルウェンさんがいた。あれ、3人だけ？

「おはようございます。皆さん早いですね」

「はよ！　ちと色々あってな！　悪ぃけどルイ、これ被《かぶ》ってくれ！」

「へ？」

私の挨拶《あいさつ》に合わせて手を上げたテクトに萌える間もなく、エイベルさんに布を被せられた。え、突然何事!?　目の前がベージュ一色なんですがエイベルさん!?

「テクトはこちらのリボンを首に巻いてよろしいですか？」

「ルイが今着ているポンチョの首元にあるものと同じリボンだ。似合うと思うんだが……そうか、つけてくれるか。似合ってるぞ」

「ええ、とても素敵ですよテクト」

え、テクト今リボンつけてるの!?　何それ見たい‼　っていうか私が今被ってるこれポンチョなの!?　首がまだ出ないけど‼

もぞもぞしてるとポンッと効果音がつきそうな感じで首が通った。ふう、やっと着られた！　腕を通すところがあったから、手を伸ばす。頭もふわふわ包まれてるから、フードもついてるポンチョなのかな？

「よーし、サイズぴったりだったな」

「選んだかいがありましたね。可愛いですよ、ルイ」

「うん、とても愛らしいな」

いやまじまじ見られても私はわからんのですが……えっと、何？　急いでポンチョ着なきゃいけない理由は？

エイベルさんが私の後ろに手を回して、何か引っ張ってきた。ん、長い……綿が詰まった毛、みたいな？　何これ？　エイベルさんが真剣な顔して私を見るので、思わずじーっと見返した。

「ルイ。今から俺が言う事をやってみてくれよー」

「へ。は、はあ」

「魔力の感じ方はわかるか？」

「全然わからないです」

魔法も魔導具も使えるんだけどね。魔力自体を感じた事は一度もないんですよ、これが。皆さんの魔法講座で教えてもらえないかなって思ってたんだよね。それを今実践しろと？　頭こんがらがってるからちょっと難しいよ？　私パニくると碌《ろく》な事しないからね！

「じゃーあれだ。いつも魔導具使ってる時と同じように考えてみろ。この尻尾が動くぞ」

「しっぽ……え、これ尻尾なんです？」

「ルイがそう思えば、ちゃーんと尻尾になるぜ」

ますますわけがわからないよ⁉　エイベルさん無茶振りするね⁉

「ちょっと、え、待ってください！　何で尻尾が動くの？　他の皆さんは？　っていうか、えっと、えー⁉」

皆さんが予定より早く来たのはまだいいよ。むしろ嬉しいと思ったよ。でもいきなりポンチョ被せられたり尻尾に魔力使ったりの無茶振りは、ちょっとわけがわからないです‼　はい、着ぐるみパジャマのお尻についてるぺらぺら尻尾は実は動くんだよ。君が尻尾って思えば動くよ、やってみようね！　って言われて素直に実行する子どもはどれだけいるかな⁉　純真無垢《むく》すぎかな可愛い

ね‼　でも私は純正の幼女じゃないから頭がこんがらがりますよ‼

困惑し通しな私に気付いたのか、シアニスさんが気遣わしげに目の前にしゃがみ込み肩へ手を添えた。ちなみに、エイベルさんは容赦なく押しのけられました。さすが裏ボス、強い。

「ルイ、ごめんなさい。突然の事で驚いたでしょう。あなた達が可愛くて、少々興奮してしまいました」

うん、テクトのリボンつけた姿に萌《も》えてましたね。絶対可愛いでしょ、私もじっくり見たいな？

このパニックが治まったらだけど。

「ですが、あなたは宝玉を冒険者に売りたいと言ってましたね」

「はい」

宝玉だけしか拾わないからね、何故《なぜ》か！

「しかしあなた方はダンジョンから出たくない。そうですね？」

「はい！」

〈そうだね。ルイの意見が変わらない限りは〉

テクトの言葉はシアニスさん達には伝えられないけど、気持ちの確認はできる。こくん、と大きく頷《うなず》いてみせた。

「ルイ、私達はあなた方の気持ちを尊重……大切に受け止めて、無理やり外へ連れていく事はしません。もしも危険が迫った場合は、その限りではありませんが」

「危険……テクトがいるし、宝玉があるから大丈夫ですよ」

〈モンスターや罠《わな》に後れをとるような僕じゃないしね〉

私も、万が一にも遭ってほしくないと思っていますよ。そう言って、シアニスさんは困ったように微笑《ほほえ》んだ。

「ですがルイ。あなたは賢いけれど、幼い子どもです。私達以外の冒険者の前に出て宝玉を売ろうとする事は、有無を言わさず外へ保護される可能性が高いのですよ。どう誤魔化《ごまか》すかは考えていましたか？」

「あ」

し、しまったー‼　何を売ろうかなーとか、宝玉以外にも皆さんに売れそうなもの教えてもらおうとか、呑気《のんき》にお店の事しか考えてなかった！　幼女の姿じゃどう考えても保護の対象じゃん‼

「特にナヘルザークの冒険者はお人好《ひとよ》しが多いって言われるしなー。人の子どもを見た途端に、話も聞かず連れてかれるぞ」

「で、でも皆さんはちゃんと、私の話、聞いてくれましたよね⁉」

「俺達はその場でしばらく休まなければならなかったし、ルイの事情を知る必要があったからな。だが、大体の人は安全な外へ出てからゆっくり聞けばいい、と判断する事が多いと思う」

「そんなぁ、困ります！」

外には宗教国家のスパイがいて、しかもどこに隠れてるかわからないんだよ⁉　そんな街でゆっくり私の裏事情諸々《もろもろ》隠して話をしなくちゃならないとか恐怖でしかない‼　勘弁してください‼

「そこで」

慌てる私を落ち着かせるように、肩にあったシアニスさんの手がぷにぷにほっぺを優しく撫でる。ふおっ、シアニスさんの手って戦う人だから女性にしてはちょっと固いけど、すごくすべすべぇ。

気持ちいいぃ……あぁー、体が緩んでくぅ。

「このポンチョです」

「ひゃい？」

ここでポンチョの謎？

「要はあなたが保護対象じゃなくなればいいんです。見た目そのままの年齢だと察せられなければいい」

「それはつまり……人族だと、見た目のまま幼いと思われるから……」

「外見年齢詐欺がまかり通る妖精族《ようせいぞく》だと思われればいいんですよ」

見た目幼女だけど中身は立派な大人なのよ！　って装えばいいんだ。それが通常運転なのが妖精族なんだね。何だ、今の私の現状そのままじゃん。見た目幼女、中身は大人！　……え、そんなのできるの？　私の体、まじりっけなしの人族な上に特別な力《チート》とかないよ？

「ポンチョに魔導構成を施し、耳と尻尾《しっぽ》があなたの意志で動くようにしました」

「あ、さっきエイベルさんが言ってたやつ……」

「俺が魔導構成彫ったんだぜー」

このポンチョ、耳もついてるの？　手を伸ばしてみると、フードの柔らかい布の間から、ぴょんと何か出てる。これが耳？　まじまじ触りながら正面を見上げると、エイベルさんがにんまり口角吊《つ》り上げてVサインする。え、そんな器用な事できる人だったの？

「エイベルは元々、優秀な魔導技師だったんだ。どんな魔導具でも壊れた時はすぐに原因を突き止め、直してくれる。かっこいいだろう」

「だから、息を吐くように人たらしをするなっつってんだろー……多少の心得がある程度だよ」

「まどうぎし？」

照れてそっぽ向いちゃったエイベルさんの代わりに、シアニスさんが魔導技師についてちょこっと教えてくれた。

何の変哲もない道具に魔法を基にした魔導構成を彫り込み、魔導具を作り出す技術を持った彫師の事を、魔導技師って呼ぶらしい。構成彫りは外部に口伝されない特殊技術なので、知識のない人が魔導具の中身を覗《のぞ》き見て同じ構成を彫ったとしても魔導具にはならないそうだ。魔導技師は、魔導具作りの専門家なんだね。

エイベルさんってすごい人なんだ！

「ふふ……エイベルはああ言っていますが、アイテム袋の故障も直せるのですよ。本人は認めませんので、内緒にしてくださいね」

「ええっ、すごい！」

シアニスさんがこしょっと耳元に囁《ささや》く。なんと！　アイテム袋の魔導構成って、かなり複雑だって聞いたよ？　魔導具って、便利であればあるほど彫り込む場所と文字量が必要で、複雑なんじゃなかったっけ？

例えばシャワーの魔導具は、水を作る構成と温度を一定に保つ火の構成を彫るだけで済むんだよね。シャワーヘッドの中で作られる水の圧によって噴出するから、強弱は水量を調節すればいいだけ。案外単純構造なんだって。

まあ、昔と同じ調子でハンドル全力にすると、めちゃくちゃ痛い雨が降ってくるんですけどね。

埋め込み式シャワーしかなかったから我が家はそれなんだけど、丸くて広い散水部分から満遍なく落ちてくる強水圧のお湯は、頭が禿《は》げそうなくらい痛かったです。閑話休題。

シャワーと違って、アイテム袋は複数の属性を掛け合わせてさらに細かい構成を彫り込まないと作れない魔導具だった気がする。勇者特有の無属性が必要なくて、一般の魔導技師でも製造できるから、まだ手に入る値段で済んでるんだっけ？

〈そうらしいね。まあ、普通なら入りきらない量を小さな入れ物に保存するような代物だ。簡単には作れないよ。主に闇属性の素養と、一人前以上の技師技能と経験が揃《そろ》わないと無理だろうし。彼はかなりの腕前なんじゃない？〉

テクトの補足に、やっぱりと思う。優秀な人なのに、何で今冒険者してるんだろう？　……まあそれは、いつか聞こう。内緒にするくらいだもの、言いたくないかもしれない。だから説明しなくていいよテクト。

今はポンチョの話をしよう。

これは袖《そで》部分が作られてるから、リュックを背負えるタイプのポンチョだね。私が使いやすいようにしてくれたんだ、ありがたいなぁ。体を頑張って捻《ひね》れば、太ももまで覆うベージュのポンチョの下から、真っ白い尻尾が出てる。ちょうどお尻《しり》から伸びてるみたいに見えるね。うん、動けば確かに尻尾っぽい。

ふとテクトを見る。シアニスさんの足元からひょっこりこっちを見上げていたから、すぐ見つかった。首に濃紺の細身なリボンが巻かれていて、大変可愛《かわい》い。似合うわぁ。シンプルなリボンだからこそ、愛嬌《あいきよう》たっぷりなテクトの魅力を引き出してる感じ。そういえばさっき私の首元のリボン

と同じものだって言ってたっけ。自分を見下ろしてみれば、確かに濃紺のリボンがフード部分をぐるりと一周してある。お揃いだ‼

って思った瞬間、テクトが満更じゃない顔で尻尾をぱたぱた振り始めた。ほおおん、なるほど。あんな風に振ればいいのかな。

ぱたぱた。ぱたぱた……お？　足元に風を感じる、ような。

「シアニスさん、これ動いてます？」

「ええ、上手に動いてますよ！　すごいですルイ。もう動かせるようになったんですね」

「お、マジか。うまく出来るもんだなー」

「うん。テクトと並ぶと愛らしさが増すな」

テクトと手を繋《つな》いで一緒に尻尾フリフリしてみると、３人は満足げに頷いた。自分で見れないと実感が湧かないけど、うまくいってる、らしい？　どうかなテクト。

〈ちゃんと振れてるよ。大丈夫。でも横に振るだけじゃなくて、持ち上げて揺らすと生き物らしさが増すんじゃない？〉

なるほど。確かに、テクトの尻尾だって表情があるもんね。今までのテクトの真似《まね》、してみようか。上機嫌な時のテクト、神様に怒ってる時のテクト、食パンを食べてる時のテクト、低反発枕に埋もれてるテクト、悠々と絵描きをするテクト……と思いを馳《は》せていたら、足に柔らかい感触が当たったり離れたり。テクトが照れたようにふわふわ尻尾を叩《たた》きつけてくる。あらやだ可愛い。

ルウェンさん達を窺《うかが》えば、何故かぱちぱち拍手してた。

「まるで猫のように感情豊かな揺れ方です！」

「いいねー。ルイくらいうまく扱ってもらえると、作ったかいあるわ」

「本当ですか？」

「ああ、生きているものの動きだ。後は耳だな」

そういえばありましたね、耳も。どんな形なのかな。

「猫の立ち耳なのですが……動きそうですか？」

「ここまで強制しといて何だが、ルイは猫知ってっかー？」

「知ってますよ、大丈夫です！」

妖精族で猫って何だろ？　とりあえず動かしてみようか。ぴょこぴょこさせたり、音がする方に向けたりするといいんだよね。猫を飼った事はないけど、テレビでよく耳を動かしてる猫を見た事あるし。あんな感じだよね。んんー……ぴょこぴょこ……どうだろ、出来てる？

〈問題ない、ちゃんと動いてるよ〉

「ああ……可愛いですよルイ！」

「これは、うん。可愛いと可愛いは合わせると可愛いになるんだな」

「ルウェン、お前ちょっと自分で何を言ってるかわかってる？」

「わかってるさ。ルイは可愛い」

「ですね！」

「駄目だこいつら」

エイベルさんが片手で顔を覆って肩を落としてるけど大丈夫？

「大丈夫大丈夫、ちょっと仲間の駄目さ具合に頭痛がしただけだかんな」

「何言ってるんですか、探索中でもなければ、状態異常にもかかってませんよ私達」

「まったくだ」

「そーですねー！　くっそう！　いいかルイ、お前は自前の猫耳をフードの中に隠してる設定だ。フードの中に魔導構成を彫った三角耳が入ってっからなー！」

やけくそ気味のエイベルさんがしてくれた説明は、こうだ。

魔導構成は闇属性。闇属性には、手の届かない場所でも魔力を通して物を動かせる魔法があるんだって。何それ便利。自分に触れてるものか目に見える範囲のみらしいけど、めっちゃ欲しいわ。その魔法をフードの中にある三角耳と尻尾の芯《しん》に彫って、私の魔力を通す事で思う通りに動くようにしたそうだ。単純な作りだから必要魔力も少ないんだそうで、幼女の体に優しいね！　重さもほとんどないし、大きめのフードのお陰で私の本来の耳も隠れてくれる。

これで猫耳尻尾の幼女が完成した。わあ、後で手鏡見よう。

「妖精っぽいですか？」

その場でクルッと回ってぴょこぴょこふりふり。どうだ！　妖精族になりきれてる？　小首を傾《かし》げていたら、３人とテクトから太鼓判を貰《もら》った。やっほーい！

「そういえば、どうして猫なんですか？」

「いやこの前さー、他のダンジョンでも妖精が出張雑貨店やってるって言ってただろ？」

「調べたところ、その妖精がケットシーだという事がわかりました」

「ケットシー？」

って、二足歩行できる猫の妖精？　ぱっと思い浮かぶのは赤い靴を履いた猫だなぁ。あとラッパ持ってる猫。

「お前らは会った事ねーか。ケットシーって小柄な奴が多くてよー、普通の猫にも変化《へんげ》できんだけど、街中に出てくるのはほとんど今のルイみたいな格好してんだ」

ほう！　じゃあ擬人化タイプの妖精さんなんだ！　でも獣人族に猫系いそうだし、一緒くたにされないの？

「獣人族にも、猫いないんですか？」

「猫人《シャト》の種族もいますけど小柄な者はほぼいませんし、何より猫に変化できませんから。見分けは案外できますよ」

「へぇー。会ってみたいです！」

「100階近くに潜っている冒険者の中に1人いたから、ルイが宝玉を売りに行けばすぐ会えるな」

マジか！　俄然《がぜん》やる気が漲《みなぎ》ってきました！　楽しみだなぁ。

「そんで猫を選んだ一番の理由なんだがな。ケットシーってのは商売が好きなんだ。森から出てくる奴らは、商売をしに街にくんだよ。そんで全員もれなく、年齢不詳だ。見た目子どもでも中身が100歳超えてる奴だっていんだぜ。今のルイにうってつけだ」

「ほ、本当だ！　私にぴったりです‼」

ケットシーって結構身近な妖精族なんだねぇ。そっかそっか。私もケットシーとして、ダンジョン内で商売をすればいいんだね！　この猫耳尻尾つきポンチョで‼　年齢不詳の妖精として‼

髪の毛が黒いから、白黒のケットシーのフリをすればいいのかな？　近所の野良猫がちょうど白黒だったなぁ。近くに寄っても逃げない、いい子だった……あんな感じか！

「そのポンチョは先日のお礼の1つとして、そして気が早いとは思いますが開店祝いとして、プレゼントしますね」

「あっ。借金の返し方の1つ、っていう事ですね！」

「そゆこと。情報だけじゃなくて物でも返してくかんなー」

「だから深く気にせず貰ってくれ」

わ、わ、嬉《うれ》しい！　嬉しいなぁ。私の言葉を拾ってこれからを考えてくれるだけじゃなくて、こんな素敵なポンチョもプレゼントしてくれるなんて……！　ちょっと涙出そう。心配されそうだからこらえるけど‼

〈よかったねぇ、ルイ〉

目を細めて私を見るテクトに、大きく頷《うなず》く。本当に、素敵な人達に出会えてよかった‼

エイベルさんは猫耳と尻尾の最終動作確認をした後、少しでも変な動きしたら早めに言えよ、直してやっから、とアフターケアの約束までしてくれた。エイベルさん素敵すぎない？　間延び口調の頑固者なのかと思ったら手先器用で気配り上手とか、モテるんでない？　イケメンだし。どうなのテクト。え、モテないの？　何でだ！　ええい誰も褒めないなら私が褒めるっ、私が侍《はべ》る‼

すごいすごいありがとうエイベルさんってステキ！　と足元をうろちょろしながら褒め称《たた》えてたら、乱暴に頭を撫《な》でられて中断させられた。照れてらっしゃるな、さっきは上機嫌でにやにやしてたのに！　まったく、エイベルさんも可愛いところがあるじゃないですか！

〈僕はエイベルの気持ちわかるよ……ルイは素直すぎていけない〉

え、何で？　余計なお世話的な思惑があったにせよ、感謝の気持ちを伝えただけなのに！　と思

ってたら足に尻尾《しっぽ》アタックされた。解《げ》せぬ。

「そういえば、他の皆さんは来ないんですか？」

「後から来ますよ。そうですね……ルイが優秀なお陰で時間も出来ましたし、私達の不手際で問題が起こってしまった事を報告しましょう」

ぴっ！　思わず背筋と尻尾がぴんっと立つ。え、え、ほんと？

「わ、私、優秀ですか⁉」

「すぐに耳と尻尾を動かせるようになっただけでなく、まるで生きてるように見せるまで習得したからな。ルイの順応力は素晴らしい」

正直者なルウェンさんに頷かれたら、によによしてしまう‼　優秀だって、嬉しい！　私、魔導具のＯＮ／ＯＦＦは出来てたから生活に不安はなかったけど、物を自分の意志で動かせるのがわかって嬉しいよ！　魔法の世界にいるんだなって実感が湧く！　私こんなことも出来たんだね、知らなかった。魔力がどういうものか感じないから今までよくわかんなかったけど、えへへ。褒められちゃったよテクト。

〈問題が起こった、っていう部分に関して何か言う事は？〉

そこは聞いてから考えます！

っていうのも会ってまだ2回目だけど、皆さんが信頼できる人達だっていうのは接しててわかるし。テクトのテレパスでいい人達だって太鼓判も貰ってる。だからそんなに不安はないよ。私っていう大問題をすでに背負わせてるわけだしね。きっと私関係の話なんでしょ？

〈そうだね。まあ問題を起こしても放っておかずに対応策を考えて実行してくるあたり、人の好《よ》さ

が滲《にじ》み出てるよね、彼ら〉

テクト的に激怒する内容じゃないんだね。うん、じゃあその問題を聞こうじゃないですか。立ちっぱなしはなんだから、絨毯《じゅうたん》に座ります？　まだ座り心地は試してないけど。

「長くなる話なら、皆さんこっちに座ってください。あ、くつ脱いでくださいね！」

「お、さっきから気になってたんだよなーこれ。家の中でもねーのに大判の絨毯が敷いてあるって、なかなかに衝撃だぜ」

「ああ。まずはポンチョだと優先したが、目にした時は驚いた」

皆さんは装備も含むので脱ぐのに手間取ってるけど、私は靴だけだしテクトは素足だから、洗浄してささっと絨毯に飛び乗る。ううーん、至極の踏み心地！　冷気は来ないし、足が綿に包まれてるかのよう……やっぱりクッションマットと断熱シート買って正解だった！　多少予算は超えたけど、いい買い物したね！　後悔はしてない！　テクトも満更ではないって顔してるし、衝動に身を任せるってのもたまにはいいね！　私大体思ったらすぐ行動しちゃうけどね！

「テクトにも怒られたんですけど、いっしょに座るならこれくらい大きくないとなーって思って。つい買っちゃいました」

「え、これ私達と使うために買ったんですか？」

「はい！　あ、でも商売の時も広げる予定ですよ。ダンジョンの中でもゆっくりできるお店を目指してます！」

「……おいこれいくらかかった？」

「言いませーん‼　絶対に、言いませーん‼」

両腕を重ねて大きく×印を見せる。私の口は堅いぞ‼

これテクトにテレパスしてもらわなくてもわかる！　俺達と使うつもりで、さらに店として使うっていうなら俺達が払うべきだよなぁ？　払わせろや、とか思ってるでしょ！

〈……うんまあ、大体合ってる〉

そうでしょそうでしょ！　でもこれは私が買ったんだもーん！

「私達のお金で何を買っても、私達の自由です！　皆さんには関係ありません！」

「あらまあ、確かにルイの言う通りですね」

「ちっ。賢いなーお前は」

「ルイの負担にはなってないか？　無計画に使ってはいないか？　食事がとれなくなるような生活になりそうになったら俺達に言うんだぞ」

「ちゃーんと考えてます。っていうかあれだけのお金、簡単に使い切れませんし。それに安定した生活をするために、宝玉を売りたいって言い出したんですよ」

無計画どころか一軒家を手に入れましたよルウェンさん。安心してください、羽毛布団に包《くる》まって快眠でした。皆さんには言えないけど‼

冒険者の性《さが》とはいえ、大金（ほとんど装備）を幼女に渡した事を気にされたら話が進まんのですよ。私は賢い幼女！　家計簿はつけてないけど、貯金分はしっかり確保するタイプです‼

「じゅうたんの事はいいですから、皆さんの話！」

「……そうですね。ルイ」

「はい？」

「とても座り心地がよくて、足から幸せな気分になります。寛《くつろ》ぐのに最適な場所ですね。ありがとうございます」

「……はい‼」

ふんわり綺麗《きれい》に微笑《ほほえ》んだシアニスさんはやっぱり聖母属性だと思う。一瞬にしてマイナスイオン出てきた。目の錯覚じゃないよね。

お金の心配より喜んでほしい。そんな私の気持ちを酌んでか、絨毯にちょこんと座ったシアニスさんは、背後でまだ納得いってない様子の男達を手招きしている。動作は優雅だけど、「はよしろ」感が半端ないです裏ボスぅ。

まあ、そんなルウェンさんもエイベルさんも絨毯に一歩足をつけた瞬間、ダンジョン内でこんな極上の絨毯で寛いでいいのか……？　いいんだろ、もう知らん。とぼそぼそ喋《しゃべ》って大人しく座ったんだけども。2人がもたもたしてるうちにテクトがテーブルを置いて、私は南部鉄器の鉄瓶に水を入れて魔導具コンロにかけておく。お茶の準備だ。

老若男女が鉄分不足になってると言われた現代、簡単に鉄分を摂る手段としてお祖母《ばあ》ちゃんが使っていたのが南部鉄瓶だった。毎日の食事から摂取するのも大変だし、お茶にして飲むなら簡単だって愛用してたんだよね。鉄瓶はやかんとかより重たいけど、沸かしたお湯はとてもまろやかで美《お》味《い》しいし。白湯《さゆ》を飲むのにも使ってたからか、貧血とは無縁だったなあ。まあ箱庭の湧き水はカルキが入ってないからそもそも味がまろやか。もはや幼女の健康的生活のために、お手軽な鉄分摂取の方法として習慣づけてるんだけどね。鉄は錆《さ》びやすいって？　ちゃんと乾かしてから片付ければ無縁ですよ。

鉄瓶に火が直接当たらないように弱火でじっくり温めるから、後の皆さんが来る前に仕掛けておきたかったんだけど。まあいいか。

「素敵な鉄瓶ですね」

「はい！」

愛用していた鉄瓶がカタログブックのページに真っ先に出てきたから、同じの買ったんだよね。さすが、使い勝手がよかったよ。

家や学校はショックだったけど、こういう道具は寧《むし》ろ嬉しいみたい。たぶん、道具を見ると楽しい思い出が蘇《よみがえ》るからだと思う。楽しい気分の方がメンタル的にもいいし、今後とも家や建物は日本産除外の方向で検索する所存です。

そんなわけで、この柚子型《ゆずがた》鉄瓶を褒められると嬉しい私がいるのだ。うへへ。可愛《かわい》いんだよこのずんぐりした形。

「お湯が沸くまでにセラス達が着ければいいのですが、それよりはまず現状の説明ですね。ルイ、実はポンチョは元々、あなたとテクトがお揃《そろ》いになるように買ったものなんです」

あ、だからベージュなんだ。でも、もう一度耳に触る。猫の三角耳だ。するっと撫でて、違和感のない布地に首を傾《かし》げた。

「でもテクトのとは違う耳ですよ？」

「元はウサギの耳だったんだが、エイベルが付け替えてくれたんだ」

「え、すごい」

「うん、エイベルはとてもすごいんだ。何故《なぜ》かいつも、そう言うと怒られるんだが」

「うるせーうるせー。元はと言えばうちの女性陣が揃って裁縫できないのが悪《わり》ぃんだろ。何でもかんでも俺に任せやがって」

「料理は出来るようになりました！」

ぷうっと拗《す》ねた顔をしたシアニスさんは控えめに言ってとても可愛いので、しばらくそのままの状態をお願いするとして。

エイベルさん多才すぎない？　工作も家庭科もプロ並みに出来るって器用だねぇ。じーっと見てたらまた乱暴に頭を撫でられた。髪の毛はぐちゃぐちゃになるけど痛くないから、上手に手加減されてるなぁ。

「こほんっ。話が逸《そ》れましたね。ポンチョを買ったところで、ギルドマスターに遭遇してしまいまして」

「ギルドマスター？」

「このダンジョンがある街は知っているか？」

首を振ると、ではそこから説明しよう。とルウェンさんが続けた。

「街の名前はラースフィッタ。この街にダンジョンは1つしかない」

「つまり、ここですね」

「ああ。ダンジョンの名前は知っているのか？」

「ヘルラース、です」

語感的に生き地獄って聞こえるんだよね。めっちゃ怖いよ名付け親。カメレオンフィッシャーといい、恐ろしい名前をつける人がこの世にいすぎじゃない？　同一人物だとしたら怖くない？

「そのヘルラースを主に管理しているのが、冒険者ギルドのラースフィッタ支部だ。冒険者ギルドはダンジョンの出入管理と受付整備、冒険者への任務斡旋《あっせん》などを主な仕事にしている。俺達がギルドマスターと呼んでいるのは、その支部の長《おさ》だな」

正しくは支部長なんだね。ふんふん。

「迂闊《うかつ》でした。子どもと接点がない私達が子ども用の服を買っている、その現状をうまく誤魔化《ごまか》せず逃げてしまったのが最大のミスです」

「俺は口を閉じていろと言われてたから、何も出来なかった……」

「お前は黙ってて正解だ。つーか、そもそも怪しまれてたからツケられてたんだろ」

「グランミノタウロスの報告をし終わった時も聞き出されそうになってましたしね……」

「あれ？　ギルドマスターに私の事、言わなかったんですか？」

グランミノタウロスと上級ポーションの事はギルドに報告しなくてはいけないから、上級ポーションの瓶はこのまま貰《もら》っていくねって話は前にしてたんだけど。てっきりその時、遭遇した私の話もするんだろうなと思ってたのに。

「ルイの事を話してしまったら、そのままあなたが贔屓《ひいき》にしているお店の話もしなくてはなりませんから」

そっか。一般の子どもがダンジョンに紛れ込んでいたらそれは保護の対象。何で保護しなかったのか？　って話になったら、私の事情とか、そのライフラインである謎のお店の話もしなくちゃいけなくなる。

私はその店の事を、あの時、内緒にしてってって言った。皆さんはそれにしっかり頷いてくれた。

ルウェンさん、エイベルさん、シアニスさんに視線を移していく。3人とも、嫌そうな顔なんて全然してない。むしろ笑ってさえいた。

「内緒、が約束ですしね」

シアニスさんが、愛《いと》しげに目を細めて私を見る。

こんな、こんな怪しい幼女の話をちゃんと受け入れて、信じて、約束を守って、ギルドマスターに嘘《うそ》ついたって事？　冒険者としての義務なのに。私との約束を、優先してくれたの？

あ、やばい。ポンチョの時より涙腺《るいせん》にきた。鼻がつんってする。でも泣かない！　まだ話終わってない！

目をごしごし擦《こす》っていると、テクトがぺちって軽く叩《たた》いてきた。

〈泣いてる時にそういう事すると、人の目って腫《は》れるんでしょ？　止《や》めときなよ。ハンカチ使って〉

「ん」

ポケットから取り出したハンカチを目元に当てる。すん、すん、涙が止まってくれない。嬉《うれ》しい、嬉しくて、どうしたらいいかわからない。

〈大丈夫。ルイ、その涙は間違いじゃない。だから存分に泣いていい〉

言外に、彼らが言ってる事は事実だってテクトが教えてくれたから。

私の涙は止まらなくなってしまった。

ひぐひぐと泣いてる私を囲んで根気強く慰めてくれた3人のお陰で、しばらく経《た》って泣き止めた。

いやあ、泣いちゃったねぇ……

テクトがハンカチ使えって早めに言ってくれたから、目元はそんなに腫れてない。手鏡でちゃんと確認した！　テクトは私の懐から見上げてくるという癒し行為をしてました、ありがとうございます！

しかしこの体になってから、涙腺が緩すぎて驚きだよ。どんなに泣かない！　って決めてても、気持ちが高ぶるとポロポロ零《こぼ》れてくるんだもん。幼女の涙腺すぐ崩壊する。

頭を撫《な》でてくれたエイベルさんがまだ沸かない鉄瓶を一瞥《いちべつ》してから、水飲めよ、と言うので素直にリュックからピッチャーとコップを取り出した。背中をぽんぽんしてくれていたシアニスさんがコップを、手を優しく握りしめてくれていたルウェンさんがピッチャーをさらっと受け取り、注《つ》いで私の両手に持たせてくれる。

あれ、何かなこの至れり尽くせり。一瞬、ドラマとかで見るホストクラブを思い出した。イケメン２人に美女侍《はべ》らせてるからホストとキャバクラの混合店？　あ、違うね。ただただ心配されてるんだよね。ありがたく飲みまーす。

「落ち着いたみたいだな」

「はい……あの、ありがとうございます」

「気にすんな。子どもは好きな時に泣いていいんだぜ」

「もう少し飲みますか？」

私の手からコップを優しい手つきで取ったシアニスさんに首を振る。もうちょっとしたらお湯沸いて、お茶飲む予定だしね。幼女の小さい体には、コップ１杯で十分だ。

「話を中断しちゃって、ごめんなさい。それで、えっと、皆さんが私の生活のために、ギルドマスターにポンチョ買ったの、ごまかしてくれたんですっけ……？」

約束守ってくれた事が思いの外《ほか》嬉しすぎて頭の中それしかなくなって涙腺崩壊しちゃったけど、そういう話だったよね？

「正確には、誤魔化しきれなかったからこそ今の事態になってしまったんですけどね。申し訳ありませんが、しばらくしないうちにセラス達を追ってギルドマスターが乗り込んでくると思います」

え……お偉《ギルドマスター》いさんが、直接ここに？　ここダンジョンだよね？　しかも危険な深部だよ。そんな重役が直接ここに来るの？　うっかり死んだらどうするの、大問題だよ？

信じられないって顔で見たら、揃って苦笑された。来ちゃうのかー。

「変わった人なんだよなー、ギルドマスターにしては。書類仕事や会議より現場に出る方が性に合ってんだと」

「だからこそ親しく接してくれて、冒険者の事をよく理解してくれる、素晴らしい方なのですが……今回ばかりは大人しくしていただきたかったです」

「俺はギルドマスターが来るまでにルイを妖精《ようせい》だと思いこめるだろうか……いや思わなければルイに迷惑が……」

ルウェンさんが暗い表情で呟《つぶや》いてるけど……大丈夫？　あ、むしろ追い込まないといけないの？　彼曰《いわ》く、自分の馬鹿正直さは昔から理解してるし、思った事は口に出してしまう性分を今更直すつもりはない。でも、それだと私に迷惑がかかる。なので問題のギルドマスターが来るまでに、尻尾《しっぽ》と猫耳つけた私を妖精だと思い込む事にしたらしい。自己暗示だね。ありがたいけど深刻に考えすぎじゃ……いや、性分を矯正するのって難しいからわかるよ。私だって今更食べ物大好きな自分を変えろとか言われても無理だし。

暗示じゃなくてお口チャックしとけばいいのではと思ったけど、実際危うい時があったらしい。シアニスが容赦なく黙らせたけどなー、ってエイベルさん笑ってたけど何したの？　あれ、この2人って両片思いなんだよね？　案外容赦ないな。

ディノさんが言ってた、公私混同しないってこういう事なのかな……私にはまだわからないですディノさん。

ルイは妖精、ケットシー、ルイはケットシー……ってぶつぶつ呟き始めたルウェンさんは怖いから放っておくとして。ギルドマスターが来たら私やテクトはどうしたらいいんだろう？　もうちょっと大人っぽく振舞った方がいいとか、そういうのあります？

「そうですね……ルイもテクトも、普段通りでいいと思いますよ」

「へ、いいんですか？」

「変に取り繕っても後でボロが出るだろ。ケットシーの中には舌ったらずな奴もいるし、テクトは見た目以上にしっかりしてるみてーだし、お前らに問題はねーよ。ただまあ気は早《はえ》ーけど、ごく最近店をやり始めたって事にしてくれっと、説明が楽だな」

「今回の私達は、ケットシー達に運よく遭遇し、上級ポーションを売ってもらったお礼をするためここに来た、と装う予定です」

「え……私の、お店、ですか？　まだ開いてないですけど……」

勝手に店だって、言って許されるの？　危ない店だって思われない？

「その開店の許可を、これから来るギルドマスターから貰えるように説得するんですよ。色々不快な思いをさせてしまうかもしれませんが、全力でフォローします」

「ただの宝玉売りじゃ面白くねーな。どこぞの妖精にあやかって、神出鬼没な出張雑貨店、名乗ればいいじゃねーか」

「雑貨店ならば、宝玉以外にも商品を用意しないといけませんね。まずはポーションから売り出してはどうですか？　上級はおそらく禁止されると思うので、中級までをお勧めします。あなた方のお店なら、仕入れられると思うのですが」

シアニスさんもエイベルさんも、にっこりと笑みを深くする。あ、これあれかな。私専用のお店を仕入れ先として扱えって事かな。

商人独自の仕入れ先だから、あまり話したくないって言っても納得してもらえる可能性が高い。私は商人に関して詳しく知らないから想像の範疇《はんちゅう》で物を言うけど、きっと独自の売買ルートを確立して商売してるはずだ。他店と違う目玉商品があれば、それだけで儲《もう》けられるもの。

それに、たとえ仕入れ品が産地不明で信用されなくても、最悪宝玉だけでも売れればいい。宝玉は違うダンジョンに持ってったら残数が消えて色を失うらしいし、一目でこのダンジョンのものだってわかるんだ。

幼女専用のお店の話はできないけど、謎の仕入れ先としてなら話せる！　なるほど皆さん頭いいな‼　さらっと助言も貰ったし、ポーションも準備しよっかな‼

「あのっ、質問いいですか！　聞きたかった事があって！」

「あら、何でしょう？」

「宝玉とポーション以外に、商売にしたいものがあるんです！　私の洗浄魔法、使えませんか？」

「あんだけ速くて血まで落とせるんなら、絶対稼げるな」

やっぱり！　前もエイベルさんが、一儲けできるって言ってたんだっけ？　金勘定に頑固なエイベルさんが言うなら間違いないよね‼

これなら苦もなく出来るし、商売にしても手間じゃない！　さらに聞けば、洗浄魔法は世界に広く普及してるものの、血まで落とせるレベルとなれば商売としての需要があるんだって。血のついた服のままだと、病気になる確率が上がるからだ。細菌が繁殖するもんね。冒険者の荷物に着替えが多いのは、予防のためでもあるのかな。危険性を知ってるのでチーム内に1人くらいは突出した使い手がいるらしいけど、私の魔法には精度も速度も及ばないそうな。のろのろ洗浄しても疲れるだけだし、金がかかってもきちんとした結果が得られるのなら喜んで任せてくれるから、必ず儲けられるって太鼓判押された。私の魔法はもはや掃除を専門とする職業者並みらしい。マジか。

ダァヴ姉さんには全然及ばないけど、私の洗浄魔法は現代で言う、資格取得者と同程度の威力になってたのか……お掃除マスターも夢じゃないね！　魔法使えるこの世界ならでは、だけどね！

ふと、テクトがまた右側の方へ顔を向けた。

〈……来たよ。今度も3人……と、遅れて2人〉

人数的に2人の方が、ギルドマスターさんだね。遅れてきたってことは、セラスさん達を尾行してきたって事かな？

私とテクトが黙って一方を見てたからか、シアニスさんとエイベルさんが不思議そうにした。

「どうしました？」

「テクトが、何か来たって……」

〈ルイ、僕の言葉は多少わかる、くらいがいいんじゃなかった？〉

そうでした！　ありがとうテクト！

「言ってる気がしました」

「まあ、階段からは離れているのによくわかりましたね。テクトは気配察知にも優れているのですね。教えてくれてありがとうございます」

「いえいえ」

〈どういたしまして〉

「まあどっちにせよ、そろそろだと思ってたんだよなー。おいルウェン、時間切れだ」

「え、もう終わりなのか？　そんな……」

「ルウェンはなるべく黙っていましょうね」

「……ああ」

しょぼんと落ち込むルウェンさんの背中をバァンッとエイベルさんが叩いたところで、安全地帯の一角に光が集まった。さっきシアニスさん達が来た時のと同じ光だ。

〈5人一気に来るね〉

おお！　じゃあもうギルドマスターさんとご対面って事だね！

よーし、保護されないように幼女ルイ……じゃなくて！　商売人ルイ、がーんーばーるーぞー！

ふんすっと気合を入れたところで、光が収縮。セラスさん、オリバーさん、ディノさんと、背筋がピンッと伸びた初老のおじさんに、若い物静かそうな男の人が現れた。とりあえずはセラスさん達に挨拶《あいさつ》だね。

「お久しぶりです、セラスさん、オリバーさん、デノさん！」

「おーう。元気そうだなぁ」

「商売人は笑顔が大事、ですからね！」

ふりふり。尻尾を揺らして見せる。私の言葉と格好でケットシーに化けているのを察した3人は、後ろに置いてけぼりしてる人達には見えないように、ウインクしたりにっこりしたり親指を立てたりした。

「忘れたものは買えましたか？」

「ええ。リボンは赤も似合うと思ったのよ。いいものに巡り合ったわ」

「めっちゃ軽い買い忘れだったなー」

「女の買い物に付き合わせられたこっちの身にもなれよ」

「いや本当に……女の子ばっかりで居づらかったよあの店」

セラスさん達は私とテクトのリボンを買い足しに残った、っていう設定なんだね。ディノさんとオリバーさんは苦い顔してるけど。

〈あー、なるほど。最初来た時4人の気配だったはずなのに、すぐ1人分消えたんだよね。オリバーが転移の宝玉を持って帰ったんだ。セラス達を迎えに〉

それでまた今、宝玉使って来たと。色んな意味で目立つセラスさんとディノさんで注目を集めて、オリバーさんがこっそり合流。その隙にシアニスさん達は先に来て準備をする、と……。テクトが首を傾《かし》げまくってた理由もわかったし、納得！

「……そちらのお嬢さんは誰かな？　報告にはなかったよね」

そろそろ話しかけようかと思ったら、初老の人に先に話しかけられた。この人がギルドマスターかな。武器とかは携帯してないけど、強そうな感じ？

〈体術の心得はあるね。それに隣の男、護衛だよ〉

何も対策しないで来たわけじゃないんだ。なんかほっとしたよ。

「ギルドマスター、報告が遅れてしまったのはすみません。でも諸事情と言いますか、私達の勝手な意地で、後日きちんと話すつもりでした」

「へえ、そうなの？」

「ええもちろん。それに、嘘《うそ》は言ってませんよ？　危険なものではないのですから……彼女がこの階層で上級ポーションを見つけ、私達に売ってくださった方です」

「はい、ケットシーのルイと、小さな妖精のテクトです！　このダンジョンで、最近お店始めました！　よろしく！」

「これはこれはご丁寧にどうも。僕は冒険者ギルド、ラースフィッタ支部のマスター、ダリルです。こちらはグロース君。僕の秘書だよ」

〈……いや、事務仕事させる機会なさそうだけど。やって書類の運搬程度でしょ〉

記憶を読み取ったテクトの冷静なツッコミに噴き出さなかったのを、誰か褒めてほしいよね！

まったくもう、顔の筋肉がつる！

「ギルドマスターさんなんですね！　話には聞いてましたけど、じっさい、会えるとは思いませんでした」

重役が直接ダンジョンに乗り込んでくるのは予想外だよ本当に。シアニスさん達の話もうっすら、嘘だーって思ってたよ。

「僕も、ヘルラースでケットシーに会えるとは思わなかったなぁ。タラニヤのダンジョンにいるケットシーはご親戚《しんせき》かな？」

「タラニヤ？」

〈……妖精がダンジョンで出張雑貨店を営んでる街の名前だね〉

はーん、同類だから近しい仲かと思われたんだね。赤の他人です。

「知りませんねー。それより、今お湯が沸くところなので、お茶にしませんか？　皆さんどうぞ、靴を脱いで休んでください」

「これは、おや、絨毯《じゅうたん》？」

「私の商売スペースです！　ステキなお店でしょう？」

ダンジョンに絨毯があるのがやっぱり珍しいのか、ダリルさんは戸惑ってるようだ。物静かなグロースさんはずっと表情変わらないけど。

初見のセラスさん達が驚いた顔を綺麗《きれい》に隠して、ささっと靴を脱いだ姿は拍手したいくらい役者だった。でもそれをギルドマスターに見せるわけにはいかないから、我慢我慢！

今はお茶を淹《い》れよう。まずはおもてなしから、そしてスムーズに開店許可へ流れを持っていこうか。南部鉄瓶のお湯と紅茶は相性が悪いから、お茶はお茶でもほうじ茶にするよ。私は日本茶、特にほうじ茶が好きなんで‼　商品として置きたいから、まず味わってもらう！

リュックからお客様用ティーカップを取り出した。1セット4つだったから、2セット買っておいたんだよね。増えたのが2人でよかった。それとディノさんの指はカップの取っ手に入らないだろうから、彼の分だけ大きなマグカップです。悪戯心《いたずらごころ》に従ってクマ柄にしようかなって思ったけど、さすがに失礼だなって思って止《や》めたよ。ギルドマスターが来るとは思わなかったから、本当に止めといてよかった。

ほうじ茶準備しといて何でティーカップ買ったのかって？　お洒落《しゃれ》だったから衝動買いだよ！
大丈夫、お茶は器を選ばない！　たぶん。

テーブルに瓶敷と急須《きゅうす》を準備して、魔導具コンロの火を消す。持ち手があまり熱くならない袋《ふくろ》鉉《づる》の鉄瓶だけど、幼女の手じゃまだまだ熱いので布巾《ふきん》で鉉を包んだ。茶葉をたっぷり入れた急須に熱湯のまま注《つ》いで、30秒。まあここは適当で。並んだティーカップに均等に注ぎ入れていき、これじゃ足りないから一連の作業を繰り返して……大きなマグカップの8分目まで注がれたほうじ茶にうんと頷《うなず》いて、最後の1滴まで急須を振って落としきった。周囲にほうじ茶特有の香ばしい匂いが広がる。あー、たまりませんな！

「お待たせしました。お茶が入りましたよ……どうしました？」

全員が黙ってこっちを見てる。じーっと、目を見開いて。え、なになに、どうしたの？　あ、シアニスさんだけ微笑《ほほえ》んでるの、何で？

Step4　冒険者ギルドの職員を迎え撃ちましょう

あれ……私なんかやばいことした？

「あのー、皆さん？」

お茶の淹れ方おかしかったかな？　でもお祖母《ばあ》ちゃんはいつもこうやってたし、不味《まず》くなる淹れ方ではないはずなんだけど……はっ！　それともテーブルが駄目とか？　この前皆さんが敷布に座ってお茶してたから、てっきり世間では座卓も通用するのかなって思ってたのに……いや、もしかしてティーカップなのに紅茶じゃないからドン引きされてる可能性あるかも。あまりに非常識すぎた？　私普段はマグカップでごくごく飲んでたの、情緒なくてごめん‼

〈……あー、うん。大丈夫。ルイに不手際があったわけじゃない。このテーブルもティーカップも問題ないよ〉

いいの？　テクトがそう言うなら気にしないけど……とりあえずお茶配ろうか。目を彷徨《さまよ》わせつつティーカップを運ぼうとしたら、シアニスさんがテーブルに寄ってきて手伝ってくれた。シアニスさんだけ動じてないのは何か理由があるのかな？

〈ほうじ茶含む日本茶は過去の勇者が広めたみたいで、世間的に貧富関係なく普及してるけど……急須で正しく淹れられるのは習い事として嗜《たしな》んだ貴族か、過去の勇者が興《おこ》した街出身の人くらいし

かいないみたいだよ。茶道って呼ばれてるね〉

は、さどう？　ほわっつ？

〈凝視されてたのは淹れ方だよ。ただのケットシーが急須を使って正しい淹れ方をしてる、ってね。一般的に広まっている方法は、大きいポットを使った紅茶の淹れ方そのままだね。味が濃そうだなぁ。シアニスは鉄瓶の時点で察してたから、動じてないだけだね。以上、ルイの猫耳がちょこちょこと動いて可愛《かわい》いと思っていた人達以外の思考だよ〉

え。私が普段からやってるお茶の淹れ方が、貴族の習い事？　マジか。そんなご大層なものじゃないけど……いつかの勇者はどんな伝え方をしたのかな。不思議ですわ。

ケットシーだと思ってるって事は、ダリルさんかグロースさんのどっちかが熱い視線の主……あ、2人ともこっち見てますわ凝視ですわ。めっちゃ驚かれたのは察した。そして茶道（異世界ver.）をご存知《ぞんじ》な人達は貴族と関係があるの？　シアニスさんも？　シアニスさんって貴族嫌いだったよね。確かテクトが、皆さん一様に貴族にいい思い出ないって言ってたような。

テクトを見ると、小さく肩をすくめられた。

〈教えてもいいけど……エイベルの話は、自分で聞くって言ったよね〉

はい言いました！　おっけーわかった、私自身がいつか聞けばいいタイプの話なんだね！　込み入った事は気長に機会を待つわ‼

「ルイ、配り終わりましたよ？　ぼうっとして、どうしました？」

「あ、いや……」

シアニスさんに顔を覗《のぞ》き込まれた。ひえ、タイムリー！

テーブルを見れば、整然と並べられてるティーカップ。私がボケッとしてるうちに全部やらせてしまった……ありがとうシアニスさん！

「お菓子、何がいいかなーって……思って」

「あらまあ。ほうじ茶はクセが少ないから、ほとんどのお菓子と相性がよくて悩みますよね。私はドライフルーツが好きです」

「わかります！　ベリー系の、酸味が強いお菓子も合いますよね！」

「それならちょうど、クランベリーのドライフルーツを練り込んだクッキーがありますよ。こちらをお茶請けにしましょう。皿に盛りますね」

腰のベルトに提げたポーチ型のアイテム袋から、大皿を出してクッキーを広げるシアニスさん。

こんな優しい笑顔の慈母属性な女の人が、貴族と何かあったのか……なんて、あまり考えたくないけど。きっと苦労したんだろう。

とりあえず思うのは……

〈ルウェン早く告白して幸せにしてやれ？〉

それっ、です!!

嫌な思い出は、楽しい事や幸せな時間で忘れちゃうのが一番！　皆《みんな》がシアニスさんの過去を知ってるかはわからないけど、2人が早くくっつけって思う気持ちはよーーくわかった!!

うん……落ち着こうか。皆さんテーブル囲んで座ったしね。お茶を一口、二口……はぁあああ。美味《おい》しいなぁ。

私が飲み始めると同時にお茶を口に含んだ皆さんの顔が、ふんわり緩んでいく。そうそうこれだよ。私が見たいなーって思っていたのは、この顔なんだよ。よかった、当初の目的を思い出せて。

「ふぅ、美味しいわねぇ」

「ほっとするな」

「ああ……うめぇわ」

「クッキー美味しいです！」

「これバニラの店のやつ？」

「そうですよ」

「バニラなら間違いねーわ。ん、うめー」

「ありがたいねぇ。まさかこんな歓迎を受けるとは思わなかったよ」

「…………（さくさくごくごく）」

シアニスさんがくれたのは、しっとり系のソフトクッキーだった。一口かじればほろりと崩れ、甘い香りが鼻に抜ける。牛乳使ってるのかな。ほのかに香る乳製品の匂いと、クランベリーの酸味がベストマッチすぎてたまりませんなぁ。そしてここで、ほうじ茶。甘い口の中を香ばしいお茶で流せば、また次のクッキーを食べたくなってしまう。食の連鎖だわぁ、手が止まらないわぁ。

「で、何故《なぜ》ギルドマスター達が来たんです？」

のんびり味わっていたら、シアニスさんが突然切り出した。お茶を噴かなかった私を誰か褒めて‼

テクトに慰められるように太ももをぽんぽんしてもらって、真正面でティーカップ傾けるギルドマスターを窺《うかが》う。隣に座ってるグロースさんはクッキー食べてはお茶を含み、クッキー食べてお茶を……連鎖止まりそうにないな。あ、おかわりいります？　いいですよ、お湯が沸いたら淹れますからちょっと待ってくださいね。

で、何だっけ。何でギルドマスターが来たのかって話だったっけ。

ダリルさんは「グロース君が悪いねぇ。美味しいものが好きなんだよ、彼は」と私に言ってから、皆さんを見回した。

「君らが怪しい行動をするからさ。何を隠してるか知りたくて、ついてきちゃった」

いや、初老のおじさんが茶目っ気たっぷりに言う台詞《せりふ》かな……か、可愛い、かな？　ちょっと拍子抜けはした、けど。もっと攻めた感じに来ると思ったから。

シアニスさんが頬に手を当てて、首を傾げた。うん、こっちは文句なしに可愛い！

「怪しい？　さて……何かしましたか？」

「子ども服買ったり、過去の受付記録を閲覧したり……怪しい行動するので調べてみてくださいって言われてるのかと思ったよ」

「思い込みが些《いささ》か激しいようですね。先程《さきほど》も言いましたが、彼女が上級ポーションを売ってくださったからこそ、私達は皆で帰還できたのです。そのお礼をするのは当然でしょう？　可愛らしいポンチョがあったら、是非着てほしいと思うのもまた道理。テクトとお揃《そろ》いで、とても愛らしくなりました」

「最高ね、私達の見立てに間違いはなかったわ！　後でリボンも付け替えましょうよ」

「確かに可愛らしいねぇ……一瞬、人族の子どもがダンジョンに紛れ込んだかな、と思うくらいには驚いたよ」

おおっと。ふっかけてきましたね！　しかし心構えが出来てる私は動じませんよ！　にっこり笑って尻尾《しっぽ》を振ってみせる。女は度胸！

「過去の記録に関しては、ルイとテクトがどうやってここに辿《たど》り着いたのか知りたくて……個人的な興味で、調べました」

「ほう？」

「先日話した折、彼女達は外の世界を見た事がないと言いました。自身が妖精族《ようせいぞく》だとは知ってましたが、先日私達と出会って初めて、獣人族やエルフを見たそうです。多種多様の種族が常に行き交うナヘルザークに暮らして、それはありえるのでしょうか？」

「相当な箱入りじゃなきゃ、ありえないだろうね」

ほう。ナヘルザークは種族差別はしない主義なのかな？　大変平和でいいねぇ。いつか戦争がなくなって、スパイとかいなくなったら……見に行ってみたいなぁ、そういう楽しそうな風景。

「結論から言いますが、彼女達はダンジョンから出た事がないのです」

「……これはまた、突飛だねぇ」

「それほどおかしい事は言ってませんよ。すでに確認も済ませていますし……もう一度聞きますが、ルイ達は外へ出た事がありますか？」

「ないです」

一歩も。

「ふむ……では外の記憶が根付く前の幼い彼女達を、誰が、どうやって連れてきたのか。君らは突き止める事ができたかな？」

「受付記録で確認したところ、ケットシーがダンジョンに入った記録が50年ほど前にありました。退出記録のない、ケットシーの女性です……その方がルイの親であると推察し、先程確認しました」

えっ、驚いてほうじ茶を飲み込んじゃったよ！　実際にいたのそんな人⁉　ここに転生しちゃった私はともかく、何で来たのこんな危険なところに‼　昔の事だから聞けないけど‼

「その女性はダンジョンの罠《わな》で深層へワープしてしまい、身重では外へ出るに出られず、この階層でルイを産み、育て、そして……」

ここでシアニスさんが目を伏せた。あ、これもしかしてお母さん死んじゃった設定？　テクトが内心で同意したので、私も俯《うつむ》いておく。ちゃんと庇《かば》ってもらってるんだから、手伝わないと。

「じゃあ、ルイの目が少し赤いのは……」

「すまない！　俺達が泣かせてしまった！」

ルウェンさんが突然頭を下げた。いや号泣したのは事実ですけど、別に泣かされたわけじゃ……あるのか？　ルウェンさん気にしすぎでは。

ただ、タイミングはバッチリだったのかもしれない。ダリルさんの目が疑い１００％の感じから、少し緩んだ気がする。

「……なるほどねぇ……」

ダリルさんはお茶を一口飲んで、私に向き直った。

真正面から、彼の視線を受け止める。次は私が話す番なんだね。わかりました頑張りましょう！

折角皆さんが外に出されないよう考えてくれたんだから、私がミスらないようにしなくちゃ！

「言葉はお母さんが教えてくれたのかな？」

「あ、はい！　あと、洗浄魔法も！」

「……この安全地帯が妙に綺麗《きれい》なのは、君がやったのかな？」

「はい！　……ほとんどお母さんが、ですけど」

正しくは姉さんです、とは言わない！

「脱出の宝玉を手に入れる機会はあったはずだよね。どうして危険なダンジョンにとどまり続けているんだい？」

「外には出ちゃダメって言われているので」

「へえ、母親から？」

大きく頷いた。故人を勝手に利用して申し訳ないけど、ダァヴ姉さんにもお勧めしないって言われたから、嘘じゃないよ！

ダリルさんの視線がシアニスさんに移って、首を振られた。

「受付記録には、彼女の母親がダンジョンへ入った理由は書かれていませんでした。ここまで深い階層へ潜る予定はなかったかもしれませんが、ダンジョンから出ないつもりで入ったのではないでしょうか」

「ふぅむ、なるほどねぇ……ねえルイ君。このほうじ茶はどこで手に入れたのかな？　アイテム袋は無限じゃないんだ。おおよそ50年かかるまでもなく、食料は尽きるだろう？　長い間ここに住んでる君なら、ダンジョンに食料が出ない事は知ってるだろうから、教えてほしいな」

お、ちょっと皮肉ってます？　ふふーん、心構えしっかりなケットシーのルイに抜かりはありませんよ！

「ヒミツの仕入れ先があるんです。だから毎日3食しっかり食べてますよ。あ、でも内緒ですよ！

商売人は簡単に仕入れルートを人に話さないんだって教えられましたから！」

「……その仕入れ先で暮らせばいいじゃないか。ここは危険だろう？」

「このダンジョンで暮らす約束ですから」

外に出た事がなくても仕入れ先には出向いた事があるだろう、って言いたいんだねきっと。

こんな弱そうなケットシーと妖精が、1人と1匹で危険なダンジョンの深層で暮らしてるなんて、管理してる側からしたらいい気分じゃないと思う。安全な場所に行ってほしい気持ちはもっともだけど、私はむしろこの場所の方が安全なんですよね。メンタル的な意味で。

「こんな場所に住んでどうするつもりだい？」

「そうですね……前まではどうしようかなって思ってました。テクトと2人でのんびり暮らすのも好きです。でも、皆さんに会って思ったんです。私が持っているもので、冒険者の人達を助ける事ができるんだって。誰かの役に立てるんだって」

これは本心だから、言わせてほしい。皆さんにも言いたいんだ。

「とても嬉《うれ》しかったです。だから、私、商売を始めようって思いました。お店作ったんです。言いましたよね、最近お店始めましたって。このじゅうたんすべてが、私のお店です。ここでは、ずっと気を張ってがんばってる冒険者の皆さんには、心から休んでほしい」

生活のためでもあるけれど、寛《くつろ》いでほしいのは本心だ。

「ギルドマスターさんは、ゆっくり休めませんでしたか？　私のおもてなしは、お気に召さなかったでしょうか」

「……とても美味しいお茶を淹《い》れて貰《もら》って、気に入らないなんて客は舌がどうかしてる。そうか、もう決めたんだね」

「はい！　私、ケットシー《子どもじゃない》ですから、しっかり働かないと気が済みません！」

見た目詐欺は事実だからね‼

「……決めたのなら仕方ないねぇ」

私の満面の笑みを見て、ギルドマスターはゆるーく肩を落とした。お茶を一口飲んで、細くため息を零《こぼ》す。

「君らが僕を連れてきたのはこういう事かあ……」

「あら、ギルドマスターが勝手についてきたんでしょう？」

「おじさんにあんな可愛《かわい》い雑貨店は居心地が悪すぎるよ。意地悪だね。グロース君、契約書とペン出してくれる？」

これは商売の許可が貰える流れ、とガッツポーズしようとして、え？

「契約書って持ち歩くものですっけ？」

「この人はよく外出するから、出先にも重要書類を持ち出す事で有名なのよ。護衛が可哀相《かわいそう》なくらいにね」

フットワーク軽すぎるのがここで影響してくるの？　護衛が書類運びって、読んで字の如《ごと》くだった？　不思議な人達だなぁ。

クッキーをもぐもぐしてたグロースさんが、腰のポーチから紙と万年筆を取り出してダリルさんに渡した。ポーチの小ささに反して紙は曲がってなかったから、あれもアイテム袋かぁ。持ってるって事はそれなりに稼いでる人なんだね。皆さんみたいに強いんだな、きっと。あとクッキーばっか食べてるとむせるから、お茶できるまでは水どうぞ。

テクトに注《つ》いでもらったコップを持ってって目の前に置くと、じーっと凝視される。え、さっきより視線強い……

ダリルさんが面白いものを見た！　と笑い出す。んん？

「グロース君に気に入られたようだね。彼は人見知りが激しいから、初対面で懐《なつ》かれるのはとても珍しい事だよ。グロース君、お茶菓子は出してもらったものなんだから、ほどほどにね」

「…………」

小さく頷《うなず》いて、さっきよりは遅いペースでもぐもぐを再開した。

え、私のどこに気に入られる要素が？　この人にはほうじ茶しか出してないよ？　何だろ、幼女パワー？　ケットシーパワー？　わけがわからんです。嫌われるよりはいいけどさ……

しかしよく食べるなぁ。グロースさんは人族なのかな？　髪は銀髪だけど耳は尖《とが》ってないし、尻尾がないから獣人でもない。武器は見当たらないからアイテム袋に入れてるのかな。三白眼で表情が乏《とぼ》しいけど、クッキーを頬張ると愛嬌《あいきょう》が出てくる感じなので怖い感じはまったくないんだよねぇ。本当に強いの？　って思っちゃうくらいに細身だし。ていうかあれだけ食べてお腹膨れてないんだけど食べた分どこに行ったの？

シアニスさんは全く動じる気配なく、大皿にどんどん追加のクッキーやマフィンとか載せてってるし。どんだけ買い込んだんですかシアニスさん。そしてどれだけ食べるんですかグロースさん。

めっちゃ大柄なディノさんでさえ10枚で満足してるんですよ‼

「まったくもう。これではしばらく楽しもうと買い込んだお茶菓子がなくなります」

「はは、すまないね。グロース君もバニラ君のお菓子が好きなんだ。後でお返しするだろうから、許してあげて」

「ならいいですけれど」

可愛らしくぷんぷんするシアニスさんを横目に、元の席に戻った。お湯はまだ沸きそうにない。鉄瓶を眺めていると、ダリルさんが目を通していた書類を私の方へ向けた。

「さて、ルイ君。ダンジョンで商売するにあたって、君にはいくつか確認と、署名をしてもらわなければならない」

「はい」

「これがうちで発行してる、ダンジョン内でのアイテム売買を許可する契約書。別紙の契約事項を確認して名前を書かないと認可タグを渡せないから、冒険者は君を信用できず、円滑な商売はできないよ」

「にんかタグ、ですか？」

「ギルドが認めた商売人に渡されるタグの事だよ。この前ダンジョンで宝玉を売る人もいるって言ったじゃない？　そういう人はギルドに申請して契約、それから認可タグを貰って、やっと宝玉を売れるんだよ」

「ま、持ちきれねぇものを格安で買い取るモグリもいるけどな」

「頭の痛い話だね」

ああー。そういえばそんな話もしてたような……そっか。商売は信用第一だもんね。認可タグは免許証みたいな感じかな？　冒険者みんなが経験豊富な人達ばかりじゃないんだし、わかりやすい目印を交付しとかなくちゃいけないんだろうね。きっとこれも冒険者に対する国側のフォローってやつなんだろう。ギルドも大変だね。

　私にとっても大変ありがたい契約書だ。身元不明でも、タグがあれば怪しまれずに済むんだもの。喜んで書きますよ！　テクト、日本語で書いても本当に大丈夫なんだよね？

〈うん。魔導具を騙《だま》すレベルで文字も翻訳されるからね。カタログブックは例外だけど〉

　カタログブックは魔導構成からして日本語オンリーで作られてるもんねぇ。あれは作った人が自動翻訳の性能を凌駕《りょうが》してるから例外中の例外だね。私には無理な芸当ですわ。

　前々から翻訳されるのは知ってたんだけど、いざ人目に晒《さら》される書類に書くってなったら不安になっちゃって。思わず再確認しちゃったよ。変にドキドキしちゃうね。

　えーっと、契約書に私の名前を書く前に、契約事項を確認するんだっけ。別紙を手に取り、まじまじと見る。案外手触りがさらっとしてるなぁ。冒険者さんの遺産にあった紙とは大違いだ。

　隣にいたシアニスさんとオリバーさんが覗《のぞ》き込んできたので、持つのを止《や》めてテーブルに広げた。別に内容的に見られても問題ないよね？　一般的な契約事項だもの。日本で言う、同意を求められる長文の小難しい文章群と似てる。ちょっと頭が痛くなりそうだけど、ちゃんと読まなきゃね。私が当事者だし。何より、て、店主だし！

　って思ってたら、皆さんが「この項目は冒険者に無理強い……安く売れとか、高く買い取れって脅されたり、傷つけられたりしたらギルドに相談してね、ちゃんと助けるからねって書いてあるんだよ」「こっちは逆に、冒険者へ無駄に高い商品を売りつけないように注意されてるわね」「あー、これは外での適正価格にプラス輸送代をきちんとつけろって文だな。ちゃんと値段設定しねーと外の商人に喧嘩《けんか》売られるんだろ」「宝玉とポーションは外と同じ値段にしろだとよ。運送代に関しちゃ、宝玉だけは付与しちゃいけねぇのか」「ここは商売の保証をするから年に一度契約金を納めてくれ、と書いてあるな」「買取りは冒険者との争いに繋《つな》がる場合があるのでお勧めしない、ってありますね。互いに納得のいく買取りなら大丈夫なようですよ」ってフォローしてくれるのですごくわかりやすかった。遠まわしな表現ばっかでクエスチョン出してたのに気付いてくれたんですね……ありがたいっす！

買取りを推奨しないのは、冒険者の皆《みんな》が鑑定スキル持ってるわけじゃないからかな？　私とルウェンさん達の1010万のポーション代は、互いに納得がいく買取り扱いになる、んだよね？　よかった違法じゃなくて。後で突っ込まれたら困る取引だもんね。いや認可タグ貰う前だからどちらにせよ困るのかな？　うーん、どうなんだろ。

〈鑑定スキルを持ってる側が嘘《うそ》をついて有利な取引にするかも、っていう可能性は考えないんだよね、ルイって〉

は⁉　え、そういう事もあるの⁉　呆《あき》れた様子でマフィンをはぐはぐしてたテクトが、私の足をぽんぽん叩《たた》く。〈ルイが騙されそうになっても僕が助けるからね〉と頼もしい言葉付き。うわぁん助かるぅ！

ルウェンさん達のお陰で契約事項に全部納得できたので、契約書に署名する。ルイ、と。これだけでいいのかな？　印鑑とかいらないの？

「名前だけでいいんですか？」

「ああ、いいんだよ。その万年筆、魔導具でね。君の魔力を契約書自体に登録するようになってるんだ。タグもその契約書を基に作るから、偽造されないんだよ。なくさないようにしてね」

「わかりました！」

さすがファンタジー。認可タグも唯一無二になるなんて、すごいなぁ。魔力の感じとか全然わからないけど、大丈夫かな？　契約書を渡すと、名前をさらっとなぞり頷いたダリルさんは、グロースさんのポーチに押し込んだ。そんな雑でいいの？　いいのか。

「で、店をやるのはいいんだけど。１つだけお願いっていうか、約束してほしい事があるんだよね」

「はい」

「上級ポーションは販売しないでほしいんだ」

「はあ……中級ポーションまでは売るつもりでしたけど、もしかして、店頭にも並べない方がいい感じですか？」

さっき、どうせ禁止されるとか何とか言ってたような……

「察しがいいねぇ。彼らの話からすると君が見つけたらしいけど、上級ポーションが出たの１０８階なんだってね？」

宝玉無双からの脱却だったよね。嬉しくて小躍りしたもん。まさかあんなに高い代物だったとは思いもしなかったけど。

「で、この１０８階にはもう１つ、忘れちゃいけないものもいるね」

「……は！　牛‼」

「うん、グランミノタウロスだけど、ルイ君は牛呼びしてるの？」

「舌かみそうになるんで……」

ゆっくり意識して言えば大丈夫なんだけど、ほとんど舌が絡まるんだよね。この体にまだ慣れてないからか、私自身の滑舌が悪いのか不明だけど、何とかしたいなぁ。ディノさんをデノさんって呼んじゃうし。

「まさかグランミノタウロスの部屋には入ってないよね？」

それルウェンさん達にも聞かれたけど、私そんな無鉄砲に見える？

「宝玉使って遠目で……一目見て以来、行ってません」

「ならいいけど。そのグランミノタウロスがね、目が合った人を部屋に引きずり込むスキルを持ってる事がわかったんだよ」

は？

「え……ろ、ろーかに、いてもですか」

「廊下から獲物が顔を出すのを待って、まとめて転移させるみたいだよ」

何それ。こわっ。あいつそんなスキル持ってたの？　こっっわ。

あれ、でも私あの時、のほほんと廊下歩いて部屋覗いたよね？　牛は部屋の隅にいたから、出待ちだってされてなかった。隠蔽《いんぺい》魔法貰う前だったよね？　何でだろ。

〈気配が小さすぎて気付かなかったみたいだよ。あの時はルイと僕だけだったし。大人やモンスターの気配……存在感は大きいからね、待ち構えやすいんだろう。そもそもそんなスキル、僕の加護が防ぐよ〉

なるほどねー……心の底からテクトと幼女な自分に感謝だわ。とんでもない恐怖体験をするところだった。大人だったらトラウマどころか、メンタルを再起不能にさせられたかもしれない。

いや待って。ギルドマスターがグランミノタウロスを認知したのは、ルウェンさん達が報告したからだよね？　っていう事は、その恐怖体験を皆さんは味わったのか……うわあ。

ぐるりと見回すと、苦笑したり頬をかいたりあえてニッコリしたり……うん、聞かない事にしよう。私は深く考えない。

「で、ちょっとズルくて危ないスキルを持ってるから、そもそもこの階層に冒険者を入らせない方がいいという話になってね」

「はー……なるほど」

「でも上級ポーションが出てくるかもっていう情報があったら、皆108階に来たがるだろう？　入手できれば一気に大金持ちだからね」

うんうん、一軒家持ちになりましたね、私は。

「ポーション探してるうちに見つかって引きずり込まれて……そんな事故が相次いで冒険者がたくさん亡くなったら、国やギルドにとって大きな損失になるんだ。ここのグランミノタウロスは段違いに強いし、現状倒せる人がいなくてね。上級ポーションの事は伏せて、この上の階層までは問題なく潜れる、という情報を開示するって話になったんだよ」

「ふむふむ……えっと、つまり、私が上級ポーションを持ってると、それをどこで手に入れたかって話になって……」

「108階ですって答えたら、情報流出を抑えてる意味がなくなるね？」

あ、了解しました。ダリルさん目が笑ってない、笑ってないぞぉ。

「私が108階で暮らしてる事も黙ってた方がいいですか？」

「念のため、内緒にした方がいいね。突かれたら面倒だよ」

確かに。こんな弱そうな妖精《ようせい》が過ごせる階層なら行けるんじゃないかって思われても困るし、ここは内緒にする事にしよう。

ギルドで情報規制しててくれるなら、きっと誰も108階まで来ないだろうしね。ここを安住の地にしよう。

「こんなものかなぁ。後日認可タグと一般的なアイテムの相場を書いた紙を持ってくるから、そうしたらギルド認定店を名乗ってもいいよ。ポーション以外には何を売る予定なんだい？」

「宝玉と、後は洗浄魔法が得意なので、体をキレイにするお仕事も出来たらいいなって思ってます」

「へえ、いいねぇ。どれだけできるの？」

「それがすごいのよ、マスター。彼女、血を落とすのは勿論《もちろん》なんだけど、何より早く終わるの」

褒められるとにやにやしちゃうなぁ。まあ私が出来る魔法と言ったらこれしかないんだけどね。

「なら洗浄請負の相場も必要だね。書いておこう。他には？」

「後はー……えっと、追い追い？　まだ何を売ったらいいかわからなくて」

「それなら冒険者と交流するうちに決めればいいさ。契約的に問題はないし、こちらとしても君がこのあたりで商売をしてくれれば、冒険者の生存率が上がってありがたいからね」

そっか。ポーションが多く売り出されていれば、それだけ冒険者が生き残る可能性が上がるんだ。

冒険者だってある程度備えて潜ってくるだろうけど、狙ったアイテムが宝箱に入ってる確率なんて低いもんね。現にルウェンさん達はずっと宝玉拾えなかったって言ってたし。

深層から出られなくなる人達を減らすためにも、私自身が移動できる回復ポイントって考えれば、ギルド的には助かるんだ。

「中級ポーションまでなら、どんどん入荷してくれていいよ？」

テーブルに肘《ひじ》をついて、手のひらに顎《あご》を乗せた初老のおじさんは、とてもとてもにこやかに微笑《ほほえ》んだ。わーお、悪どい感じ。


「グランミノタウロスで思い出したけど。あいつどこにいるんだい？」

私の話は一段落した、のかな？　ダリルさんは声色明るく、皆さんに会話を振った。ふー、内心ため息を零《こぼ》すと、徐々に肩の力も一緒に抜けてく。いやあ緊張したけど、何とか乗り切れたみたいだね！　これからも油断はできないけど、大きな山は乗り越えた感じ！

皆さんは一様に片方の通路を見た。私が左側って言ってる方だ。確かにあっちには、グランミノタウロスとオーク部隊がいる。

「牛なー。あっちにいるぜ」

「お前も牛呼ばわりかよ」

「いや、実際言いやすくてな。グランミノタウロスってなげーだろ？」

「確かにね。今度から牛って言いましょ」

「倒したらどう料理してあげましょうか。牛の肉は脂身が少なく食べやすいらしいですよ。あれだけ素早く動ける牛なんですから、きっととても美味《おい》しい赤身肉です」

「焼肉だな！」

「ルウェンは焼肉好きだね。俺はローストビーフ食べたいな」

「自分達を瀕死《ひんし》に追い込んだモンスター相手にそこまで言えるって、図太いにもほどがあるよね。まだ倒す算段もついてないいんだろう？」

「そんくらいの根性じゃなきゃ冒険者なんかやってられねぇよ」

「そうそう。多少の大口は叩けないとね」

ほがらかな雰囲気の会話だけど内容が食欲に溢《あふ》れてる。めっちゃ聞き逃せないんですが、マジか。あれだけ死にそうな目に遭ったのに、皆さん倒す気なの？　あの牛を？

〈冒険者の性《さが》ってやつじゃないの？　実際死にかけたシアニスでさえ、心からグランミノタウロスを食べる気だよ〉

気付いたら細長いパイをサクサク頬張ってたテクトが、ジト目で皆さんを眺めてる。何か今日のテクト、妙にお菓子食べまくるね。グロースさんに張り合ってる？　競ってるわけじゃない？　そっかぁ……じゃなくて!!

マジかぁあ！　いや、オーク食べるって言ってたから、モンスター食べる発言に驚きはしてないよ？　でもあれから数日しか経《た》ってない。あの日、捕食されそうになって、命からがら逃げ延びたのに。恐怖を刻み込まれたはずなのに。

今や逆に倒して食べる気でいるっていう、切り替えの早さに驚きを隠せないでいるんだよ！　メンタルたくましいんだね冒険者って!!

ぽかーんとしてたら、セラスさんが魅力的なウインクかましてきた。

「もちろんルイも食べるわよね？」

「え⁉」

「あなたの印象をガラッと変えるだけの威力はあると思うのよ。オークだって、階級が上がっていくごとに味が変わるし」

「旨味《うまみ》が増すんだよなぁ。何でか知らんが」

「体に含まれる魔力の量で変わる、とかでしょうか」

「そういう説もあるらしーな」

「下位オークも持ってる武器によっては肉質が違うから、食べ比べるのも楽しいよね」

「オークもいるの？　この階層」

「オークジェネラルが出るのはここだけですが、100階から107階はジェネラル以下の階級がすべて揃《そろ》ってます。多種のオーク肉を入手できますよ」

「へえ！　それだけでも他の冒険者には実入りのいい話だよ」

ルウェンさんはダリルさんに敬語使うんだなーって思う前に、それ以上の衝撃がきた。

同じオークなのに肉の味変わるの⁉　品種が同じ豚でも育ちが違いますよ的な話かな、階級高いジェネラルは高級豚肉でしょうかわかりません‼　あまりの発言にオークへの恐怖が吹っ飛びそうになったわ‼

「オークメイジは脂身が多くて僕は胃もたれするんだけど、グロース君は好きなんだよね。ちょっと行ってみていい？」

「いいですよ、案内します」

「んじゃ、ついでに牛がどの部屋にいるかも教えてくっか」

気軽に話してらっしゃるけどギルドマスターも同類ですか、オークメイジは魔法使いタイプだから筋肉少なめ脂身多めって事かな⁉　わあ、わっかりやすーい、じゃない‼　人を捕食する側の隣人を、美味しいもの扱いする人がたくさんいるなんて思わなかったよ、やっぱいなこの人達‼　それだけの実力があるって事だよね、たのもしぃいなぁあ‼

ちょっと近所のスーパーに行くかのような軽快さで左側の通路に入っていくダリルさん、グロースさん、オリバーさん、エイベルさん、セラスさんを見送って、私は隣に座ってるシアニスさんの膝《ひざ》に倒れた。あらあら、なんて微笑んで頭を撫《な》でてくれるシアニスさんの癒しパワーでも、ちょっと動悸《どうき》が治まらない。緊張状態からの立て続けに受けたショックはでかいです。私まだ牛も豚も怖いのにぃい‼

「お疲れ様でした。勝手に故人のお母さんを捏造《ねつぞう》して、すみません」

「ううん、大丈夫です。私、ちゃんとダリルさんと話せてました？」

「ガチでケットシーかと思うくれぇには、受け答えできてたな」

「よかった。皆さんが作ってくれた機会を、むだにしないで済んで」

見ず知らずの故人には申し訳ないけど、皆さん私のために色々してくれたし。私達はそのお陰で、ここに住んでもいい許可をダンジョン管理の最高責任者から貰《もら》えたんだから。文句を言うのは筋違いだ。

「ルイが頑張ったからこそですよ。これであなたが無理やり外に連れ出される事もないでしょう」

「認可タグがありゃ、迷子の子どもだとは思われねぇだろうからな」

「私とテクトのために、ありがとうございます」

「いいんだ。命を救ってもらったお返しだからな」

そう言ったルウェンさんの顔が歪《ゆが》んだかと思うと、何故《なぜ》かテーブルに突っ伏した。ん、どうしたの？　ルウェンさんを挟むように座っているシアニスさんとディノさんが、彼の足元を覗《のぞ》き込んで顔をしかめる。んん？

「やりすぎですよディノ」

「しゃあねぇだろ、咄嗟《とっさ》にやっちまったんだ。お前みたいに加減なんてできねぇよ」

全然状況が理解できないのでルウェンさんのところに行くと、胡坐《あぐら》を組んでる事しかわからなかった。シアニスさんが呆《あき》れた様子でズボンの裾《すそ》を上げると、ルウェンさんの足首に大きな痣《あざ》が浮かんでる。え、何これ。さっき座る時はなかったよね？

慌ててディノさんを見ると目を泳がせてるし、シアニスさんを見るとポーチから取り出したらしい長い杖《つえ》の先端をディノさんの顎にぐりぐり押し付けてる。これディノさんがやったの？

「俺が……口を挟むべきじゃない俺が、悪いんだ……」

ルウェンさんが言うには、さっき彼が盛大に謝った後、隣に座っていたディノさんに容赦なく足首を握りしめられて声もなく撃沈してたらしい。あの後、妙に静かだなって思ってたけど、物理的に黙らされてたとは思わなかったよ……ど、どんまいルウェンさん。

「俺は言葉にしすぎるから……皆《みんな》が止めてくれてちょうどいいんだ」

だとしても涙目……いや、うん。ずっと我慢してたんだね？　痛いのを我慢して何事もないように振舞ってたんだね？　深く突っ込まないで頭ナデナデしよ。頑張ったねルウェンさん、私のためにありがとう。

ルウェンさんは最初は驚いていたけど、すぐに目を閉じて気持ちよさそうな顔だ。素直かよ可愛《かわい》いな……くっ、溌剌《はつらつ》とした人が甘んじて幼女に撫でられるとか、萌《も》えが過ぎるのでは！　結構な絵面だけど、それにツッコミ入れる人はいなかった！　私は大変楽しいです‼

「我慢強いのも問題ですよ、まったく……」

シアニスさんがルウェンさんの足に向けて、杖を構えた。長い柄の先に宝石みたいな玉をぐるっと円く囲んだ頭がついてる。ワンドってやつだ。

数秒も経たず、その宝石の周囲に白い光が集まる。ポーション飲んだ時と同じ光だ。あ、これってもしかして。

「彼《か》の者の傷を癒せ、ヒール」

シアニスさんの柔らかな声と同時に、光がルウェンさんへ注がれる。雲の隙間から降り注ぐ光を浴びているような光景が治まると、ルウェンさんの足にあった痣は綺麗《きれい》になくなっていた。

すごい、これが回復魔法‼　初めて見たなぁ。ファンタジーの代名詞！

「すまない、ありがとうシアニス」

「いいですよ。反省するべきはディノです」

「悪《わり》ぃっつってんだろ」

「ああ、そうだな。ディノありがとう。俺を黙らせてくれて」

「だぁ！　お前が礼言ったら意味ねぇだろうが！」

「そうか。でもまた俺が失言しそうになったら止めてくれ」

「こりねぇなお前も！」

「仕方ないのでまた治してあげますよ」

「助かる」

「助長すんじゃねぇシアニス‼」

〈性分はなかなか変えられない、だっけ。周りも大変だね〉

エイベルさんもディノさんもしっかりした人なのに、ルウェンさんに振り回されてるなぁ。でも皆さんが笑ってるからいいんだろう。

まあディノさんは力加減なんとかした方がいいと思うけどね。私の頭撫でる時、首取れちゃうんじゃないかとひやひやするよ‼

「シアニスさん、魔法が使えるくらい体調よくなったんですね！」

「これでも体は丈夫ですし、ルイの先生役は寝ていてはできませんからね」

はっ、そうだ、魔法教えてもらうんだった！　戦闘関連には一切向いてないけど、回復は使ってみたいなぁ。それもわかるようになるよね？

「魔法の勉強、楽しみにしてます！」

「おや、シアニスの魔法講座かい？　それは高くつきそうだ」

「ぴょっ」

さらっと会話に交じらないでくださいダリルさん！　驚いて尻尾《しっぽ》がぴんって立ったよ‼　私の感情に反応してくれるとは出来た魔導具だ‼

慌てて振り返ると、さっき出かけた皆さんが揃ってこっちを見てる。帰ってくるの早いですね、何も持ってないけどオークは狩れたのかな⁉　オリバーさんが笑顔でサムズアップしたから狩れたんだね、仕事が早い‼　ところで肉の現在地はグロースさんのポーチの中でしょうか、私の契約書と一緒だけど臭くならないよね⁉　アイテム袋が優秀でよかった！

「これもまたお礼の１つですよ。ルイには大恩がありますからね。しばらくは基礎鍛錬と、資金を集めながら彼女の知識を増やすお手伝いをしようと思っているんです」

「なるほどねぇ。それも、君らが彼女を隠してた理由なのかな？」

「何事にも順序というものがあるでしょう？　上級ポーションの情報料をきちんと彼女に渡して、色々と事情を聴いてから、ギルドに報告しようとは思っていたんです。急いで報告するような話でもないですし。それを怪しいだなんて……心外でしたよ」

「まったくよね。ただまあ、今日、勝手にギルドマスターが来てくれたのはありがたかったわ。店の正式な開店が早まったんだから」

「じゃ、ちょうどいいな。上級ポーションの情報料、今渡しとくか」

「は？」

え、待って。まだ私に渡す現金があったの？　エイベルさんがアイテム袋から取り出した小さな麻袋が、ちゃりんっと硬貨同士が当たる音を立てた。わあ、本物。ギルドマスターの前で出すとは、大分断りづらいぞー。わかってやったなエイベルさん！

私がむすっとしていたら、セラスさんが素早く駆け寄ってきて、ほっぺを指で突《つつ》いてきた。ぷすぅ、私の口から空気の抜ける音がする。

空気が全部抜けて私の口が尖《とが》ってるだけなのを見て、セラスさんは愉快そうに笑った。クスクス、鈴を転がすような声で笑う人だ。

「あなた達の功績なんだから、ちゃんと受け取ってね?」

ぬああんっ、美人の首傾《くびかし》げはずるいと思います‼　あざと可愛い‼

にやにやするエイベルさんから麻袋を受け取って、リュックに突っ込んだ。もう何も言わない‼

「じゃあオーク肉も獲れたし、今日のところは帰るよ。そうだね、2日後の昼前にまた来るから、そのつもりでね」

「はい!　あ、ダリルさん。私の都合でダンジョンにまた来てもらうので、宝玉一式どうぞ。使ってください」

ダリルさんに4色の宝玉を見せると、目をぱちくりさせた。何だ、この世界の大人は老いも若いも関係なく可愛い仕草をするような法律でもあるの?　大変お茶目でいいと思います。

「え、くれるの?　ありがとう、ギルドで保存してる予備使っちゃったから助かるよ」

それっていざという時使うタイプのやつですよね?　このギルドマスター、ギルドの保有アイテムを私物化してるよ。「またやったのか」とディノさんの呆れた声が聞こえた。常習犯ですか‼

フットワーク軽いのってこれが原因かな⁉

「いいですよ。どれだけ売っても余るくらいあるので」

だから備品の私物化止《や》めましょう。5回使えるのあげますから!

何の躊躇《ためら》いもなく宝玉一式受け取って、ダリルさんは赤い宝玉だけ手元に残した。後はグロースさんのポーチにどーんだ。これもしかしてもしかしなくとも、秘書のアイテム袋も私物化してらっしゃる。

「宝玉を売ってくれる店だなんて、本当にありがたいなあ。じゃあまた2日後に……グロース君、帰るよ？」

「…………」

「グロース君？」

「…………」

ダリルさんが何を言っても黙り込んで、棒立ちのグロースさん。

私物化されてるのが実は嫌だったの？　このタイミングで反乱？　かと思いきや、グロースさんの視線は湯気を噴く鉄瓶に一直線。

ああー。テクトさん、テクトさんや。私の思い違いでなければ彼は、えっと、あれですね？

私の問いに迷わず頷《うなず》いたテクトから、グロースさんへ向き直る。

「えーっと……ほうじ茶待ち、ですか？」

「…………（こくん）」

「ダリルさんもどうぞ、座ってください。お湯沸きましたから」

「うーん、うちの秘書がすまないねえ。ありがとう」

お茶会は、どうやらまだ続くようです。

2杯目のお茶を淹《い》れてると、皆さんの視線がテクトに向いた。ちょうど、ビスケットを大きな口に放り込んだところだった。

さながらリスがちっちゃい手で木の実を掴《つか》んで、削り食べるかのような愛らしさだけど、まあ贔《ひい》肩目《きめ》だからねぇ。たぶんこれは……食べてる量の事だろう。今日は何でか、たくさん食べてるなぁ。

「テクトって、結構大食いなのね」

「私も、おどろいてます。いつもはそんなに食べないので」

「クッキーとかマフィンが初めて……ってわけじゃないよね？」

「食べた事ありますよ。その時は1個2個で満足してました」

「大丈夫かよ、腹壊さねー？」

「んー……たぶん？」

皆さんにティーカップを配ってもらいながら、首を傾げる。

どの段階で魔力に分解されてるのかは謎だけど、聖獣はどれだけ食べてもお腹が膨れないんだよなぁ。いつも私と同じくらいの量をニコニコして食べてくれるから、あまり深く考えた事なかったけど……もしかして普段の食事も物足りなかったのかな。

〈普段の量で満足してるし、毎日楽しく食事してるよ〉

それならいいけど……どうしたのテクト、ダリルさん達が来てから、ちょっと変だよ。あんまり喋《しゃべ》らないし、延々食べてるし。シアニスさんが用意してくれたお菓子が好みの味だったの？

〈美味《おい》しいけどパンほどじゃ……まあいいか。隠すほどの事でもないし〉

テクトがじいっとグロースさんを見る。彼が何かした？

〈このグロースっていう人、テレパススキル持ってるから。ここに来てからずっと僕とテレパスで会話してるんだよ〉

「は？」

思わず声が出てしまった。慌てて、何でもないようにティーカップを口に運ぶけど、私の頭の中は混乱の極みである。

え、待って。グロースさんがテレパス持ってる？　お菓子エンドレスもぐもぐしながらお茶待ちしてる無口な人が、ダリルさんと攻防してた裏でテレパス会話？　私が考えてた事も、ケットシーじゃないのも、箱庭で暮らしてる事も、テクトが聖獣だって事も、全部バレた？　やばい、汗かいてきた。うそ、どうしよ、ギルドマスターの護衛だよ？　外へ保護されて、テクトと引き離されちゃうかもしれない……

〈落ち着いてよ、大丈夫だから。ルイの考えは読まれてないし、外へも連れていかれない。聖獣以外のテレパスなんて、スキルを持っている者同士で会話する程度しか出来ないよ〉

そうなの？　でも確かに、聖獣規格のテレパス《読心術》が普通に出回ってたら、そこらじゅうで心の中読まれ放題……あの、もしもしテクトさん。テレパス会話してたって事は、テクトの正体はバレてるのでは？

〈うん、気付かれてるよ。でも彼はルイと僕をどうこうしようとは思ってない。ここに住むなら時々お茶を飲みに来るって言ってる。友好的な態度だよ。一方的に読心もしたけど、ルイの平穏を脅かす気はないね〉

それってイコール私達の事情を察してるって事ですね⁉

「ルイ。顔色悪いけど、体調良くないの？」

テクトに向けてた意識の横から、オリバーさんの声が割り込んできた。ぱっと顔を上げれば、狐《きつね》耳《みみ》をぴょんと立てた彼が気遣わしげな表情でこっちを見てて、ばっちり視線が合う。気付いたら、皆さんの視線が私に向いてた。え、めっちゃ注目されとる。

「へ、あ……えっと、だ、大丈夫、です」

「少し、手を失礼しますね」

シアニスさんに右手を取られた。脈拍を測ってる、みたい？　首元にも手を伸ばして、確認してる。シアニスさん、看護師さんみたいな事もできるの？　回復系統まっしぐらですね。いや違う、今私が考えるべきなのはそうじゃない。

「……脈は多少速いですが、熱はないですね。この短い間で色々な事があったので、疲れが出たのかもしれません」

「ギルドマスターが突然来るからじゃない？　ストレスよ、ストレス」

「ええ、僕のせいかい？」

「いや！　えっと、だ、大丈夫です！　テクトの様子見てたら、ちょっと、心配だなーって思って！」

「本当に？　気を遣って隠さなくてもいいよ？」

オリバーさん、すごく気にかけてくれるのは嬉《うれ》しいですが、実際はテクトに衝撃的事実を聞かされて驚いてるだけです。本気で。

〈獣人の中でも気配を察する能力に優れた狐人《ルナール》だからね、彼。ルイが思わず声をあげてから、ずっとこっちの様子を探ってたよ。心配で〉

めっちゃ小さな声だったはずなんだけどなーっ、思わず飛び出したあの一言に反応するとは、さてはオリバーさん心配性かなーっ、今はその優しさがつらい!!　気遣う視線が止まらなぁい!!

違うんですオリバーさん、私は初老のおじさんの隣でお菓子貪《むさぼ》ってる人について、テクトに聞いてただけなんです！　っていうかまだ食べてるのグロースさん、何でこっち見ながらおかわりしてるの、何があの人をそうさせてんの⁉　わけわっかんないなお菓子モンスターか‼

ああもう、グロースさんの事はとても気になるけどそれどころじゃない‼　手短に確認して、まずはこの場を乗りきる‼　切り替えてこ‼

テクト、グロースさんは私が人族だってわかってるんだね⁉

〈そうだよ〉

でもケットシー扱いしてくれるんだね⁉

〈ルイがそう望むのなら、邪魔をする気は一切ないね。美味しいお茶をこれからも飲ませてほしいから、不都合な事はしないよ〉

ガチでお茶狙いかい‼　私達の秘密を守ってくれるなら、いつでも丹精込めたお茶でおもてなししますよって伝えて‼

〈わかった。釘《くぎ》刺しとく〉

食べるのを止めたテクトがほうじ茶を飲み始めたのを確認して、うんうん大きく頷いた。

「テクトは今ゆっくりお茶飲んでるから、大丈夫だってわかったから、もう平気です」

「……そっか。でもつらくなったら言いなよ？」

「はい」

どうやらオリバーさんは納得してくれたらしい。ふぃーよかったー。

「テクトの様子は、ルイから見てどうなの？」

話の流れで皆さんの視線がテクトに移った。助かったぁ。小心メンタルには美男美女の視線の集中は荷が重たいですよ。

「んと、美味しいから思わず食べてた、みたい？　です」

　美味しいと思ったのは間違いないよね。何でずーっと食べてたかは後で聞こう。グロースさんの話も詳しくしてよ！

「バニラのお菓子は妖精《ようせい》さえ魅了するのか」

「妖精にも人気っつって売り文句出した方がいいんじゃねーの」

「さらに人気になったら気軽に買えなくなるじゃない。却下」

「そういえば、彼はどういう生き物から生まれた妖精なんだい？　ぱっと見たところ、動物関係の妖精みたいだけど」

　ウサギでもなければリスでもない、目は猫の形だし……と首を傾げるダリルさんに、私も同じように首を傾げた。

「私もわからないです。でも、テクトはずっと私と一緒にいてくれてる相棒だから。別に何の妖精でもいいかなって」

「そうかぁ。長い付き合いなんだね？」

「はい、生まれた時から、一緒です」

　目が覚めたらテクトの顔ドアップだったしね。

　あの時から半月以上経《た》ったなあ。思い返してみると、私大体ツッコミばっかりしてる気がするね？　自分がこんなにツッコミ気質だったとは知らなかったよ。

〈いや普段のルイはボケてるよ。結構〉

マジか。私としてはツッコミしまくってるつもりだったんだけど。

「妖精族は奥が深いねぇ。エルフ族、ドワーフ族みたいに人に近い種族もいれば、ケットシー族のように動物の姿を保つ種族もいる。表立って外国へ交流を図る種族もいれば、森に引きこもる種族もいるね。テクトのような、言語を介さない種族はもっとたくさんいるだろう？」

「まあ、正しい種族の数は妖精王でさえ把握できていないと噂《うわさ》されているわね。長い年月を生きたもの、豊富な魔力を有したものが妖精に変じる事が多いから。結局は知性と魔力を持った生命体であれば、すべて妖精族と言えるわ」

「そういえば、彼のような妖精と魔獣って何が違うのかな？　僕は未《いま》だにわからなくてねぇ」

「まじゅう？」

新しいワードが出てきたぞぉ。モンスターとは違うのかな？

「魔獣っていうのは魔力を有した獣、って意味。犬は知ってる？」

「知ってます。ワン！」

つい鳴き真似《まね》したら、オリバーさんがくすりと笑った。目元が丸くて柔らかだ。やだ、狐耳男子可愛《かわい》い。

「普通の犬と魔獣の犬の違いは、魔力を持ってるかいないか。それだけなんだ」

「え、見分けつかなくないですか？」

「うーん、実際見せられればわかりやすいんだけどね。普通の犬は犬の限界を超える事がないけど、魔獣の犬は魔力によって体形を変えたり、中には魔法やスキルを使うものもいるんだよ。つまり動物としての能力を、魔力で上回ってしまう。そういう生き物の事だね。生まれつき魔獣だったり、後天的に……成長途中で魔力を浴びすぎて変化してしまったりする獣もいる。元々動物だから人馴《ひとな》れしやすくて、魔獣を連れた冒険者もいるよ。意思疎通が出来るだけの知性があるっていう証《あかし》だね」

「ほえー……」

なるほど。ダリルさんの言う通り、どちらも知性と魔力を持った生命体、しかも動植物として生まれた後で変わる事もあるわけだから、魔獣と妖精の違いって何だろうって話になるね。魔獣かあ。突然襲ってこないなら是非とも見てみたいね！

「学術的な話だと堅苦しくてわかりづらいから、妖精族の見解を言わせてもらうと」

「ふむ」

「長命で魔力が高ければ妖精族」

「曖昧《あいまい》にもほどがあるね！　普通の学者じゃ長期的に観察もできない」

「妖精族を調べるなら妖精族にやらせろ、という言葉をご存知《ぞんじ》かしら」

「妖精族の誰も調べる気がまったくないよって遠まわしに伝えてる言葉でしょ。知ってるよ。気付いたら増えてるわけだ、まともな調査員がいないんだから……」

うーん。妖精族って気が長くて大らかな人が多いのかな？　細かい事は気にするなって感じ。

「つまり、魔獣も、妖精も、友好的な種族って事ですね！」

「ええそうよ。私達妖精族はずっと昔から、諸外国への交流を欠かさずしてきた。大らかな種族だからこそ、他の種族とも争う事なく接してきたのよ。魔獣もそう。能力的に劣るだろう相手でも、仲良くなれば敬意を表してくれる。心優しい隣人なのよ。ルイは偉いわね。人の歴史に小難しい理論と理屈をグダグダと並べ立てる学者達に見習わせたいわ」

セラスさん何か嫌な思い出があるのかな。目が笑ってないね⁉

「耳が痛いだろうねえ、妖精族のルーツを探ってる学者は」

「ギルドマスターが先に聞いてきたんだろうがよ」

「エルフ族の考えを一度聞いてみたくてね。さて、今度こそ帰ろうか。グロース君も、もう十分食べただろう？」

よっこらしょ、と立ち上がったダリルさんを一瞥《いちべつ》もせず、ティーカップをじーっと見つめるグロースさん。どんだけお茶気に入ったの。もう空なんでしょ？　３杯目はないよ、諦《あきら》めてお帰りください。だから寂しそうに眉根《まゆね》を寄せてこっちを見ない‼　また来たら飲ませてあげるから‼　えーっと、２日後だっけ。その時に今度はマグカップでなみなみと用意してあげるから‼　もー、テクト伝えてあげて‼

〈はいはい………帰るって〉

テクトが軽くため息をついた後、すぐにグロースさんがティーカップを置いて立った。

うわ日本茶強い。上司の言葉より強い。

Step5　冒険者と触れ合いましょう

　ダリルさんとグロースさんが脱出の宝玉で去ってしばらくすると、私達は皆揃《そろ》って全身から力を抜いた。テーブルに上半身を預けて息を零《こぼ》す。

「……やぁっと帰ったわね」

「はい……」

　最後の最後に、「魔法を教えてもらうならついでに文字も勉強させてもらった方がいいよ、契約書の名前すごく歪《ゆが》んでるから」ってにこやかに付け加えたダリルさんは、実は結構ひどいと思う。悪い人じゃあないけど、何でこのタイミングで言うのよーって感じ。少し意地悪なんだね、初老のおじさん。お陰さまで疲労感マシマシですよ。

　ちょっぴり悔しくてテーブルをぺちぺち叩《たた》く。毎日日記書いて頑張ってるもん。まだ子どもの手に慣れないだけだもん。力が入れづらいんだもーん。次なんか書く時は絶対に綺麗《きれい》な字を見せてやるからね！

　そんな私を見て、オリバーさんが慰めるように頭をぽんぽんしてくれる。優しいなあ。

「ルイもテクトも、お疲れ様。朝から騒がしくしてごめんね。昼頃って約束したのに早くルウェン達が来た時は驚いたでしょ？」

「んー……おどろきましたけど、私のためだったし。無事お店も開けるようになったから、むしろありがとう、です」

「いやー、こっちこそ悪かったよ」

「元は俺らのミスだったんだがなぁ。ま、終わりよければってやつだ」

「また2日後でしたか……ギルドマスターが宝玉をさらにせしめるとも限りませんし、私達も必ず顔を出しましょう」

「そうだな。売る分がなくなってしまう」

「まだもらうつもりなんですかあの人……」

「可能性としては否定できないわね」

貪欲《どんよく》だなぁ。貰《もら》えるものは貰っとく精神かな？　そこで宝玉出されてもドン引かない姿勢がギルドマスターとしてすごいところなのかどうなのか……ただの年の功っていう可能性もあるのかな？

まあ、宝玉の2、3個はあげてもいいけどね。半月間集めまくったのは伊達《だて》じゃない。アイテム袋に4種類100個以上は入ってるんだ。私達がどれだけ宝玉無双していたかよくわかる結果ではあるんだけど、拾ったアイテム袋が特大サイズで本当によかったと心の底から思います。

何度もタダであげると他の冒険者の方々に示しがつかないので、ねだられても断れる、NOと言えるケットシーになりたいね。

「そういえば今更ですけど、契約書って私の名前だけでよかったんですかね？　テクトも一緒にやるのに……」

自分が店主だからって張り切ってたけど、考えてみたら私1人でやるわけじゃないんだからテクトの名前も必要だったんじゃ……

「大丈夫よ、ああいうのは代表者だけ書いておけばいいから」

「そーそー。たぶん認可タグ、２人分来るぜ。代表者と同じ魔力のタグつけて、同じ店の奴だって見せるもんだからな」

って事はテクトの身元も保証してくれるって事だね。ありがたやー。

「後はまあ、テクトが喋《しゃべ》れねぇ妖精ってのもあったからな」

「ディノ、それは別に言わなくても……」

「こいつらは賢いから理解すんだろ。知らねぇ方が後々面倒だ」

「そうかもしれませんが」

ん？　何か不穏な空気が……ここはいっちょ、私が間に入りますか。テクトに関する事なら喜んで聞きますぞ‼

「テクトがしゃべれないと、何が悪いんですか？」

「さっき、魔獣と口がきけねぇ妖精の見分けがつかねぇって話をしてただろ？」

私が聞く態勢なのを察したシアニスさんがため息漏らしてディノさんを一瞥すると、彼は躊躇《ためら》う事なく話してくれた。

どうもそういう見分けがつかないのを理由に、ずーっと昔から、人型をしてなくて喋れない妖精の人権は、ほとんどないんだそうだ。身元がしっかりした誰かの庇護《ひご》下にいない妖精単体での行動は、使役されていない野良魔獣と同列扱いらしい。最悪狩られる事もあるとか……

ほーん？　テクトは世間では野生扱いですか。怒っていい？　ダリルさんにテクトについて深く

聞かれなかったのはそういう風潮がギルドに根付いているからかなー？　やっぱり怒っていい⁇

それでもダリルさんの態度は良心的で、最近では一般的になってきたんだって。少数のひどい奴は妖精ってだけで見下してきたり、出会って秒で捕獲アミに入れて貴族に売りつけたりするんだとか。喋れない子は比較的戦う力が弱くて、簡単に捕まえられるんだそうで……何だそれ許せんな‼　マウドッグだって見限るわけだよ！　そういう人達には、足の小指を何度も家具にぶつけるようにお祈りしておく‼

ただ認可タグをつけると、野良妖精じゃなくて個人で管理してる妖精だぞっていう証明にもなるから、一安心らしい。認可タグの頼もしさよ‼　テクトが捕まる事はないだろうけど、私のメンタルに優しいね‼

そして私より深く憤慨していたのは、妖精族のセラスさんだった。

「そうよねひどいわよね！　まったくもって時代遅れも甚だしいわ‼　だいたい圧倒的に人族の数が多いからイコール人族が偉い、人型の方が偉い、みたいな風潮が遥《はる》か昔からはびこってるから悪いのよ！　命は命、同じものでしょうにどっちが偉いとか偉くないとか決める必要性ある？　品位がないのはどっちかしらね！　妖精の国から何度も何度も認識を改めるように掛け合ってるのに差別はなくならないのよ‼　失礼しちゃうわ‼」

たぶん日頃の鬱憤《うっぷん》がたまってたんだと思う。細かい事あんまり気にしない大らか妖精族でも、怒りポイントは間違いなくあるんだよ。

私もテクトも本当は妖精じゃないけど、身の安全のために名を借りてるんだ。肩身の狭い思いをしてる妖精族の地位向上に異論なし‼

私とセラスさんが意気投合してる横で、テクトがやれやれと言うように首を振ってた。

「テクトはあまり気にしてないんですね」

「動じない性格なんだろう」

「なんつーか、見た目の割りに大人だよなお前」

「さすが見た目詐欺種族」

〈まあ、そこは事実だね〉

「しっかり頷《うなず》いたね、否定しないんだ。喋れなくても意思疎通は出来るんだから、後は友好的に接せられるかどうかだと思うんだけどな」

ん？　何が事実？

〈ベーつにー〉

テクトもルウェンさん達も、楽しげに笑ってる。何だ何だ、私がセラスさんと騒いでるうちにそっちで仲良くしてたの？　私だってセラスさんと仲良くなったからね‼

〈そんな抱きしめられた状態でどや顔されても〉

い、いいでしょー、美人のぎゅーだよ‼　何で抱きしめられたのかわかんないけど、気付いたら背中から抱っこされてたんだよぉ！　感情高ぶって思わずやっちゃった感じかな⁉　セラスさん私の頭に頬擦り寄せて離してくれないんだよね！

そして何より、背中に柔らかいのが当たるかと思いきや、冷たい金属の感じがひしひしと伝わるのが、ちょっと寂しい！　別に期待したわけじゃないけどくっついているのに感じるのが胸当て装備っていうのは悲しいものがありますよ‼

「セラス、ルイが痛がっていますよ」

「もう少しだけ……ルイの頭からいい匂いがするのよ。荒《すさ》んだ心が癒されるわぁ……」

「セラス変態臭い」

「変態エルフか、どこに需要あんだよ」

「これをギルドマスターに見られてたら、ルイ保護されてたかもね」

「ギルドマスターが帰った後でよかった」

「エイベル、ディノ、あんた達後で弓の的にしてやる」

「何で俺らだけなんだよ!?」


お茶会挟んだからか昼頃になっても空腹にならないので、お昼ご飯は遅めにしようって話になったのはいい。私もそんなに食べられないからね。幼女の胃袋小さいからね……いいんだけども。

「可愛い！　ルイ、もう1回くるっと回って！」

「素敵ですよ！　やはりレースのついたものを買って正解でした」

「次はこっちのチュニック着ましょ？　このキュロットスカートと合わせれば動きやすいわよ」

「はーい」

セラスさんとシアニスさんによる、私だけ着せ替えタイムが始まってしまったのは解せぬ。

信じられる？　絨毯《じゅうたん》の上にこんもりと積み上がってる服の山、あれ、私が脱いだ服達なんだぜ……そしてその隣の山は、まだ私が着てない服達なんだぜ……この前の装備の山を思い出したよね。

あれよか断然小さい山ではあるけれど、すべて一度は着るんだなぁと思うと少し腰が引ける。これ全部プレゼントするからって言われた時は全力で引いた。

お返しの一環なんだし私達が楽しい思いさせてもらってるんだから気にせず貰いなさい！　と説得されたのは10着目のベロアワンピースを脱いだ時だったかな……私、成長するよ？　幼女の成長は早いよ？　今こんなに服貫ってもすぐ着られなくなりますって伝えたら、これ全部大きめの服だし、多少小さくなっても仕立て屋さんに持ち込めば作り直してくれるからいいのよ、とバッサリ返された。わかりました受け取りますよぉ。私が成長するまで付き合ってくれるって事でしょ貰うしかないじゃん！　ありがとう‼

ちなみに男性陣は女性２人がアイテム袋からどんどこ服を出し始めた途端に、ダンジョン探索に行ってしまった。腹減ったら帰ってくるわ、って身軽なもんだよ。そりゃそうだ。服を着せ替えて喜ぶのは女の子だけだもん。ただし着替えてる本人は疲れるんだよ知ってた？

着替えさせられる直前に、うっかりそのまま見送るところだったルウェンさんへ預かってた剣返したよね。ルウェンさんは予備の剣を使う気だったみたいだけど、使い慣れた方がいいだろうしね。

意外だったのはテクトが男性陣についていった事だ。この階層にいればテレパスが届くし安全地帯から出る気はないので、距離があっても問題ないんだけど、テクトが私から離れたのはちょっと驚いた。まあいつも深夜のお一人様タイムでは自由にしてるわけだし、テクトも性格は男の子寄りだ。モンスター狩りの方が興味あるんだろう。なんやかやで箱入り息子だったし。

個人的には、テクトが皆さんに慣れたようで嬉《うれ》しいんだけどね。私の保護者してるばっかりじゃ、テクトの勉強にはならないと思うんだ。ダァヴ姉さんも言ってたけど、まともに人と付き合った事がないテクトは、人の感情が読めてもわからない時がある。私といてかなり紳士的に成長はしたけど、私の気持ちだけ読めてもね。せっかく人と接する機会があるんだし、もっと学んでいいと思うんだ。勉強はいつでもするべきですわ、経験が大切なのです。とはダァヴ姉さんのお言葉。

ってわけで、私を助けてくれる人は現状いないんですよねー。半ば自棄《やけ》になって、女性しかいないからいいいやってぽんぽん服脱いじゃってるけどね！　幼女最後の砦《とりで》、ランニングシャツとパンツで仁王立ちする様は男性陣には見せられない！　結局助けなんていらなかったんだ！

せっかく2人が選んでくれた服だもの。幼女らしく、可愛《かわい》く回るくらいいいじゃない、私。よーし、頑張るぞー！

チュニックとキュロット、長い靴下に丈夫そうなブーツを履いて、くるりと回る。女性陣の目が揃って蜜《みつ》みたいにとろけた。そういう目は恋人に向けてくださ……いなかったわ。

「はー。ルイって妖精《ようせい》だわ。ダンジョンに咲いた一輪の妖精」

「機能性低いですけど似合うと思って買っちゃったドレスありますよ。これなら間違いなく、花の妖精です」

「次それね！」

そう言ってシアニスさんが取り出したのは、フリルが満遍なくついた、花が開いたように見えるドレスだった……何故《なぜ》ダンジョンに住む子どもにドレスを贈るのか。衝動買いか。しょうがないねわかるわかる、私もよくやる今日だって絨毯を衝動買いした!!

ええい、私はやると決めたらやる女!!　最後まで着てやろうじゃありませんか!!

〈おーい、大丈夫？〉

「……あんまりだいじょばない……」

怒涛《どとう》のお着替えタイムが終わって絨毯の上にぐでーっとだれてたら、ルウェンさん達が帰ってきた。クッションを力なく抱きしめて寝転ぶ私を、テクトが上から覗《のぞ》き込んでくる。

〈疲れてるね〉

そりゃそうだよ。だって全身コーデが30弱くらいあったんだよ？　確かな数は忘れたけど、何度も何度も着ては脱いだ。そしてくるっと回ったんだよ……途中で私自身も楽しくなってきて、疲れを忘れてノリノリでポーズまでとってしまった。やっぱり精神的にも子どもっぽくなってるんだよなぁ。楽しんじゃうあたり影響半端ないと思う。

まあ可愛い服だけじゃなくて、動きやすそうな服も交ざってたのがよかったんだろうね。甘いの食べたらしょっぱいの食べたくなるみたいな……後半は大福と煎餅《せんべい》を交互に食べてる気分で楽しんでたよ。

しかも全部着替え終わったーこれで解放されるーって思ったら、今度は自分のいち推しをこれから着てほしいって、プレゼン大会始まったからね。左を見ればセラスさんがチュニック、右を見ればシアニスさんがレースつきワンピースを掲げて盛大な主張を繰り広げ……おお女性達よ、幼女の服で争うとは情けない。って現実逃避してたら、遠くにいるテクトに〈馬鹿な事考えてないで止めなよ〉って脳内ツッコミ入れられたよ。私の現状見てないのにツッコミ的確すぎてつらい。

最終的に自棄になった私がシャツワンピースを山から引っ張り出して、自前のスパッツ穿《は》いて落ち着いたけどね。疲労感がどっと襲ってきたよ……寝落ちてしまわないのが不思議なくらい、全身だらけてます。興奮が治まってないからか、頭だけは冴《さ》えてるんだよなあ。

テクトが小さな指先でぷにっと頬を押してきた。セラスさんの真似《まね》かな？　可愛いから許す。もっとやっていいのよ。っていうか反抗する気力がないからやり放題だよ。

そう思った瞬間にぷにぷに連打始めたんですが、てかめっちゃ速くてぷぷぷぷって感じなんですが！　テクトさんや私のほっぺはスクイーズじゃないよ!?　ふおお絶妙な力加減でほっぺがゆゆ揺れるぅう！

「楽しそうだねテクト」

テクトに遊ばれてたらオリバーさんが来た。セラスさんとシアニスさんは皆さんが帰ってきたら戦果を確認しに行ってしまったので、私の周りにはテクト以外いない。服の山はもうアイテム袋に片付けちゃったので、絨毯の上も整頓《せいとん》されてる。

オリバーさんの後ろを見れば、皆さんは絨毯の外側に荷物広げてる。汚れると悪いからって言ってたけど、それくらい洗浄するのにね。私が疲れてるから遠慮したのかな。ありがとうございます。

「お疲れ様だったね、ルイ。うちの女性陣パワフルすぎて大変だったでしょ？」

「うん……でも楽しかったです」

「そっか。それならよかった」

オリバーさんは私の傍《そば》に座ると、労《いたわ》るように頭を撫《な》でてくれた。

視線は私もオリバーさんも、皆さんの方に固定されてて。あっちはわいわいと楽しそうにアイテム袋の中から、えーっと……たぶんオークだったもの、かなぁ？　ピンクの塊を取り出してるところだった。おおう、一瞬ドン引きしかけたけど、よく見なくても原形留《とど》めてないからそれほど怖くない。豚の顔とか怖い要素全部なくなっているし、スーパーのブロック肉の何倍も大きい肉塊があるなぁって印象だ。血はあんまり取れてないけど、臭いは消したみたいで悪臭感じないし。洗浄魔法使ってからアイテム袋に入れたんだね、万能だなぁ。

叫ぶ体力ないからか、私はのんびりとオークだったものを見てた。あんなに怖かったものなのに、実際肉の塊《食材》になってるのを見たからか、彼らが何の傷も負わずに元気な様子で帰ってきたからか、私の体が強張《こわば》る事はなかった。

ああやって見れば、ただの豚肉だなぁ。オークに立ち向かう気にはならないけど、豚に対する恐怖心は減ったかも。

ぼんやり思ってたら、オリバーさんがぽつりと話し始めた。

「……セラスはね」

「んー？」

「シアニスに甘いんだ」

え、突然どうしたの。っていうかセラスさんがシアニスさんに甘い？　嘘でしょ。ついさっき、プレゼン大会で両者一歩も譲らない白熱した討論をぶちかましてたけど？

大分ぼかしてそう伝えると、オリバーさんは小さく吹き出した。

「そんな事してたの？」

「終わりそうになかったから、これ着ました」

「あ、それルウェンが選んだやつだ。ルイが着てたのと似てる服だから、違和感なく着られるんじゃないかって言ってたよ」

「なるほど。妙にしっくりくると思ったら」

ルウェンさんが選んだやつだから2人とも納得して服引っ込めたのかな？　どちらかが選んだ服だったらさらなる論争に発展してたかもしれないと思うと、若干疲労感が増した気がする。咄嗟《とっさ》に取ったとはいえナイスだった私。運がいい！

「ほとんどセラスとシアニスが選んだんだけどね。一応俺達も1着ずつ選んだんだよ。女の子の服とか初めて買ったなぁ」

「へえ。オリバーさんが選んだのどれですか？」

「動きやすいやつだよ。ズボンとシャツのシンプルなの。可愛げがない！　って怒られたけど、よかったら探してみて」

「ああー……私シンプルなのも好きですよ」

「ありがとう。ねえ、よく見てよ、ルイ」

オリバーさんを見上げると、笑ってた。視線を辿《たど》ると、オーク肉以外にも何だかわからない肉とか、装備を取り出して盛り上がってるルウェンさん達がいた。楽しそうだなぁ、モンスター倒してきた直後の方々とは思えない。ほのぼのしてる。

そんな彼らを見るオリバーさんの顔は、とても優しい微笑《ほほえ》みを浮かべていた。少し、眩《まぶ》しそうに目を細める。

「皆《みんな》楽しそうでしょ」

「そうですね。わいわい囲んでるのがモンスターの肉じゃなかったら、もっとずっと微笑ましいと思います」

「ははは。ルイには刺激が強かったかな。でもさ、俺はこの光景が好きだから、ちゃんと見てもらいたいんだ。なくす事にならなくて本当によかった。もう一度、ルイにきちんとお礼が言いたくて」

シアニスさんが瀕死《ひんし》だった時を思い出す。オリバーさんは真っ青な顔で、藁《わら》にも縋《すが》る思いでグランミノタウロスのところにあった宝箱を開けに戻ろうとしてた。自分の足にひどい裂傷があったにも拘《かかわ》らず。ポーションが入ってるかもわからない宝箱を開けに、死地へ。

あの時はディノさんに怒鳴られて思い止《とど》まっていたけど、彼は本気だった。本気で、戻る気だった。そういう目をしてた。

だからディノさんは間髪を容《い》れずに一喝したんだ。

「俺も、セラスも、ディノも、エイベルも、皆ルウェンとシアニスに救われたんだ。冒険者が云々《うんぬん》なんてご大層に言ったたし、素直じゃないから誰も口には出さないけど、2人が死んだら俺達は耐えられない」

こんな危険な職しててて言うのもなんだけどね、俺達皆、根っからの冒険好きだからさ。と呟《つぶや》いてから、オリバーさんは私の頭を撫でつけた。

「ルイが助けた命は、今日も俺達を笑顔にしてくれる。それを、ちゃんと知ってほしいんだ。君は、6つの命を救ったんだよ」

「……大げさですよ」

「ん。そうだね、ちょっと重く言いすぎた。それだけ感謝してるって言いたかったんだけど……難しいね。これ皆には内緒だよ？」

すっと視線を落としたオリバーさんが、口元に人差し指を添えた。しー、ってね。何も言えず、

小さく頷《うなず》いた私を満足げに見て。

「ちょっとオリバー、血を抜いて洗浄してくれないと昼ご飯に使えないわよ」

オリバーさんに何て返したらいいかわからなくて、頭真っ白になりかけてたところで、セラスさんに話しかけられた。

はいはい、とオリバーさんは立ち上がって向かっていく。

「あーあ。シアニスとセラスに着せ替え人形させられて疲れてたルイを労ってたのに」

「失礼ですね。オリバーの担当を増やしましょう。そちらの塊を3つお願いします」

「いいわね、そうしましょう」

「気分で押し付けるの止めてよ！　不平等反対‼」

何事もなかったように仲間の下に戻っていったオリバーさんは、まったくもー、と言いながら肉へ洗浄魔法をかけていく。ゆっくり血が消えていくのを眺めていると、テクトがまたぷにっとした。1回だけ。

〈知りたい？〉

ううん、大丈夫。ありがとうテクト、気遣ってくれて。

びっくりはしたけどね。オリバーさんの、誰も口にしない珍しい素直な気持ちとしてちゃんと受け取るよ。私が助けた命の事を。

頑固な彼らが、何だかんだで2人の意見を優先してるような気がした理由がちょっとわかった気がする。

お肉に洗浄魔法かけてるのを眺めてるうちに興奮も落ち着いてきたらしく、目元がしょぼしょぼしてきた私を見かねて、ルウェンさんに昼寝するよう言われた。っていうか毛布つきで背中ぽんぽんされた。昼飯まで寝てていいんだぞ、出来たら起こすからな。淡々とした口調なのに、優しさが滲《にじ》み出ててやばい。ルウェンさんのお兄ちゃん感半端ない。

まあ寝落ちるよ。瞬殺だよね、これはしょうがない。堪《こら》えられない。

でもさ、食べ物のいい匂いがしたから目が覚めるって……私の食い意地やばくない？　今までの寝落ち経験から言えばもっと熟睡するはずなんですが、調理に1時間くらいって軽く見積もっても自発的に起きるのは難しいよね？　自分で自分の食い意地にドン引きですわ。

〈え、それ今更じゃない？〉

テクト辛辣《しんらつ》ぅ。なんて思いながら体を起こしたら、豚肉が焼ける香ばしい匂いと、トマトとにんにくの香りが強く感じられた。うわああ、めっちゃくちゃ美味《おい》しそうな匂い……！　鼻腔《びこう》突き抜けて空腹に直接襲い掛かってくるよね、これは起きるわ！

「んんー、いい匂い」

「お、起きたか嬢ちゃん」

「デノさん」

私が寝ている隣でテーブルを拭《ふ》いてたディノさんが、頭をわしわし撫でてくる。だから、力加減、調節‼

「このテーブル便利だったからよ、テクトに出してもらったわ。勝手に使って悪《わり》ぃな」

「大丈夫ですよ。テーブル囲んで食べた方が、美味しいですもん」

「嬢ちゃんならそう言うと思ったわ。あんがとな」

だ、か、ら、ぐわんぐわんは止《や》めましょうって‼　首‼

「ルイの首が曲がるわよ、止めなさい」

「ああ？」

「あんたの無駄に強い馬鹿力じゃルイの繊細で柔らかい首が甚大な被害を受けるって言ってるの」

「ほう。喧嘩《けんか》売ってんのかセラス。ちと廊下出ろや」

「どうぞ勝手に出てなさいよ。私は食事するから」

「ああもう2人とも止める！　ルイが困ってるよ」

いい匂いが近づいたと思ったら、セラスさんがディノさんに喧嘩売ってた。どうぞもっと言ってくださいって気持ちと、穏便な方向にならないかなって気持ちが半々だ。セラスさんとディノさんのコミュニケーションって結構激しいよね、口喧嘩が。

セラスさんの両手に深めの、たぶんスープ皿が収まってて、続くオリバーさんも持ってた。そこから白い湯気が立ってる。それお昼っ？

「ルイは好き嫌いしないってテクトが頷いたから、野菜たっぷりにしたけど大丈夫かしら？」

「野菜大好きです！」

「偉《えれ》ーじゃん。宿屋のガキなんてあれ嫌いこれ嫌いって喚《わめ》いてたぞ」

「私だって苦すぎるのは食べられないですよ」

胡椒《こしょう》が効きすぎてたりね。過ぎるタイプは駄目らしい。味覚がお子様舌に大分傾いてるけれど、野菜まで苦手にならなかったのはとてもありがたかった。好きなものが食べられるって幸せな事だと思うの。

テーブルに置かれた皿に盛り付けられてたのは、赤みがかった具沢山スープだった。匂いからしてきっとトマト！

「オークの肩肉と野菜のトマト煮です。パンをスープに浸しても美味しいですよ」

「……オーク肉」

「駄目だったら別の料理出せるから、無理って言ってもいいんだぜー」

「シアニスの料理は時々ハズレも交じってっから、微妙な出来の場合もあるけどな」

「ディノのステーキ減らしていいですか」

「おいステーキを人質にするんじゃねぇ」

「大丈夫だ、シアニスの料理は昔から美味《うま》い」

「まあ……ルウェンのステーキ大きいのにしますね」

「？　ありがとう」

「ディノもこれくらい言えればモテるのに」

「うるせぇ！」

雑談しながらテキパキ並べられるのは、人数分の食器とスープ皿、中央にフランスパンっぽいのが入ったバスケット、私以外の人達用の分厚いステーキだ。美味しそうなソースがかかってる。これもオーク肉なの？　皆さんかなり大食い……っていうかテクトも食べるの？

〈単純に興味があるし、美味しそうな匂いがしたから。催促した〉

テクトがめっちゃ皆さんと仲良くなってて嬉《うれ》しいのと先越された感が胸中渦巻いて複雑ぅう‼

いただきますして、テクトがステーキにフォークをグサッと突き刺し、ナイフを添えた。それをじーっと見る。

こんがり焼き目がついたオーク肉のステーキは、ナイフが入った途端に肉汁がじゅわっと溢《あふ》れてきた。隣からめっちゃいい匂いが襲ってくる。わ、わ、何これぇ。豚肉でこんなに肉汁たっぷりなの見た事ない。中にしっかり火が通っているのに、柔らかそうな肉質がこんにちはしてる。うそぉすごい、これ、何これぇ……！

テクトはぎこちない仕草でいくつか切り分けて、その1つを口に入れた。じっくり味わうように目を閉じながら咀嚼《そしゃく》して、ごくん、飲み込む。

「ど、どうなのテクト。オーク肉、美味しい？」

唾《つば》を飲み込みながら窺う私に、テクトはすぐ答えてくれなくて。瞼《まぶた》を上げたと思ったら、にんまり笑った。にんんんまり。

〈すっっごく美味しい〉

「～～～っ‼　私もステーキ食べるぅぅう‼」

「準備してますよ、熱いですから気をつけて」

いい笑顔のシアニスさんが、小ぶりのオークステーキを目の前に出してくれる。ドキドキする心臓を落ち着かせるため深呼吸して、ナイフとフォークを構えた。いざ、実食！

こんがりしたお肉にフォークを軽く沈めて、確かな弾力ににやけてしまう。ナイフで切り込みを入れた途端、ハンバーグのように肉汁が流れ出てきて、ソースに混ざる。それを一切れに絡めて、一口噛《か》みしめれば。

「んんんー‼」

美味しい！　脂身が甘くて肉汁じゅわじゅわ、臭みがないし歯ごたえもよくて、かといってずっと口に残らず歯切れもいい。しかもくどくない！　素材の主張が強いのもあるだろうけど、焼き加減も素晴らしいの一言。

「これ、え、おいし……な、何の肉ですか？」

「オークよ。オークメイジ」

なるほど脂身が多いと噂《うわさ》の。だから肉汁多いのかな。ソースは玉ねぎと白ワイン？　コク甘なのにマスタードの酸味もあって、あっさり美味しい！　皿に残った肉汁とソースをパンに吸わせて食べたら、パンを噛むごとに旨味《うまみ》が襲ってくる……え、気付いたらステーキなくなってた。

嘘《うそ》やん、って思いながらトマト煮のオーク肉を掬《すく》う。ずっといい匂いがしてたやつだ。オーク肉の表面は焼いたのかな。少しの香ばしさを、とろけた野菜が包み込んでる。うわあ、これも絶対美味しいやつ。

ぱくりと頬張れば、口内に広がる旨味のオンパレード。オーク肉は歯ごたえがあるのに、中はしっとりほろほろ。とろけてしまった。野菜も煮崩れする寸前の程《ほど》よい火加減で、ほくほくとろとろ、野菜ごとに違う食感が楽しめた。色んな旨味が溶け出したトマトスープにこれまたパンを沈めて……たまらんです。

同じ肉でもステーキとは違う美味しさ、やばい。語彙力《ごいりょく》消える。やばいと美味しいしか言えない。口いっぱいにトマト煮を頬張ってシアニスさんとスープ皿を交互に見てたら、何か伝わったらしい。

「お口に合ったようでよかったです」

と、まるで輝くような微笑《ほほえ》みを返された。その笑顔、プライスレス。

いやぁ、食べた食べた……夢中で食べきったわ。

オーク肉やばいね。豚怖いとか言ってられない。私の意識は簡単に改革されてしまった。セラスさんの言う通り、オーク肉は食べたら印象変わる。また食べたいって思わせる魅力が溢れてるね！けど次も是非ブロック肉の姿で出合いたいです。

っていうかシアニスさんもセラスさんも細いのに、男性陣に負けないくらい大きなステーキをぺろりと食べちゃったんだよねぇ。見てるこっちが気持ちいいくらいの完食でした。冒険者だもんね、食細かったらダンジョン潜る体力もつかなそう。

おっと、皆さん皿をまとめ始めた。満足げにお腹ぽんぽんしてる場合じゃないぞ私！

「あのっ、私、お店の練習がしたいので……食器や鍋《なべ》とか、洗浄してみていいですか？」

と主張すると、皆さん揃《そろ》って思案顔になった。息が合いすぎでは？

「普段より洗浄する量が大分増えるだろうから、練習は大事だな」

「まあぶっつけ本番よりゃあ、俺らで試した方がいいだろうよ」

「調理器具も綺麗《きれい》にしてもらえたら、冒険者はありがたがるよね」

「やった！　練習させてもらうんですから、今ならなんと無料で……」

「おーそうかー！　ルイはエライナー！」

借金返してもらう一環とはいえ、ご馳走《ちそう》になってばっかりはちょっと私のメンタルが痛いのでタダにしようと思ったら、めっちゃニコニコ笑顔のエイベルさんに遮られた。と思った瞬間に真顔になった。こわ。

「ルイ、今日はあなたの厚意を喜んで受けますが、後日覚悟してくださいね……あの顔のエイベルは何か仕出かします」

「わかってるなら止めてくださいよぉ！」

「いや着火したのはあなただから……頑張ってね？」

女性陣に慌ててしがみついたら、全然フォローになってない助言を貰《もら》ってしまった。私何されるの⁉　悪い事じゃないよね信じるよ⁉

ええい、気にしてたら仕事できない！　洗浄始めるよ！

ステーキ皿は残った脂が頑固だから、特に念入りに洗わないとね。この汚れが苦労するんだ。どんなに洗剤つけても2回洗うはめになるやつです。まずは皿の大まかな汚れを取るイメージ。キッチンペーパーで拭き取る……うん。想像通り、だいたいの汚れは取れた！　次はお湯とキッチン洗剤であわあわスポンジ攻撃だ！　イメージを膨らませて作った第2陣の水色泡が、食器に触れてパチパチ割れてく。そして現れるのは、新品みたいにつるりと光る食器達！

魔法を覚えた頃はうまく綺麗にできなかったけど、段階踏んでいけば出来るって理解してからは早かったね！　ただ漠然と綺麗にしたいって思うより効率がいい。洗浄魔法は私にぴったりの魔法だったねぇ。

「おお、すごく綺麗になったな！　ありがとうルイ！」

「まあ。こんなに光り輝くお皿は久しぶりですね」

「やっぱルイの洗浄魔法は専門職並みだわ。新品みてーじゃん」

「洗浄重ね掛けすんのか。最初ので随分と綺麗になったと思ったんだが、さらに上があるとはよ」

「大人顔負けね」

「ルイ、疲れてなさそうだけど……あっちも試すの？」

ってオリバーさんが指差したのは、大きな鉄板と鍋だった。鍋は寸胴《ずんどう》サイズ、魔導具コンロも料理人が使ってるみたいなゴッイ五徳のやつだった。まあ大きな寸胴鍋を満遍なく温めるなら、家庭用じゃ火力足りないもんね。五徳も細いと不安定だし、納得の大きさなんだけど。

気になるのは鉄板の方。サイズはお祭りの焼きそば屋台と同じくらいの大きさ。腰の高さまである足付きで、野外での使用を想定されてるもの。ステーキはあれで焼いたんだね。そりゃ一度で6人分の食事を作るなら、あれくらい必要だ。ディノさんなんて大盛りをおかわりしてたもんね。他の皆さんもばくばく食べてたし。1回の食事で10人前以上と考えたら……うん、フライパンじゃ間に合わない。鉄板あると絶対便利。

鉄板も魔導具なのかなぁ……鉄板……いいなぁ。ちょっと欲しい。

〈僕らが買っても持て余す大きさじゃない？〉

ですよねー。いや、大丈夫、しばらく衝動買いしないって決めてるから。ちょっと物欲しそうに見ただけです。今は買う予定ないです。

そこつっこまないで‼　欲望を我慢してるところだから‼

〈へえ、今は？〉

「私やりますよ‼」

そしてたくさん稼いであわよくば鉄板……い、いや更なる食生活の向上を‼　テクトにじーっと見られたので、振りきるように駆け寄った。

何度見てもいい鉄板だなぁ。長く使われた様子があるのに、綺麗に手入れされてる。錆《さび》も見当たらない。四隅の端まで薄《うっす》ら油が引かれているのを見れば愛着の度合いもわかる。大事に使われてるんだねぇ。

下から鉄板を覗《のぞ》き込めば、全体を覆うようにコタツの電熱部分みたいなカバーが。あそこが魔導構成部分かな？　熱を満遍なく伝えてるの？

「この鉄板って、魔導具ですよね？」

「それエイベルが作ったんだよ」

何それ非売品って事⁉　すごい‼

「エイベルさんの万能さが怖いです‼」

「何でだよ」

エイベルさんが鉄板の傍《そば》に立って、鉄板下のカバー横についてたツマミに触れる。そこで火力調節するらしい。やだコンロと同じで簡単……

「ま、どうせ飯作るならいいもんで作りてーなって思ったら、妙にこだわっちまってな。料理用の鉄板自体は売ってんだけど、ここまででかい魔導具鉄板は世間にねーんだよ。それで、つい」

〝つい〟で作れるものかな魔導具って⁉

「すごいのよ。工房に頭下げて鉄くずを溶かすところから始めたもの」

「しゃーねーだろ。当時は金がなかったんだから」

しかもまさかの素材から手作り⁉

衝動で鉄くずから魔導具鉄板作るとか、私の衝動買いと規模が違いすぎる。鍛冶《かじ》系の事も出来ちゃうエイベルさんは何を目指してらっしゃるの？　さらに驚かされたのは、ステーキもエイベルさん作らしい。料理も堪能な男子とか、とんでもねぇハイスペックじゃないっすか。

いけない、思考が飛びかけた。今は洗浄しなくちゃ。

鉄板の洗い方は洗剤だとNG。折角の油コーティングがはげちゃうからね。まずは鉄板の上にある食材のカスをヘラで削って……これは実際にエイベルさんがやってくれた。綺麗にしすぎるなよ、とのご忠告付きで。大事な鉄板だもんね、わかります。

お任せくださいエイベルさん。私も愛用の中華鍋あったからわかります。ご飯作ってくれたお礼にって後片付け手伝ってくれた友達が、洗剤スポンジを手に取った時は悲鳴が出たよね。その後切々と訴えたら納得してくれたけど、危ないところだった。食欲に負けて洗うの後回しにした私が間違いなく悪いんだけどね……閑話休題。

次は布やキッチンペーパーでゴミを取るイメージ。残ったら錆《さ》びちゃうから、丁寧に拭《ふ》き取って……よし、泡の後は何もない。もう一度水洗いをするイメージの泡を出して、うん。出来た。エイベルさんも満足そうに頷《うなず》いてるので、ほっと一安心。

後は空炊きして食用油を薄く塗れば終わりだけど、そこからはエイベルさんがしてくれるらしい。うーん、こだわりマン。まあ、結局は人の道具を代理で綺麗にする仕事なわけだし、依頼者の意向が大事だよね。

次は寸胴鍋。こっちはいつも通りでいいね。柔らかい素材のスポンジで中性洗剤をもこもこするイメージ。擦《こす》りすぎない、汚れを取るだけ、仕上げの水洗い……うん、綺麗になった‼

「終わりました！」

「おお！　すげぇな嬢ちゃん」

「ふふふ、洗浄には自信あります‼」

　毎日使う魔法だからね‼

「ここまで丁寧にできんなら、食器洗浄の方も稼げるって期待していいぜ。案外汚ねーまま使ってる奴ら多いから」

「へえ。そういうものなんです？」

「まあ汚れくらいは取るでしょうけど、ある程度使った後鍛冶屋に持ってく人が多いんじゃない？　メンテナンスも兼ねてね。エイベルみたいにこだわってる人なんて少ないわよ」

「俺のこだわりで美味い飯が食えるんだからいいだろーが」

「誰も責めてないぞ、褒めてるんだ。エイベルはすごいって」

「尚更性質悪《たちわり》ーな‼」

　ルウェンさんの真っ直《す》ぐな褒め言葉に、エイベルさんの顔が歪《ゆが》む。

　ああー……これが褒め殺しかぁ。ルウェンさんの性格上、嘘は絶対ないもんね。真正面から褒められるとか、照れ死にそうで怖いなぁ。

〈ルイにだけは言われたくない〉

　何で⁉

　食後のまったりタイム中。紅茶を飲んで一息ついた。

　皆さんはいつも食後1時間は休憩を取るのだそうだ。緊張状態は長く保っていられないし、長期間ダンジョンに潜るならば休憩を多めに取るのが定石なんだとか。わかる、幼女もちゃんと休む。割合的には休憩の方が多いけども。

セラスさんとシアニスさんは私の背後に回って、長くなった髪を梳《す》いてくれてる。髪飾りもちょっと買っちゃったのよねー、だそうです。服だけでは終わらないいんだねオッケーわかった、ちゃんと贈り物受け取ります。女に二言なし！

「ルイの髪は艶《つや》がいいし、さらさらして手触りがいいわね」

「よい匂いもしますし、放しがたいという気持ちもわかります」

昨日もお風呂《ふろ》入ったから、コンディショナーの匂いだろうなぁ。ほのかにハチミツの香りがするやつですね。

外国風の世界で私の黒髪黒目は目立つかなぁと思ってたんだけど、お2人からそういった反応は特にない。というのも、昔から日本人が召喚されてきたために多種族と子孫を残しているらしくて、案外黒髪黒目の日本人顔は珍しくないそうだ。あ、これテクトのテレパス情報です。そういえばルウェンさんも黒髪だもんね。うん、黒珍しくなーい！　皆さんの顔面偏差値は高いんですけどね！

日本人顔って本当にいる？

私がツインテールにされてるところで、皆さんの話題は探索に出かけてた時のテクトの様子になった。

「そういえばさ」

「はい？」

「カメレオンフィッシャーが潜んでる部屋があったんだけど、テクトが物怖《ものお》じしないで入っていって、モンスターが口開けたところで身軽に避《よ》けてこっちに戻ってくるっていう軽業してたけど、そういう事よくするの？」

「はいぃっっ⁉」

〈あの程度のモンスターに後れなんかとらないし、普段はセラスの魔法で誘《おび》き寄せるみたいだったから……囮《おとり》くらいやってもいいかなって〉

慌ててテクトの方を見たら、頭皮が引っ張られて痛かった。そうだった、私髪の毛結われてた。セラスさんもシアニスさんも大丈夫かって心配してくれるけど、それどころじゃない‼　テクトは何事もなかったような顔してるけど、そうじゃなくって‼

「そんなの、した事ありませんよ！　テクト危ない事したの⁉」

〈僕がしたのはモンスターをかく乱する事だけ。本当に危険な事なんてしてないよ。一応、外聞はか弱い妖精《ようせい》だからね〉

多少すばしっこい、くらいの能力がないとダンジョンで生きてる事自体に疑問を持たれるでしょ。って言われればその通りなんだけど‼

〈迫ってくるモンスターを前に立ちっぱなしなんて姿は、もう二度と見せないよ〉

頭をよしよしされてる私の膝元《ひざもと》を、テクトが叩《たた》いてくる。ぺちぺち。

んんー……！　そう、そうだね。私が怖がって、テクトがその恐怖を理解できなかった時の事を、テクトは言ってるんだね。

うん、あの時は怖かった。隠蔽《いんぺい》魔法を初めて使ったし、オークを真正面から見て、襲われそうになって、テクトが無防備に立ってるから。殺されてしまうんじゃないかと、一瞬思ってしまって。

でも、確かにあの時と今では、状況が違うんだ。テクトが素早く動けて力持ちっていうのを、私はもう知ってる。一緒にいたルウェンさん達なら、牛以外なんら問題ないっていうのも知ってる。だってこの階層まで来られた人達だもの。

今の私は過保護だった、そうだね？

〈うん。僕をもっと信頼して。モンスターなんて目じゃないんだから〉

ん、わかった。オーク肉だって克服できたし、私も怖がりすぎるのは止《や》めるよ。うん、なるべく‼　怖がらないぞーって思ってても、びっくりするのは止められないからね‼

今はそれでいいよ、と微笑《ほほえ》むテクトの頬をむにむにと撫《な》でた。頑張りますよ、相棒。

「テクトは何だって？」

〈また囮をしてあげてもいいよって伝えて〉

「えっと……囮くらい平気ー、また一緒に探索したいって感じ、です」

そう言うと、男性陣は揃《そろ》っていい顔をした。

ちょっと羨《うらや》ましいな、男の子め。

番外編　戦う男達

テクトが彼らについていったのは、ただ単に冒険者というものに興味があったからだった。

ルイの居場所も思考も、この階層にいればいつだってわかるし、彼らは信頼に足る人間であるとすでに察している。今までの会話や態度でも裏づけできた。もし万が一があれば、すぐに戻ってルイを助ける事だって可能だから、保護者としての責任はきちんと果たせる。

だからこそ、テクトは興味の湧いた冒険についていく事にしたのだ。決して、着せ替え人形と化したルイの傍にいるのはめんど……大変そうだと思ったからではない。

「どうだったオリバー」

「大丈夫、何もいない。先の曲がり角までは気配もないよ」

「じゃあ行くか」

斥候としてルウェン達より先に進んでいたオリバーが、「グロースが嬉々《きき》としてオークを根こそぎ狩り取ったからなあ」と苦笑しながら戻ってくる。

テクトは男達の足元をひょいひょい進みながら、オリバーの気配察知能力の高さにほうっと感心した。他の種族より五感と身体能力に優れた獣人族とはいえ、若いのになかなかの技量だなぁ。と自分のチート具合を棚に上げて思っていた。

オリバーの言う通り、ルイが魔の異臭地帯と名付けた廊下の先、いくつかの小部屋を抜けた曲がり角までモンスターはいない。テクトの気配察知ならば、この階層にいるすべてのモンスターの居場所だってわかるのだ。言わないだけで。

「しっかしまあ、俺達についてくるって事はテクトも立派な男だって事だよなぁ」

廊下に出てから斧《おの》を取り出して肩にかけ歩いてるディノは、テクトをにんまり見て愉快そうに笑った。それに同意するように、オリバーとエイベルが肩を落とす。

「ああなった2人には関わりたくないもんね」

「女ってのは何で服の1つ2つであんな騒げるのかねー」

「彼女達にしかわからない魅力があるんだろう。俺には理解しがたい事だが、ルイがポンチョを被《かぶ》った姿は可愛いと素直に思えたぞ」

「ルウェンとシアニスが揃って頭が駄目になった事件な」

「何それ気になる」

「エイベル詳しく話せ」

〈ああ、あれね。僕はお揃いのリボンつけて満足してるよ。シアニスもセラスも趣味がいい〉

後発組が来る前の出来事だったので、エイベルがかいつまんで説明する。ついでにテクトがふふんっとリボンを見せつければ、オリバーとディノは納得がいったように頷いた。

「可愛いってのは理解できるが、気抜けすんのはわかんねぇわ」

「だよな」

「そうか？　ルイとポンチョを合わせたらケットシーだろう？　おかしくないはずだが」

「……真顔やめようぜ、変態くせぇ」

「俺、ルウェンがいつか迂闊《うかつ》な発言して罪に問われないかって不安になってきたよ」

「ありえるわー。想像できすぎて笑えねーわー」

軽口を叩きながら、曲がり角に立つ。ルイがT字路と呼んだ場所。ここを左に進んでしばらくすれば、グランミノタウロスのいる部屋に行き当たる。テクトにはありありと存在を感じられるが、オリバーは駄目だったようだ。意識を集中させて感覚を伸ばしているが、その先端にグランミノタウロスが触れる事はない。

彼の技量で無理なら、100階層あたりの冒険者達は絶望的だろうな、とテクトは思った。ギルドが108階への立ち入りを禁止したのもよくわかる。ルウェン達は運良く生き残りグランミノタウロスの恐怖を知る者だから、そして強くなってから再挑戦すると意思表示をしているから、この階層にいても見て見ぬふりをされたのだろう。

テレパスで得た情報からすると、グランミノタウロスという種はある程度戦える者達からすれば適度に手強《てごわ》く実入りも多い、色々と美味《おい》しいモンスターだ。この異常な強さを誇る牛に、名前だけで侮る弱者が迂闊に寄れば……結果など目に見えている。ギルドっていうのも大変だね、テクトはほんの少し肩を落とした。

オリバーが首を振って、全員揃って右の廊下へ向き直る。今は戦うべきじゃない、と皆《みんな》がわかっている。仲間を瀕死《ひんし》に追い込んだ奴へ恨みや衝動がないわけじゃないが、それをしっかり抑え込む自制心もあるから、信頼されてるんだろう。

じゃなかったらダリルが帰る時に強制送還されていた。それくらいは選択肢に含めていた男だ。

抜かりがない。

「くそ牛め……盾どうすっかなぁ」

「武器も傷が多いしな……使うのに問題はないが、再び奴と戦うとなったら心もとない」

「まずは各自ステータスアップと資金集めだろ。地道にいこうぜ」

「なんだか懐かしいね。必死にレベル上げたのなんて、ずっと昔みたいに思えるよ」

「前はアイテム袋もなかったからな。売れるものを持ち帰れなくて苦労した」

「ディノの力持ちーって煽《おだ》てる日がまた来るのかねー」

「アホぬかせ。アイテム袋は壊れてねぇだろうが」

廊下を進みながら会話は弾む。

警戒してないわけじゃない。オリバーの気配察知に触れないモンスターがいないか、視線を巡らせて確認している。彼の実力は信頼しているが念のため、と確認するのは当たり前の事らしい。オリバー自身も隙なく周囲を見張っている。ただ、口も一緒に動いてるだけだ。器用だなぁ。ルイには無理そう。

小部屋を覗《のぞ》くが、宝箱はない。ディノの舌打ちが聞こえた。苛立《いらだ》たしげに先へと進む。

オリバーが足元から見上げてくるテクトに気付いて、自分の腕を軽くノックした。ルイが和装だと興奮していた幅広の袖《そで》の中に、籠手《こて》を隠しているらしい。素早さ重視な彼の装備は軽く、高い音がする。

「牛と無理な戦いしたから、ほら、俺達の装備って傷が多くて壊れそうでしょ。特にディノはいつも斧と盾の2つ使いなのに、盾を壊されて戦略が大幅に減ってるんだよ。だから落ち着かなくてそわそわしてるの」

今斧を肩に担いでいるのは、その落ち着きのなさの表れらしい。

もちろん彼らの事情はテレパスで知っていたが、口に出して言われるとよく納得できる。ルイと話してきてその大切さを理解したテクトは、オリバーの言葉に耳を傾け頷《うなず》いた。

性能のいい装備は簡単に買えないし、かといって代わりをつけておくにも安物では逆に危険だ。彼らは牛以外のモンスターなら余裕を持って倒せるからといって、油断はしない。現状、多少の傷があったとしても一番いい装備だから、表面の汚れだけ除いてつけているのだ。

ただ、ディノの盾は使用不可なほど壊れてしまったため、アイテム袋に仕舞われたまま。それ以外の盾では力不足なため、彼は斧だけを使うしかないのだ。

ディノが不満そうに頭をかく。

「しゃあねぇだろ。このあたりじゃ、ポリールバグが出てくるんだ。盾で押し切った方が楽だかんな……めんどくせぇこった」

「おうおう、牛のやっべー一撃を見事防いだ奴が拗《す》ねてるぞルウェン」

「ディノは斧だけでも十分強いから大丈夫だ。それに、あの時咄嗟《とっさ》の判断で一撃を防いでくれたから、俺達は欠ける事なく逃げきれたんだぞ。何で拗ねるんだ？」

「うっせぇえ‼　お前今日の標的はエイベルだったんじゃねぇのかよ‼」

「エイベルは的じゃないが」

「ははは！　自分だけ逃げようったってそうはいかねーからな‼」

「ごめんねテクト、騒がしくて」

〈もう慣れたよ〉

気にしてない、と首を振る。テクトはいい子だね、と微笑まれて頭を撫でられた。むう。「可愛《かわい》い」も撫でるのも、ルイにだけ許してたのに。気付けば彼らには容易《たやす》く撫でられてしまうようになってしまった。きっとルイが不用意に撫でられまくるせいだ。

ルイ本人がいたら「責任転嫁だよー!」と怒られそうな事を考えながら、次の小部屋を覗き込む。ここも宝箱がない。

〈ふーん。いつもルイと探索に来てると、2〜3部屋ごとに1つは宝箱があるものだけど……これも彼らの運なのかな。巡り合わせが悪いというのもわかる〉

「今日もねぇなあ。深層だからってわけじゃあ……ねぇよな」

「俺らって運悪《わり》ーよな。何でかねー。こんなにも品行方正に生きてるっつーのに」

「まったく口から出任せの、逆方向の生き方してるからじゃない?」

「そんな事はないさ。宝箱とは相性が悪いだけだろう」

人との縁は恵まれてるから全体的な運勢が悪いわけじゃない。

そう言って、ルウェンは自信満々に微笑んだ。テクトは他の3人があーはいはい、と適当に流しながらも内心では同意しているのをテレパスで読んだ。素直になれない大人も大変だね、と呟《つぶや》く。

誰にも聞かれる事はなかったけれど、親近感は深まった気がした。


「おらぁ!!」

ザンッ……!!

上段から振り下ろされた斧が、サイクロプスの手首から先を切り離す。ルウェンと鍔迫《つばぜ》り合いをしていた緑の手は棍棒《こんぼう》ごと床に落ちた。一瞬遅れて、赤い血が噴き出す。

サイクロプスの形容しがたい雄叫《おたけ》びが響き渡る。その顔のほとんどを埋めている単眼に、吸い込まれるように短剣が突き刺さった。

オリバーの投擲《とうてき》だ。腰に提げた短剣よりさらに小さい短剣を籠手から抜き取って、最低限の動作で投げる。とん、とん。合計3つの短剣を生やしたサイクロプスは、脳にまで刃が届いたようだ。体は痙攣《けいれん》し、叫びは喉《のど》に留《とど》まった。

そのがら空きの胸に、エイベル渾身《こんしん》の一突きが刺さった。背中にも届きそうなほど、深く抉《えぐ》る。サイクロプスの目が見開かれ、声にならない音が口から漏れる。

チャージ、と呼ばれるスキルがある。冒険初心者でも覚えられる簡単な戦闘スキルで、力をしばらく溜《た》めて一気に解き放つ。溜めている間は無防備だが、当たれば通常の攻撃より威力の高い一撃を与える、一発逆転を狙えるスキルだ。

エイベルは多方面にわたり器用な男だが、攻撃スキルはチャージしか使えなかった。他は回避や身体能力向上スキルくらいで、攻撃に向いているのはたった1つだけ。生まれ持った性質だった。だからチャージのレベルを上げて、上げて、上げて。必ず急所を貫くように、狙い定めて。モンスターの分厚い筋肉の壁を容易く突き破り心臓を破壊するまでに、研鑽《けんさん》した。

たかがチャージ、されどチャージ。一撃必殺まで鍛え上げられた正確無比のスキルにとどめを任せ、しとめやすいように整えるのが他の3人の役割だった。

息絶えたサイクロプスが床に倒れる。テクトは思わず拍手をした。

〈流れるような戦い方だね。少しの迷いもない、見事な連携だ〉

実際、廊下の先に単体でうろつくサイクロプスを見つけてからは早かった。オリバーが、「あ、サイクロプスだ」といつも通りの穏やかな声音で呟いたと思ったら、すでに全員が動いていた。

足の速いオリバーとルウェンが左右から挟み撃ち、鍔迫り合いに持ち込んだルウェンを援護するのは、巨漢が故に一歩遅れてしまうディノ。しかし力は別格だ。熊人《ウルス》の豪腕と巨大な斧の重さでもって脆《もろ》い部位を切り離し、正確な投擲能力で行動力を奪うオリバー。そして見つけた直後からチャージを始めたエイベルが、溜めきった力を解き放つべく真っ直《す》ぐ駆け抜け、一撃。いいコンビネーションだ。

普段とは違う4人の陣形でも問題なく108階モンスターを狩れる。実際に見てわかったが、彼らは強い。

テクトが拍手してるのに気付いたオリバーが、ありがとう？　と頬をかいて視線を落とした。

「何だか、誰かに見られてるってちょっと恥ずかしいね」

「まあ見せつけるもんじゃねぇからな」

「テクトにゃー刺激が強すぎたか？」

「男ならモンスターの死骸《しがい》ぐれぇ慣れねぇと。嬢ちゃんを守るのに怖気《おじけ》づいてるようじゃあ駄目だかんな」

〈この程度で僕は怯《ひる》まないよ。失礼な〉

ディノがルイを心配しているからこその発言だから、これ以上怒らないであげるけどね。強面《こわもて》で子ども好きって困ったものだね。でも自力で何とかしてほしいから、ルイには教えないでおこう。

血の臭いに釣られてモンスターが来る前に洗浄魔法を手早くかけて、肉塊をアイテム袋に入れていく。臭いだけなくなれば問題ないので、血溜まりはそのまま放置する。これもダンジョンのリセットにかかれば消えてしまう残滓《ざんし》だ。

確かに洗浄魔法が血を落とすまでレベルアップしづらいわけだ。モンスターが寄ってこないなら、わざわざ時間をかけて落ちにくい汚れまで落とす必要はない。放っておけば勝手にダンジョンが片付けてくれる。外であっても、地面がすぐに吸い取ってしまうだろう。ルイの魔法が大活躍しそうじゃないか、喜ぶだろうなぁ。

それよりもオークだけじゃなくてサイクロプスも食べるの？　どんな味がするんだろうね。ルイが豚肉を食べられるようにならないと到底無理だろうけど。まあいつか食べられればいいか。

そんな作業をしてる横で、見張りだろうルウェンが周囲を警戒しながらテクトの隣に立った。

「どうだテクト。俺の仲間は頼もしいだろう」

〈うん。君もなかなか、頼もしいよ〉

もう一度、すごいという気持ちを伝えるためにテクトは拍手した。正しく伝わったルウェンは、心底嬉《うれ》しそうに笑った。

何だか面白そう。戦闘というものにちょっと参加してみたい。戦いはしないけど。と気まぐれに思ってしまったテクトが、カメレオンフィッシャーを手玉に取るのはこの数分後の話。

Ｓｔｅｐ６　食いしん坊の話をしましょう

　結局色々試した後、ケットシーに扮《ふん》してる時はできない髪形をしよう！　というわけで後頭部にお団子を作られた。ポンチョのフード被《かぶ》ってたらお団子出来ないもんね。猫耳以上にコブが目立つよね。

　ケットシーになってるうちは、耳を隠すように緩く２つにくくってもいいなぁ。おさげケットシー、うん悪くない。

　セラスさんが髪をまとめてお団子を作った後は、シアニスさんが細長く編み込んだ三つ編みをぐるっと回して、白い花の髪飾りを添えた。ピンで挿してたから、簡単には外れなさそう。

　全体を手鏡で見せてもらったけど、頭に花が咲いてるみたいだった。お洒落《しゃれ》ぇ……髪形１つで変わるものだねぇ。どこから見ても中華女子みたいな幼女、我ながら可愛いと思います！

　ちなみに髪を結うついでに前髪も整えられた。半月で随分伸びたなぁ、なんて前髪をいじってたら、ハサミを出されて驚いたよね。箱庭貰《もら》った時以来の至れり尽くせりで腰が引けたけど、私が綺《き》麗《れい》に揃えてあげるから、ね？　ってセラスさんに微笑《ほほえ》まれたら頷くしかなかったよ。美人しゅごい。幼女なのに上目遣いされた。おねだり威力高すぎぃ。

　そして休憩時間をずっと私の頭に費やしたシアニスさんとセラスさんは、満ち足りた顔で皆さんと一緒にダンジョン探索に向かったのでした。今度は牛がいない方の道に。

そうだね、さっき行った道は牛以外全部狩りつくしたんだってね、ビックリしたよ‼　そっち行き止まりなんだね、知らなかったなぁ幼女の足だと辿《たど》り着く前に力尽きるからね‼　今ルウェンさん達が行った方は上への階段しかないらしいので、つまり下層へはグランミノタウロス倒さないと先に進めないって事だね‼　ダンジョンめ重要な守りどころをわかってるな‼　あの牛の門番感半端ないっす‼

そして私とテクトはというと。

〈……ん。大丈夫、十分離れたよ〉

「じゃ、カギ出すね」

テクトが念のため遠退《とおの》く気配を調べて、私はリュックから箱庭に続く鍵《かぎ》を出した。商売を始めたら誰かに気付かれる危険性が増すので、箱庭の鍵と懐中時計はリュックに入れる事にしたんだよね。今私が首に提げてるのはエイベルさんから貰った時刻魔水晶だけ。それにたぶん、認可タグは軽いものだと思うんだよね。タグって札って意味だし。見える位置につけなきゃならないだろうから、きっと布紐《ぬのひも》に提げる事になるんだろう。やっぱり貴重品はリュックに入れて正解。

いつもの壁に鍵を挿して、軽く捻《ひね》る。ガチャッと壁から解錠の音がしたので、扉の部分を押す。幼女の力でも簡単に押せる扉のその先に広がるのは、広大な芝生と花畑、白い雲が浮かぶ青空と窮屈さを感じさせないための山、大きな聖樹さん、そして見慣れ始めた白い家。

私達がルウェンさん達と別れて戻ってきたのは、箱庭だった。

何故《なぜ》って？　それはね、私達の癒し系グランドツリーマザーこと聖樹さんに、外泊許可を取るた

めだよ‼　ギルドマスターを退けた私達に、さらなる試練が襲い掛かってくるなんて想像もつかなかった‼

まさか皆さんが、あの安全地帯に泊まる予定だとは思ってもみなかったよね。商売の幅を広げるために、という建前で元々夕飯はご馳走《ちそう》するつもりだったからそう伝えると。

「あら嬉しい！　どんなご飯が出るのか楽しみね！」

「ほうじ茶淹《い》れるのも上手でしたし、期待しちゃいますね」

「ちゃんとした飯出せんの？　マジで？　お前らも十分万能だろー」

「むしろ生活環境整える勝負ってなったら、俺ら勝てないからね。絨毯《じゅうたん》から離れたくないよ……このまま寝たい」

「この後また探索行くんだぜ。起きろよ」

「しゃあねぇだろ、枕もあっちゃあ眠たくもなるわ」

「それはクッションだ」

「細けぇこたぁいいんだよ！　お、そうだ。夜寝る時は絨毯に寝袋広げていいか？」

この怒涛《どとう》の発言である。６人それぞれコントかってくらいテンポのいい会話を繰り広げるから、時々追いつけないんだよね。皆さんの仲がいいのはよーくわかるけどさ。拗ねてないですよ。

あまりの衝撃にぼけっとしてたからか、シアニスさんが気遣わしげな視線を向けてくる。

「ルイ達がご飯を準備できるかどうか疑ってるわけじゃないんですよ。エイベルは口が悪いので勘違いされやすいのですが、幼いあなたが大食らいな私達の分まで用意するとしっかり言いきったのがすごいと言っただけで……気を悪くしないでくださいね」

「皆まで言ってやんなよシアニス……」

「あ、それは大丈夫です。ほとんどお店で買ったのを出しますから。美味《おい》しいですよ！」

作る作るとは言ったけど、幼女とテクトの手でこの人数分賄《まかな》える料理を作るのは正直無理だ。だから1品2品くらいは作って、それとなく買った料理に紛れこませようって思ってたんだよね。

あとまあ、食文化の様子見でもある。皆さんが私の出した料理にどんな反応するか、とても楽しみー。って、いやいや、そうじゃなくて‼

「皆さん、今日ここに泊まるんですか？」

「駄目だったか？」

「ほら、ディノが絨毯貸せなんて言うからルイが困ってるわ」

「言ってねぇよ‼　寝袋広げてぇって要望は言ったけどな‼」

「その面構えでお願いとか、もはや脅しだよなー」

「否定できない……！」

「オリバーてめぇ！」

「私達と一緒に寝るのは嫌ですか？」

「んんー……」

いや、うん、そうだよなぁ。無駄に宝玉を消費してダンジョンを出たり入ったりは、普通しないよね。よくよく考えるまでもなく、ダンジョンには長期滞在するのが彼らの常識だ。前もそう言ってたじゃん。この安全地帯に泊まるのは何らおかしくないのに、私はどうしてそういう可能性を忘れてるのかね。私のばかー！

嫌では、嫌ではないですよ。お泊まり会とかちょっとわくわくする。誰かと一緒に寝るなんて高校の卒業旅行以来？　楽しみだなって思う反面、私は夕飯食べたら箱庭に帰るつもりだったからなぁ……朝出かける時に、聖樹さんへ夜遅くに帰ってくるよって伝えちゃったんだよね。この前すごい心配かけちゃったからねぇ。無断外泊とか、どれだけ心配させてしまうんだろう……絶対帰るって約束もしたし。あんまり不安にさせたくないんだよね。

うーん。どうにかして箱庭に戻って聖樹さんの許可がもらえれば、お泊まり会もありだと思うんだけど。でも聖樹さんを悲しませるのも本意じゃないし。んぬぬ。

〈とりあえず夕飯の買い出しに行くって事で、僕らだけにならなきゃいけないって言えば？　その隙に帰ればいいよ〉

あ、そっか！　夕飯担当だもんね、それは違和感ない‼　ナイスアイディアだよテクト‼

〈外泊に関しては一度聖樹に相談してみて、拒否されたらルイ専用の店扱いしてる場所に泊まるって言って彼らと別れたらいいんじゃない？　そもそも聖樹はルイの行動を制限したいわけじゃないよ。ルイの事は心配してるけど、外泊くらいで拗《す》ねないと思う〉

そう？　毎日ちゃんと聖樹さんの下で寝ないと、安心できないかなって思ってた。

〈たぶんね。僕のテレパスでもおおよそしか理解できないけど……聞かなきゃわからない事ってあるでしょ？〉

そっか……うん、その通り！　テクトすごくいいこと言った‼　さすが私の相棒‼　私の膝《ひざ》の上に座ってるテクトの頭を撫《な》で撫でして、ふと顔を上げたら皆さんこっちを見てた……あ、そういえば話の途中でしたねすみません。

「テクトとお話は終わりましたか？」

「あ、はい……えっと。泊まるのはたぶん、大丈夫？　だと思うんですけど、じゅうたんも、使っていいし。ただ、一度夕飯の買出しに行かないといけないので……」

「ああー。俺らがいると駄目なんだったか」

「じゃ、午後の探索はシアニスとセラスも行こうか。安全地帯から離れればいい？」

「はい」

「残念だわ。次はアクセサリーでもって思ってたのに」

「え、まだあるんですか⁉」

「いいえ、まだ買ってないですけど……どんなものが似合うかなって。ルイの好きなものも聞きたいですし」

「服だけで結構ありますよ⁉」

貰った中には靴や下着もあった。特に下着は洗浄したモンスターの毛を織り込んでいるため丈夫で、多少の衝撃には耐えられる仕様らしい。下着さえ冒険者仕様っすかファンタジーめ！　肌触りがとてもいいです素敵だね‼　今日からこっち着るわ‼　3枚セットの格安ランニングシャツとはオサラバします‼

「それはまた今度聞けばいい。今日で終わりの関係じゃないんだから」

というルウェンさんの鶴の一声でそれもそうねと納得して、皆さんはあっさり探索に出かけてしまった。うわ、最後の壁強い……

こうして箱庭に帰ってきたわけだけど。聖樹さんにどう切り出したものか……うんうん悩みつつ歩いてたら、聖樹さんの下に着いた。まあ悩んでもしょうがないか！　どう話そうが、伝える事は同じなんだしね。

どうしたの？　夜に帰ってくるんじゃなかったの？　って言うようにざわざわ揺れてる枝を見て、うんと頷《うなず》いた。

「あのね聖樹さん。ダンジョンの安全地帯で、仲良くなった人達と、お泊まりがしたいです‼」

揺れてた枝が止まる。ピタリと音がしそうなほど、突然。

あ、こ、これは駄目だったのでは。

〈……ああ、うん。大丈夫。その人達の素性は僕が保証する。ルイを害する人達じゃないから安心して預けていいよ〉

お、ほんの少しだけ枝が揺れた。テクト、聖樹さんは何て？

〈遊び相手は問題ない人達なのか、聖獣様が調べたのなら安心できます、子どもなのだから遊びに行くのは構わない、って感じ？　前より意識が伝わりやすくなってる。明確なイメージが来たね〉

「え、いいの⁉」

こんなにあっさり許可貰えるとは思ってなかったから、声も裏返ってしまった。ぱっと聖樹さんを見上げると、柔らかくさわさわ揺れる枝。この揺れは大丈夫だよ、って感じだな。肯定の時と似てるもんわかります！

「やったー、お泊まり会だー‼」

〈ただし〉

「へ？」

テクトの声と同時に、聖樹さんの枝葉の間から、何かがポトリと落ちる。細長い小さな葉っぱつきの枝だった。んん？

〈これを身につけることが条件、だって〉

「枝を？」

身につけなきゃって事は、リュックに入れるのじゃ駄目だよね。かんざしみたいにしてお団子に挿す方がいい？　なんて考えながら枝を拾おうと触れたら、ゆっくりした動作で左手にしゅるしゅると巻き付いてきた！　わっ、これ生きてる⁉　蛇みたい！　何これ‼

びっくりしつつ枝を観察してると、二の腕あたりをぐるっと一周して止まった。ワンピースの袖《そで》の上から滑り落ちないように軽く締まったけど、痛みは特にない。

まじまじ見ると、細い枝が複雑に絡まって円く形成されてるから腕輪みたいだなって思った。インドの女性ダンサーがつけてるみたいなやつ。葉っぱの装飾が何とも癒し系です。

テクトが私の肩に飛び乗って、腕輪に触れた。

〈ふーん……腕輪から聖樹への繋《つな》がりが見える。これで装備状態だから、聖樹にはルイの健康が伝わるし、必要に応じて聖樹のスキルがルイに遠隔でかかるね〉

「なんと」

つまり、昼寝するぞ、夜寝るぞって私が思った時に聖樹さんの安眠スキルの恩恵得られるって事？　さらに私が興奮したら落ち着くように鎮静スキルがかかって、私がダンジョン側でも元気に過ごしてるって事も聖樹さんに伝わるの？　聖樹さんの加護がついた腕輪、って事かな。何それすごい。めっちゃ便利。

〈帰りが遅れる場合はその腕輪に話しかけて連絡する事。すべからく健やかであれ。だってさ〉

ほえええー。この細い腕輪1つで違う空間にいても聖樹さんを身近に感じられるんだ。そして手首につけなかったのは、私の作業の邪魔にならないように？　気配りも行き届いてますね。

前々から聖樹さんすごいとは思ってたけど、こういう事までできるなんて知らなかったなぁ。

〈ルイが成長するんだから、聖樹もしないなんて事はないでしょ。最近出来るようになったんじゃない？〉

「それもそっか」

うむむ。私なんて毎日健康的に過ごしてても成長なんて微々たるものなのに……負けてられませんなぁ‼

でも今は外泊許可取れて嬉《うれ》しいから、夕飯の準備しよ！　それに目に見える成長しちゃったら、折角貰《もら》った服もすぐ着られなくなるからね！　私は私の速度で成長するんだ！

まずは思ってたよりいっぱい食べる人達のために追加の料理準備しなくちゃ、と上機嫌でカタログブックを取り出した私は、背後でテクトが聖樹さんを見上げているのに気付かなかった。

〈……本当に、元気になったね〉

ざわ。ざわざわ。

〈うん。外の事は、僕に任せて〉

「テクト、何か食べたいのある？　ってあれ、テクトー？」

〈僕はデザート出ればいいよ〉

「おっけーアップルパイね！」

〈やった〉

さわ。

聖樹さんの枝が穏やかに揺れる。


「さて、テクトさんや」

〈なに、ルイ〉

「準備は整ったね？」

〈料理はまあ、おそらく足りるだろうね〉

「余っても明日食べればいいしね。アイテム袋さまさまだよ」

〈後はルウェン達が帰ってくるのを待つだけだね〉

「うん……つまり私達、ヒマだよね？」

ルウェンさん達が探索にかけるのは2時間から3時間くらい。緊張状態を長く続けるのがよくないのと、上層への階段側の通路を歩ききるのにそれくらいの時間がかかるそうで。未知の階層だとマッピングをしないといけないからもっと時間が必要らしいけど、108階はほぼ歩ききったからその程度なんだって。朝は昼前で時間なかったから、探索範囲が狭い牛の方の道にしたんだね。この階層を隅々まで1日で見て回れるんだから、大人の足のコンパスと体力ってすごいんだなぁと再認識したよね。私だって、二十歳《はたち》の体なら歩き回れた、はず‼　……ないものねだりしても仕方がないんだけどさ。

　というわけで、私達にはしばしの猶予がある。長時間離れる事になった聖樹さんに申し訳なくて、時間ギリギリまではテラスでお茶するつもりだけど、まだ安全地帯へ帰らなくても問題ない。

　つまり、今日すでに起こった事の確認を、ゆっくりできるのである‼

「腰をすえてお話ししましようじゃないの。特にグロースさんの事をね‼」

〈そうだね。まずは彼の話だ〉

　聖樹さんの枝葉がざわっと揺れる。これは「誰それ初めて聞く名前だわ、お母さん知らないわよ！　その人大丈夫なの？」って感じの揺れだな！　たぶん。

「大丈夫だよー。日本茶が大好きなお菓子モンスターだからね」

　って見上げながら言ったらテクトが噴き出した。いや、事実じゃん。テクトだって負けず劣らず食べてたからね？

〈うん。確かに彼の食欲に触発されて、たくさん食べてしまったのは否めないけど。というか、ルイって的確に聖樹の気持ちを言い当てる割りに、時々鈍いよね〉

「え、そうかな？　でも聖樹さんの気持ちがわかるようになったのは、嬉しいなぁ」

　聖樹さんも、肯定するみたいに柔らかく揺れてる。いいですなぁ。私に気持ちが伝わって嬉しそうにする聖樹さん。顔が緩みますなぁ。

　おっと、今はグロースさんの話！　によによしてる場合じゃないぞ！

　もう一度確認するけど、彼は私が人族だって気付いて、だけどダンジョンに住みたいなら好きにすればいいし、私の生活を脅かすつもりもない。できれば毎回お茶をごちそうしてほしい。そういう感じなんだよね？

〈うん〉

「私転生者とか、怪しまれるような事言わなかったよね？　どうやって見破ったの？」

〈そうだな……まあ、最初から順に話した方がいいかな。彼は安全地帯に来た時には、僕が聖獣で、ルイが転生者だって気付いてたんだ〉

「最初から⁉　どうやって⁉」

そんな素振り見えなかったけど⁉

〈顔に出ないんでしょ。彼は魔族の中でも長く生きてるから、体に対して魂が大きいのを目視できるほどの力があるんだよ〉

「え、魔族？　長生き……目視？　待って、ちょっとパワーワード多すぎ……！」

確かにテクトも前、魂と体の大きさが不釣り合いだとか何とか言ってた気がする……！　だから魂が見える人は、すぐ私が転生者だってわかるって話でしたね！　でもまさかこんな早く会うとは思わなかったし、そもそも魔族って何よ。長生きしそうだけども‼

頭を抱えてしまった私を見て、テクトは、じゃあまずは魔族から教えるね。とほうじ茶を一口。釣られて私もカップを傾ける。

魔族というのは、名前の通り魔力に秀でた長命な種族の事。妖精族《ようせいぞく》も長命だし魔力の扱いは得意だけど、より魔力依存な体質なのが魔族なんだって。というのも、魔族は自身が保有してる魔力が切れてしまうと死んでしまうんだとか。ＭＰ０はイコールＨＰ０。ひええ。

普通の人も魔力切れを起こすと、エネルギーが切れてしまうのと同義だから倒れてしまうんだよね。魔力と体が密接な関係にある世界ならではだ。魔力切れは通常なら食事や睡眠で回復出来るんだけど、重体の人や弱ってる人が魔力切れを起こすと、内臓系の機能も停止しちゃう可能性があって危険なんだって。前に皆さんがシアニスさんへ、魔法使うな大人しくしろ！　と言ってたのはこの事なんだね。よくわかった。

魔族の場合は魔力切れを起こすと即時、身体機能がすべてストップ。心臓も止まってしまうらしい。常に心臓病を抱えてるみたいな印象だな……怖くない？

〈まあ言っても、そうそう死にはしないよ。魔力切れにならないよう、彼らは生まれた時から角を持っているからね。その角が常に周囲に漂ってる魔力を吸って体に巡らせているから、角が折れない限り死ぬ事はほとんどないんだ。魔族は魔力の豊富な者ほど長命で、身体機能が向上するんだよ。魂の目視は、ものの本質を見るスキルを使ったんだろうね。鑑定スキルって呼ばれるやつだよ。気の遠くなるほど長い間鍛えれば魂も見えるようになるんだ〉

はー、そっか。グロースさんはとてつもなく長い年月をかけて鑑定スキルを使ってきたから、私の正体が見破れたんだ。スキルは使えば使うほどレベルアップしてくって、ダァヴ姉さん言ってたもんね。

テクトの言う通り、私では想像もつかないくらい長い時間の話なんだろうなぁ。

「あれ、でもグロースさん角なかったよ？」

魔族の証《あかし》、なんだよね？　キラキラの銀髪だけど耳も丸かったし尻尾《しっぽ》もなかったから、人族なのかなーって思ったくらいだもん。

〈彼のは以前、折れてしまったんだって。根元は髪に隠れて見えないんだよ。その時に声も失って、代わりにテレパスを得たんだ〉

「……喋《しゃべ》らなかったんじゃなくて、喋れなかったんだね」

〈うん。テレパスは習得するのが難しいスキルなんだ。それこそ、自分の体の何かを捧《ささ》げるか、長い時間努力を重ねないと、聖獣以外の生き物は習得できない〉

「そっか……」

声と角を失って得たスキルでも、あの人はテレパスを持ってる人同士じゃなきゃ気軽に会話出来ないのか……テレパス覚えてる人なんて、世間にどれだけいるかわからないけど、そんなに多くないと思う。もどかしいだろうなぁ。

自分の事だって大変そうなのに、私の個人的な事情を黙っててくれるなんて……うん。そんな彼に私が出来ることなんて、1つしかない。

「2日後は、お茶に合うお菓子たくさん用意する！　それと、お湯もたくさん準備して、いつでもお茶淹《い》れられるようにしよ」

お湯沸かしてポットに入れて、アイテム袋に保存しておけば熱いままだもんね。誠心誠意、熱くて美味《おい》しいお茶を出してあげよう。

〈ルイならそう言うと思った。いいんじゃない？　喜ぶよ。グロースは魔力を自然に吸収できないから、食べ物から補ってるんだって〉

「あー、なるほど。たくさん食べるのにも理由があったんだねぇ」

オークとか、ファンタジーのお肉なら魔力いっぱいありそうだもんね。美味しいのもあるだろうけど、喜んで狩るわけだ。

〈話を戻すけど。彼は魂が不釣り合いなのを見てまじまじとその形を観察した。そうしたら人の形をしていたから、ルイがケットシーじゃないってわかったんだよ〉

「たましいって形あるの⁉」

〈あるよ。人なら人形、獣人族なら人形に獣耳と尻尾がつくし、ケットシーなら猫の形になる〉

「わあお……かんていスキル上級者には会いたくないね！」

〈そんなにいないよ。魔族や妖精族の中でもごくわずかだ。鍛練以外にスキルとの相性ってものがあるからね〉

これも魔導器官の性質ってやつかな。

〈僕の事もすぐ気付かれた。魂が大きすぎるから聖獣だろうってね〉

「聖獣は大きいんだ？」

〈ルイは見えないからわからないと思うけどね。そうだな……ルイが体だとしたら、魂は聖樹くらいの大きさになるのかな〉

思わず聖樹さんを見上げる。家よりずっと高くて天辺の見えない深緑に、しみじみ頷《うなず》いた。これはでかいわ。

〈人の形をしてるのにケットシーを名乗るからには、何かしら事情がある転生者なのか、今までの勇者とは違うのかって聞かれたから、こちらの事情をかいつまんで話したんだ。そうしたら、戦争に巻き込まれたくない気持ちはよくわかる。正体は明かさない。必要とあらば手も貸す。味方でいる。ただ代わりに、日本茶が懐かしくとても嬉しいから、何度も飲ませてほしい。こんな風に返さ

れたんだよね〉

「日本茶が、なつかしい？」

うん。とテクトは大きく頷いた。耳がぱたぱた、小さく揺れる。

〈カタログブックは、作られた当初は魔族の国で活用されてたんだってさ。ずっと昔の勇者に色々とご馳走《ちそう》してもらってから、本場の味が忘れられなくて……この世界で作られてる日本茶もどきでは満足できないらしいよ。また出会えて感動したって〉

「カタログブックの過去を知る人来ちゃったー⁉」

てことはあの人２０００年近く生きてるの⁉　ひえええー‼

「いやぁ……おどろいたわー……」

まさかグロースさんが、カタログブックを作った勇者さんと面識あったなんて……しかもご馳走してもらうくらいの仲？　めっちゃ仲良しじゃん。彼が私をじーっと見てたのは、私を気に入ったのもあるけど、制作者さんと同じ黒髪黒目、日本人顔だったからなんだね。

「それにしても、日本茶に釣られるにしたって……会って数分の人だよ？　何で味方になってくれたの？」

〈日本茶を美味しく淹れられる人に悪い奴はいない。だそうだよ〉

「ああー……それわかるわぁ」

私も美味しいものを分け合える人に悪い奴はいないと思ってるよ。グロースさんと初めて気が合うと思った。つまり彼は信ずるに値する‼　私の心がそう言ってる‼　ってによによしてたら、テクトにじぃーっと半眼《はんがん》で見られた。あ、呆《あき》れてる顔だ。

〈そういうの、同類って言うんだよ〉

「あははー。え、えーっと、あー。そう、そういえばさ！　長命なエルフにも、聖獣ってバレる可能性があるんじゃなかったっけ？　かんていは、出来ないみたいだったけど……知識的な意味で！」

セラスさんにはバレてないよね？　妖精だって納得してたもんね？

〈あからさまな話題転換……セラスは大丈夫だよ。彼女は若いから聖獣自体知らないみたいだし〉

「そうなの？」

〈うん。彼女の歳《とし》はね……〉

「あ、いいよいいよ。女の人の年齢は聞くべきじゃないから」

女性に年齢の話はタブーだからね！　テクト覚えといた方がいいよ。ダァヴ姉さんだって歳いくつ？　って聞かれたら、もしかしたら丁寧に答えてくれるかもだけど、いい顔はしないと思う。

〈ふーん。そういうもの？〉

「そういうものなの！」

〈わかった。知ってるけど言わない事にする〉

セラスさん……気付いたらテクトに年齢バレちゃったけど、許してね……一生内緒にするように言っておくからね！

〈他に話しておく事はある？〉

「うーん……あ、ルウェンさん達は包丁もまな板も使ってた。でも拾ったアイテム袋の調理道具はシンプルすぎるっていうか、まな板って文化もなさそうだった。もしかしたら、アイテム袋の元々の持ち主は相当昔の人だったのかな？」

〈かもね。アイテム袋の中身は時間が進まないから、状態保存は問題ない。数百年前もありえるよ。そういえば、ルウェン達もいただきますって言ってた。僕も癖になってきてたから当たり前の事だと流してしまったけど……僕が来なくなった300年で、世の中も変わったねぇ〉

「そうだねぇ。あとまあ、王族の歓迎会で庶民派な挨拶《あいさつ》はしなかったかもよ？　もしかしたらずっと昔に一般人の間には流行《はや》ってたかも！」

〈そう考えると、日本人の影響力ってすごいね〉

「時を超えて私の味方を増やしてくれたりするもんね！」

いやー、ほんと、ありがたい！

でも毎度毎度ありがとうって気持ちでカタログブック開いたりしてるけど、それじゃ感謝が足りないと思うので……そろそろ神棚でも作って過去の勇者さん達を毎朝拝もうかと考えちゃうよね!!

〈え、何？　新しい儀式？〉

「物騒なのと一緒にしないで⁉」


「はー、鍋《なべ》ってやっぱりいいわよね……具材の旨味が溶け込んで、スープが美味しいわ」

「おいさっきから汁ばっか飲んでんじゃねぇよ。シメの分がなくなんだろうが」

「好きに食べてるだけじゃない、うるさいわよ」

「大丈夫ですよ、いっぱい買っておきましたから！」

毎度の如《ごと》く口喧嘩《くちげんか》を始めるセラスさんとディノさんは置いといて、土鍋《どなべ》に追加の出汁《だし》を注ぎ入れていく。鍋の素をいつでも足せるようにピッチャーに入れておいたけど、全部なくなってしまった。鍋に2袋、追加2袋、合計4袋を1回の食事で使いきるって皆さんの胃袋がやばい。

私が用意したのはメインが野菜たっぷりあご出汁鍋。炊飯用に買った土鍋が10号でだいたい6人前で、ちょうどいいや鍋にしようって前の日に決めてた。でも鍋だけじゃ寂しいかなってサラダとか筑前煮《ちくぜんに》も準備しておいたんだけど……この土鍋、一般的な6人前だから。昼の様子を見ると明らかに足りないいんだよね。お鍋2巡目の必要性と、煮てる間の箸休《はしやす》めがいるなって、総菜屋さんからコロッケ、から揚げ、レバー炒《いた》め、きんぴらごぼうなどなど、日本の食卓によくのぼる料理を追加購入してみた、んだけども。

それらを皆さんどんどこ食べてく。水餃子《すいぎょうざ》やタラを入れていたスタンダードな鍋は、ものの数分で半分消えた。うそぉ。取り皿持ったまま固まった私の目の前で、私が作ったコールスローサラダをお気に召したらしいシアニスさんとオリバーさんの箸が止まらなぁい。あれー、テクトの筑前煮がちょっと余所見《よそみ》しただけで消えちゃった……嘘《うそ》でしょ山盛りにしたんだよ？　鍋も途中なのに慌てて追加の惣菜《そうざい》出したよね。そしてまた数分で消えるよね。冒険者の胃袋なめてた。

昼間の時は私自身がステーキとトマト煮に夢中であまり気に留めなかったんだけど、全員食べるの早い。冒険者は早食いが基本なの？　噛《か》んでないわけじゃないいんだよ。噛んで飲み込むまでが早いんだよ。口に入れて飲み込むまで、めっちゃ咀嚼《そしゃく》してるんだよ。顎力《あごぢから》強そう……

今は2回目の野菜とお肉を煮終わった所だ。また鍋が消えるぞぉ。

「そろそろいいな。今度はオーク肉を楽しむとすっか」

「ルイの用意した肉も美味しかったけどね。あれって普通の豚の肉？」

「はい。モンスターの肉じゃないですよ」

「でもしっかり味があって、美味しかったわ。くどくない感じ」

この世界、モンスターの肉は世間に出回っているんだけど、出荷元である冒険者以外には高級肉扱いで、意外と手を出しづらいらしい。畜産が広まっているから、普通の豚肉は手頃な値段で売ってるんだって。簡単に倒せるモンスターならともかく、美味しいやつはそれだけ強いからね。冒険者は命がけでモンスター狩ってるんだし、お値段高くなるのもわかるわぁ。危険手当的なのも加味されるんだろうね。

いっぱい食べる皆さんは、自分達で狩るモンスターの肉だけじゃ足りなくてお安い畜産のお肉も食べてた時代があったそうで。昔やった鍋より断然美味しい！　とお褒めの言葉をいただいてしまった。鍋の素使ってるけど、嬉《うれ》しいねぇ。

「薄切り肉にお出汁で下味をつけておいたんです」

我が家は基本的にお安い肉なら豚でも鶏《とり》でも、鍋に入れる前に薄めた白出汁に浸しておくんだよね。1枚1枚丁寧に浸すとかじゃなくて、肉パックに直接白出汁と水をぶっこんで軽く混ぜて置いておくだけでいい。そうすると安い肉でもあら不思議、肉汁たっぷりで歯ごたえ柔らかに感じられるんだ。何の原理かは知らないけど、我が家は昔からこうだ。お婆ちゃんの知恵かな？

まあ、あっさりして美味しい！　って主に女性陣にウケた2キロの豚肉は瞬く間に消えてしまったんですけどね。

「そのひと手間だけであんなに美味しくなるんですか？　とてもいい事を聞きました。今度真似《まね》させてくださいね」

「どうぞどうぞ！　私もトマト煮、教えてほしいです！」

「では今度、一緒に作りましょうか」

「はーい！」

「ルイ、まだ腹に入る？　熱いから気をつけてね」

「ありがとうございます！」

オリバーさんが私の取り皿に、白菜と人参、オーク肉と白身魚みたいな身を入れてくれた。おおー、人参以外白い。

皆さんこんな感じで結構好き勝手に食べつつ、私とテクトの分はちゃんと取ってくれるんだよね。「から揚げ美味しいね、2人は何個食べられそう？」「野菜もきちんととりましょうね」「鍋のものは熱くないか？　こっちに少し冷ましておいたものがあるからな」「こんなに美味しいきんぴらは久しぶりよ。ルイ、ほら、あーん」「ちゃんと水分とってるか？　熱くなったら倒れる前に上脱げよー」「鍋は俺が見ててやっから、嬢ちゃん達は食え」と食事の合間に私を気遣う余裕さえあるんですよ。あんなに流れるように素早く食べておいて、冒険者は別次元で生きてるの？

ってていうか箸使いが上手。ルウェンさんが焼肉好きだ！　って言ってたし、日本文化がかなり根付いてるなら箸も鍋も不審に思われないかなー、とりあえず箸と取り皿準備したけどどうかなー、なんて内心身構えてた私が拍子抜けするくらい、皆さん上手に箸を操って戸惑う事なく私が出した料理を口に運んでる。今の食文化はかなり日本寄りなんだろうか。こんなに皆さん洋装で顔も洋風なのに、不思議な感じ。

取り皿に盛り付けた具材から湯気が減ったので、小皿に取り置かれた筑前煮からシフトチェンジ。

幼女の舌だから火傷《やけど》しやすいので、ちょっと冷めても念のため食べる前にふーふーしよう。

2回目は、合流した時鍋だって知った途端にエイベルさんが薄く切ってくれたオーク肉たっぷり鍋だ。オーク肉は箸で持ち上げただけで、ぷるぷる震えてる。ふー、ふーっと息を吹きかけ十分に粗熱を取ってから、口の中に入れる。その瞬間、舌の上でとろけるオーク肉。じゅわりと広がる甘味と旨味《うまみ》。めっちゃくちゃ美味《おい》しいです……!

白菜のしゃきとろを味わってから、次は白身魚みたいな身を試してみる。これは1回目の鍋でタラに舌鼓を打ったエイベルさんが、これも鍋に合うかもしれねーなって捌《さば》いてくれたカメレオンフィッシャーだ。

あの、宝箱の前で床に同化して冒険者待ちしてる釣りモンスターですよ皆さん。「皮はまずいので剥《は》ぎますが、煮つけが美味しいですよ」って極々当たり前のように説明されると、ああそうですかとしか言えなかった。皮を剥いだから煮崩れしやすいので、長ネギで包んで甘辛く煮るそうです。ふっつーの煮魚やん……!! 誰だ調理法伝えた料理人、私が思わず唾《つば》飲み込んだらシアニスさんが笑って明日作ってくれるって約束してくれたよ、心の底からありがとうだよ!!

アイテム袋から出されたカメレオンフィッシャーはもう死んでるから擬態が解けてて、尻尾《しっぽ》の長いヒラメ……ヒラメとエイが混ざったみたいな姿だった。頭あたりを一発、銛《もり》突きされた魚のような穴が空いてる。大きさは絨毯《じゅうたん》くらいだけど。全体の色と左側の両目、ギザギザの歯がついた大きな口がヒラメっぽくて、ヒレが大きく水平に伸びてて尻尾が長いところがエイっぽい。陸上の魚って変な感じ。エラ呼吸じゃないんだろうけど、どうやって移動するんだろ。空気の中泳ぐの？カメレオンフィッシャーがヒラメに見えてしまったからか、エイベルさんが手際よく皮を剥ぐのも平気で見られた。私のモンスターOKゾーンって、食材として見れるかどうかの問題なのかな？　襲われたかどうかとか、それとも前世で魚もよく捌いてたからこいつだけ平気なの？

食事中に悩んでてももったいないので、カメレオンフィッシャーの身をぱくりと食べてみる。食べやすいサイズに切って、塩を振りかけておいたけど……白身魚みたいに淡白でぷりぷりしてて、それでいて簡単にほぐれてく身、ほんのり感じる塩味。何これ詐欺だよ。美味しい詐欺だよ。ご馳《ち》走様《そうさま》です。

「美味《うま》いか、ルイ」

「はい！」

「テクトも止まらないわね」

「美味しいの好きですからねぇ」

私と同じく取り分けてもらってるテクトだけど、その速度は私と段違い。皆さんと同じくらいの速さでぱくぱくと食べて皿の上を空にしていってる。それが面白いのかディノさんとエイベルさんがにやにやしながらテクトの取り皿におかず足してくんだよね。大食い大会でもしてるの？　わんこそばならぬわんこ飯なの？

ただフォークやスプーンを握って食べるスタイルは半月前から変わりないので、ちょっと取りづらそう。今までも、私が箸使ってるのを見て興味はあったみたいなんだけど、テクトの視線はすぐに食べ物の方に向いちゃうからなぁ。なかなか教えるタイミングがなかったけど、今がいい機会だ。料理の時も菜箸《さいばし》は使うしね。これから教えていこう。

って思ってたらフォークくわえながら睨《にら》まれた。

〈食べ物に集中するところはルイに影響されたんだよ。さも僕だけが悪いみたいな考えは止《や》めて〉

お、おう、ごめん。


いやあ、食べた食べた。シメの雑炊も色んな旨味が凝縮した出汁とふわとろ卵で最高に美味しかったし、デザートのアップルパイも皆さん喜んでペロリだったね！　まったく、食べたものはどこに収納されたんだろうね、不思議！

「それにしても、こんなに葉物野菜たくさん食べられたの久しぶりな気がする」

「だなぁ」

「え、葉物野菜って珍しいんですか？」

テクトの口の中を洗浄しながらきょとんとすると、苦笑される。

「ちょっと戦争がね……葉物野菜を大量に輸出する国があったんだけど、戦争に巻き込まれて農地はぐちゃぐちゃ、備蓄は国に取り上げられてしまって。輸出する余裕がなくなってしまったのよ」

「なんと！」

「中立国だったっつうのに、たまたま隣国が戦争吹っかけられて巻き添えくっちまったらしいな」

「災難だよなー……ナヘルザークもどうなる事やらだ」

「ひえぇ……」

「もう。ルイが怖がってるじゃない。大丈夫よ。戦争に巻き込まれたとしても、ダンジョンの中までは入ってこないわ」

セラスさんに頭を撫《な》でられる。え、そうなんですか？

「人を相手取ろうって時に、モンスターまで余計に構ってられないからね。入らなければ戦わないで済むから、ダンジョンは放逐されるのが常なんだよ」

「入ったとしても浅い層までだな。食料を狩ってくる程度だ」

「だがもしナヘルザークも巻き込まれそうになったら……俺達はどうするかだな」

「そうですね……」

あ、あ、皆さん暗くなってしまった。どうしよ。あわあわしてると、ディノさんが雰囲気をほぐすように大きなあくびをした。

「まあこの国でも作ってねーわけじゃねぇよ。農地はそれほど多くねぇがな。ナヘルザークは土地柄、芋やきのこの方がよく作られんだ」

「食べていけるだけの備えはあるんだけどなー。種類がどうしても減ってたんだが……ルイの店はどーなってんだ？」

「あははは……私もわからないです」

カタログブックはほんと、謎の多いお店だからね。普段使ってる私もわかってない事が多い。今度グロースさんに聞いてみたいなあ。

「でもから揚げは温かくて美味しかったわ」

「ええ。まるで出来立てをそのまま持ってきたよう……ルイがいつも冷たいものを食べているわけではないようで、安心しました」

ああー。惣菜は私が大好きな炊き込みご飯を作ってるお惣菜屋さんのものを買っておいたんだけど。どうもあの店に思い入れがありすぎるのか、出来立て狙って通いまくったせいなのか、カタログブックの方でも「出来立て」か「冷めたもの」かを選べるようになってたんだよね。私の記憶補正強い。

出来立てを買ってすぐにアイテム袋に入れれば、皆さんに温かいまま提供できるってにやにやしたんだけど。どうやら今回はそれが私の食生活の確認に繋《つな》がったようだ。

大丈夫ですよ、私いつもバランスよく食べてますからね！　健康的な生活のために‼

「きんぴらも、妖精族《ようせいぞく》の店に行かないと食べられない事が多いからな」

「へ」

「ルイは知らないのかしら。今日あなたが用意してくれた食事は、ほとんど勇者が伝えたとされる料理なのよ」

「勇者のレシピは広く知られているのもあれば、秘匿されてるのもあるんだ」

「そ、そうなんですかー……」

知ってますとか、勇者と同じ出身ですとは、言えないなあ……

「特にきんぴらごぼうは妖精族に伝わる伝統の料理。あなた専門の店、侮れないわ！　すごく美味しかったし‼」

「そんなに気に入ってもらえたなら、また今度買っておきますね」

「本当⁉　嬉しいわ！」

セラスさんが勢いよく私を抱きしめる。寝る前だから鎧《よろい》外してて、布越しに柔らかな感触が。昼間とは違う感触が。ほわほわ温かくて幸せぇ。

幼女になった頃から、どうも柔らかいものと温かいものには抗《あらが》いづらくなってしまっている。ぎゅうっと抱きしめられてるのも、また安心材料と言いますか。

つまり私は、急激に眠くなってきたのである。

「あふ……」

「あらまあ、ルイ。眠いのですね」

「んん、でも……まだ、おはなし……」

折角のお泊まり会なのに。何も話してない。

ごしごし目元を擦《こす》っていると、セラスさんにやんわり手を取られた。駄目よ、と優しく背中をぽんぽんされる。

「テクト、寝袋出してもらえる？」

〈いいよ〉

「んー……おきるもん……」

〈まったく……聖樹、ルイを寝かせてあげて〉

傍《そば》に寄ってきたテクトが、私の二の腕に絡まる聖樹さんの枝に触れる。あ、ずるい。聖樹さんに頼むのはずるいよテクト。

数秒と経《た》たず、私の意識は深い睡眠へと落ちていった。

Step7　魔族とお話しましょう

ずずー……

静かな安全地帯に、お茶をすすする音が響く。

「えーっと……美味しいですか？」

「……（こくり）」

私の目の前できっちり正座をして湯のみを傾けるのは、どう見てもこの世界の住人のグロースさん。今日も銀髪がサラサラキラキラしている、イケメンである。

私が伺うと、満足げに頷《うなず》いた。相変わらず表情乏しいけど、やっぱりどこからか愛嬌《あいきょう》を感じるんだよね。不思議な人だなぁ。

さて、安全地帯には私とテクトとグロースさんしかいない。ルウェンさん達はダンジョン探索に出かけちゃったんだよね。冒険者のお仕事しなきゃだから当たり前の事だけど、別行動中だ。

朝から順序良く説明すると、聖樹さんからの不意打ちスキル発動で爆睡してた私が目覚めたら、めっちゃいい匂いのハムエッグトーストとポテトサラダがテーブルに出されてたじゃない？　また匂いで目が覚めたよ食い意地張りすぎぃ！　って内心ツッコミ入れて、ありがたくいただくよね。

いやぁ美味しかった。ハムの塩味と目玉焼きのとろっと濃厚な味、少しかかった胡椒《こしょう》のピリッとしたアクセント。フランスパンっぽい固めのパンのサクサク食感に焦がしバターの風味。ポテトサラダは滑らかな舌触りの中からちょっとチーズの匂いがしたなあ。削ったチーズ入ってたのかな。とっても美味しかったです。

皆さんとテクトはそれプラス朝からポークソテーとか食べてたけどね。毎食肉食べてるなこの人達。冒険者って体動かすから必要な事なのかな。たんぱく質とらないと冒険するだけの体が作れないだろうし、体が資本の仕事だものね。そういうものか。

朝食をしっかり味わって小休憩した後、私にも店の準備があるだろうっていうのと、小遣い稼ぎならぬ食材稼ぎのために行っちゃったんだ。「リセットかかったから今日は全部ごっそり私達がゲットよ！」「グロースに持ってかれちまった分の肉も獲ってくるぜ‼」なんて意気揚々と手を振ってたなぁ。

その獲れたてお肉をメインにお昼と夕飯作ってくれるって言うから、朝食後だっていうのに涎《よだれ》が出ちゃうよね。今日のご飯も大変楽しみである。オーク肉もカメレオンフィッシャーの身も、めちゃくちゃ美味しかったから、もしかしたら他のモンスターも……じゅるり。おっとっと。昨日のお肉ショックだけでモンスター食べるのに前向きになるなんて、我ながら現金だなぁ。涎垂らさないようにしなくちゃ。

皆さんは出稼ぎに行くようなものだし、暇な私がご飯準備しましょうかって言ったら、一斉に首を振られた。皆さん曰《いわ》く「昨日の夕飯は文句なしに美味しかったけど、子どもに奢《おご》らせるのは今後ないから」との事らしい。でも「ほんと美味《うま》かったから今度買わせてほしい、言い値で買う、マジで」と真剣な顔で言われたら頷くしかないよね。お気に召したようで何よりです、うん。日本のお惣菜屋《そうざいや》さんは異世界冒険者の胃袋も掴《つか》むんだね……あの店に通い詰めてよかったな。

そしてさあ暇な時間どうしようか、箱庭に帰る？　とテクトと話していたところで突然、グロースさんが転移してきたんだよ。

話途中にテクトが〈グロースだけ来る〉って言うから、やばい人来る！　って慌ててポンチョのフード被《かぶ》ったのに、光が治まるとグロースさんが首傾《かし》げてたよね。思わず硬直する私。そんな私を気にしない様子のグロースさんが素早く絨毯に上がって、フードを半ば被り損ねてる私の目の前で正座、腰のアイテム袋から流れるように紙束を取り出して胸の前に広げた。私が見やすいように傾けられた紙には、『お茶飲みに来た』って書いてあったよね。しばらく凝視して、グロースさんを見て、

「お茶？　お茶って何？　日本茶？　あ、そういえばこの人には正体ばれてるんだったっけ？」

〈うん。ばれてるからケットシー装わなくてもいいよ〉

「マジか……」

って思わず口に出しちゃうわ、手からフードがぱさりと落ちたわ……間抜けな姿を晒《さら》してしまった。お恥ずかしや。

それから急いで道具一式出して、お茶淹《い》れて、今こうして膝突《ひざつ》き合わせてお茶を飲んでるわけだけれども。

グロースさんは時々湯のみを傾けて、ほーっと息を漏らす事、数回。特に何かを要求するわけでもなく、しみじみとほうじ茶を味わってるように見える。

え、昨日いっぱいお茶菓子食べさせてあげようって意気込んだ私の気持ちは？　あれ、この人本

当にお茶飲みに来ただけ？　マグカップにするか湯のみにするか聞いたら迷う事なく湯のみ指差したし、正座も堂に入ってるし。旅行で来日した日本文化に詳しい外国人って感じに見えてきた……紛れもない錯覚だ。現実に戻ろう私。

とりあえず、グロースさんが私に対するコミュニケーションツールとして、紙束を持ってきてくれたのはありがたい。テクトに毎回通訳してもらうのもいいけど、直接話をしたかったから。

「あー……えーっと。グロースさん、色々聞きたい事があるんですけど、質問してもいいですか？」

『俺の事も、カタログブックの事も、話せる事は答えるつもり。後はちょっと、注意に来た』

そう紙に書いたのを私が読み取ったのを確認して、また迷いないペン捌《さば》きで続きを書いていく。

『まず、俺がここに来た理由。君が、不慮の召喚に巻き込まれた転生者だという事は、魔族の上層部も、知っている』

「へ⁉」

いきなり壮大な話をぶちまけないで⁉　私が驚いてても素知らぬ顔で続きを書いてるけどグロースさんほんと表情ぶれないな‼

『魔族の王は、聖獣と交流がある。そこから情報が来た。か弱い娘が幼子になって、ダンジョン内に転生した。守りのために聖獣をつけたが故に、悪党に狙われる可能性がある。近場にいる者は適宜様子見、異常があれば対処、保護、報告する事。そういう通達が、俺に来た』

えっと。つまり神様から聖獣経由で魔族に周知されて、魔族側から見守り保護要員としてグロースさんが派遣されたって事？　え、魔族って異邦人に対して寛容すぎない？　私の保護者さらに増えてく？

『おかしな動きをする冒険者についていったら、偶然君に会えた。一目見てわかった。君の魂は昔見た、勇者の魂に似てる。聖獣の魂は話に聞いてたから気付いたけど、実際見て驚いた。本当に大きかった。よくその小さな器に収まるな、って思った』

〈まあ頑強な作りをしてる自覚はあるよ〉

日本人の魂ってそんな特徴あるのかな？　テクトの魂は私も見てみたいなーと思ったり……じゃなくて！

「私とグロースさん、何も関係ないですけど……魔族の偉い人に命令されて、何の疑問もなく来てくれたんですか？」

こんな小娘のためだけに？

『魔族は受けた恩を忘れない種族。遥《はる》か昔から魔族は、勇者、異世界の人間には世話になってる。俺も個人的に、恩がある。ほうじ茶のおかわりをくれた君は、いい子だから。定期的に様子を見に来るくらい、苦じゃない』

「なんと」

魔族は恩義に報いる武士的な種族なの？　何なの、かっこよすぎでは。この世界、外見も中身もイケメンな人達多すぎ‼

『君は俺を見かけたら、日本茶を準備するだけでいい』

「あ、見返りはしっかりいただくんですね」

私には全然苦じゃないけども。本当に日本茶好きなんだなぁ。

そう苦笑してると、グロースさんは何か思い出したのか、また紙にさらさら書き始めた。

『ついでに、忠告を先に。君の優しさは美徳だけど、ケットシーとしては間違ってる。ケットシーは来てくれたからというだけで、価値ある物は渡さない。ルウェン達には通じるけど、ダリルは疑ってる。これ以上ボロは出さないように』

え、待って、何の事!? 私疑われてるの!? 何で!?

1人クエスチョンマーク飛ばしまくってる私に、呆《あき》れた様子のテクトが教えてくれる。

〈ダリルに宝玉を渡した事だよ。往復代とか言ってタダであげたでしょ〉

え、あれの事!? だってわざわざ来てもらうんだよ? 私が外に出たくないっていうわがままを通してもらってるのに、移動手段くらい渡すのが普通じゃない?

〈それがケットシーとしては普通じゃないんだよ。って言っても、僕はケットシーの事はあまり知らないんだけどね。グロース達の記憶から読み取ってそう感じた〉

『聖獣の言う通り、ケットシーは物の受け渡しに必ず対価を挟む。タダという言葉が嫌いだ。でも君はダンジョンから出た事がない、世間知らずだと思われてる。今はまだ、箱入りだからと半信半疑。それにポンチョの仕組みを外側から鑑定できる人は、そうそういない。後は君が変なお節介をしすぎなければ、気付かれる確率は減る』

「な、なるほど」

〈ルウェン達もその世間知らずな設定で誤魔化《ごまか》せると踏んだんだろう〉

そっか。私が迂闊《うかつ》すぎたんだね……当たり前だと思っていた事が、やっちゃだめなんだね。折角色々してもらったのに、申し訳ないなぁ。

頭を抱えて俯《うつむ》いてたら、額に固い感触。棒みたいな感じなのがぐりぐりと眉間《みけん》を押してくる。って痛い痛い！

　顔を上げたら、グロースさんが1本指を私に向けてた。え、今の棒みたいなやつ、グロースさんの指？　こんな細長い指でぐりぐりされてたの？　鉄かと思った……

『その申し訳ない、という顔が駄目。全然申し訳なくない。君がここで商売をする事は、ギルドにとってとても有益だから。もっと堂々としていい。ダリルをこきつかう気でいても、問題ない。ルウェン達も、普段宝玉拾えないって言ってたから、ここで好きに買えれば助かる。君は役立たずじゃない。君がここに生活するだけで助かる奴がいる。それだけで、君は誰かに恩を返してる。過剰に返そうとしなくていい』

「は……」

　グロースさんのテレパスは、読心できないんだよね？　そんなチート級じゃないんだよね？　え、何で？　ねえ、何で？

　何で言い当てるの？

「ば、れちゃう……もんですか」

『勇者じゃない転生者は、そういう状態に陥りやすい。特に、君は元が大人だと聞いた。今まで出来た事がままならないと、周囲に対して申し訳なさが先立つって、聞いた事がある』

「……そっかあ……」

〈ルイ……そんなに深く悩んでたの？　気付けなくてごめん〉

　ああ、テクト。いいんだよ、そんな悲しそうな顔しなくて大丈夫。気付けないのはしょうがないよ。難しいよね、人の心って。わかりづらいと思う。

自覚はね、してたんだよ。何かしなくちゃ、何かしなくちゃって。テクトに助けてもらうのは慣れてきたんだけど、他の人はそうもいかなくて。ちゃんと返さないとって考えてた。

ルウェンさん達が冒険者は物か金で返すって言った時、困った反面、いいなって思った。だから神様に恩返しする時、私自身が返せる事はないから、物でお返しできたらって思ってた。

その時まではたぶん、よかった。問題なかった。

気付いたら、お返しが負い目の強いものに変わってた。ありがとうの気持ちより、申し訳ない気持ちが強くなってた。

だって私は元は二十歳の幼女で。出来る事は少なくて。人の世話になりっぱなしで。返せるものはほとんどなくて。物に頼るしかなかった。自分に言い聞かせるように理屈を並べて、物を返すしかなかった。前向きな気持ちの裏側に、申し訳なさが風船のように膨らんでいった。

お節介は昔からしてた。誰かのお手伝いをする事は苦じゃなかった。だから違和感はなかった、つもりだった。しこりみたいに引っかかるものが、胸の中にあった。

役立たずな私は、きちんとお返ししないと見捨てられる。

ほんの少し、そう思っていた。

「私、役立たず、じゃないですか……？」

『むしろこの世界に、早く馴染《なじ》んでる方。転生してまだ半月だって聞いた。カタログブックは自立の手段でしかない。その体でよくやってる。申し訳ないと思うのも当たり前だけど、思いすぎるのはよくない』

「はい……」

『特に、隣で心配そうに見てる聖獣とは、よく話した方がいい。一生のパートナーだから、言葉は尽くすべき』

「うん……」

テクト。私、どう大人らしく振舞おうとしても幼女だから、力仕事してもらったり、料理ほとんどしてもらったり、身の回りの事任せるの、やっぱりちょっぴり申し訳なく思っちゃうんだよ。適材適所だって言われたし、納得もしたけど。

出来てた事が出来なくなるとつらいんだって、こんなにも尾を引くなんて、知らなかったよ。

〈ルイ。僕は君の保護者だ。きっかけは神様に命じられたからだけど、今はルイの保護者になれてよかったと思う。君は何も知らない僕の手を必要としてくれて、僕に色んな楽しみを教えてくれる。こんなに充実した日々はないいんだよ〉

「うん」

〈ルイの言動に呆れる事はあっても。役立たずだなんて、一度も思った事はない〉

「うん……私も、テクトが保護者でよかった。鈍くて、可愛《かわい》いのに可愛いって言われるの嫌がるけど、テクトだったから、私今、幸せだよ」

テクトの手をぎゅうっと握って、握り返されて、笑う。ちょっと照れるね。でも本音を言えてスッキリした。言葉にするって、大事だ。

ふとグロースさんを見たら、我関せずって感じで湯のみを傾けてた。ほんと、ぶれないなぁ。こっちはちょっと泣いてるのに。

さあ切り替えていこう、いつまでも落ち込んでらんないからね！　って思ってたら、グロースさん的に話は終わってなかったらしい。

テクトとの握手を止めたら、何故《なぜ》か正座させられてグロースさんに紙束——なんかテレビで見る、演者に台詞《せりふ》伝えるやつに似てるから、カンぺって呼ぼう。カンペで説教されてる。ちょっとわけわからないかもしれないけど言った通りの構図です。わけわからんけど。

隣で同じように正座してるテクトが可愛いなーって余所見《よそみ》をしたらカンペでぺちんと叩《たた》かれたよね。すみませんちゃんと読みます。

『彼らは冒険者として、君へ対価を返してるだけだから。君が何か用意すればするほど返される事になる。つまり堂々巡りが終わらない』

「はい」

『君は開き直って恩返しを最後まで受け取るべき。上級ポーションは遊んで暮らせるだけ高値。君は楽をさせてもらう理由ができたって、甘んじて受け取って』

「おおう、たっか……あ、でもポーション分はもらってますよ！　だからもう、そんなに返されるものないですよね？」

ってていうか服もいっぱい貰《もら》ったし、もうすでに結構返された気がするんだけど。

グロースさんはちらりとテクトを見た。つられて私もそっちを見る。テクトはやれやれ、と言った体《てい》で肩を落とした。な、何よー！　私、変な事言った？

〈下級ポーションは彼らが言った通りの市場価格で貰ったけど、上級ポーションはカタログブックにあるのと同じ値段だったたね。ルウェン達が販売価格を知らなかったのもあるけど、ルイが頑《かたく》なに

受け取ろうとしなかったから〉

「だってあんな高額一気にもらったら、皆さんの生活が困るじゃん。私だってパンクするし」

『カタログブックの価格は元値、素材だけの値段でしかない事は知っての発言？』

「そりゃもちろん知って……」

と言ったところで、グロースさんがカンペを下ろした。素早く何か書き始める。

え、何その反応。もしかして、下級ポーションみたいに1万追加しときますねー的な感じじゃない？　多くて50万くらいだと思ってたんだけどもしかして違うの⁉

『上級ポーション、ナヘルザークでの販売価格は1500万』

「……は？」

『だから後500万分は返されると思って』

500万⁉　え、想像より桁《けた》が多いんですが高すぎない‼　私500万分の何か貰っちゃうの⁉　この前の1010万の底にさえ辿《たど》り着けてないのに‼　いや底ついちゃったら生活困るんだけど‼　違うそういう事じゃない‼

上級ポーションたっっかい‼

『物の価値がわからないのはしょうがない。現実味が湧かないのも、異世界転生者にはよくある事。でも、自分がやった事の価値を、正しく理解した方がいい』

「ああいや、えっと……すごく感謝されてるっていうのは、わかってたんですけど……」

何度も何度も言われたし、ちゃんと代価を受け取ってほしいなって直接的にも遠回しにも言われまくったし。

私はシアニスさんの命を救ったんだ。そりゃあ、皆さんが親切に色々してくれるのも、彼らが優しい人達だっていうのもあるけど、恩返しの一環だっていうのはちゃんとわかってる。ただ、それを値段にされると、ねぇ……一気に肩の荷が重くなると言いますか……小市民にはでかすぎる金額なんだよぉ。

いや、うん。ちゃんと受け取る。受け取りますよ。皆さんが生活できるだけの稼ぎがあって、その余剰でお返ししてくれるなら、私は拒否できない。私の条件を呑《の》んでもらってポーション代だけ受け入れたんだから、今更いらない！　なんて言えないし、私からお返しするのもおかしい話だ。

ここはグロースさんの言う通り、開き直るしかないんだろうなぁ。

〈それに運送代とかも後回しにしたから、実際は５００万以上だね〉

「あぁー、そうだった！」

『ダンジョン内で売買すれば必ずかかる費用。買い手側が支払うのは当然』

「あう……実際、どれくらいなんです？　運送代って」

『階層によるけど、ここは１０８階だから、商品の適正販売価格に８％かけた分』

「消費税じゃん‼」

グロースさん曰《いわ》く、１階から50階は３％、51階から１００階は５％、それ以降は８％なんだって。ますます消費税っぽい。突然見覚えのある数字出されると困惑するわぁ。計算はしやすいからありがたいけど。

これはナヘルザークで定められた法律だから、他国じゃ適用されない事もあるけれど、ある程度の目安にはされてるんだってさ。世界的に就学率がそれほど高いわけではないから、あくまで目安。

商人なら掛け算割り算習うけど、職業として必須《ひっす》の技能扱いで一般人はそれほど重要視してないそうだ。まあ足し算引き算で問題ない生活なら仕方ないか。

ナヘルザークが101階層以降の運送代つけたのだって、このダンジョンがあったからなんだそうで。ヘルラースでかすぎるんだね。136階だっけ？　最下層まで、まだまだ遠いねぇ。

『ルウェン達には甘えていいんだ。それを、きちんと受け入れる事』

「はい」

私が頷《うなず》くと、グロースさんはここに来てから書きまくった紙をグシャッとまとめて握り潰《つぶ》した。

突然の事に目を丸くした私の隣で、テクトが足を崩した。私もそれに倣う。体重軽いから全然足痺《しび》れないや。

〈証拠隠滅だって〉

「へー……ええ⁉」

グロースさんが握りしめてた手を開くと同時、真っ赤な炎がぶわっと燃え盛る。目を瞬《しばた》かせた後には潰された紙はなくなって、グロースさんの大きな手が見えるだけだった。燃えカスも残ってない……！　うわ、すごい！　魔法だー！

〈グロースは火の魔法が得意で、詠唱なしで使えるんだってさ〉

『喋《しゃべ》らなくても使えるのは便利』

「おおー！」

『火があれば料理に事欠かないから習得した』

「わかるー‼」

魔導コンロをもう1つ買うまで、一口コンロじゃ物足りない最低二口欲しいってずっと思ってて‼　いっそ薪《まき》組んだり竈《かまど》作っちゃったりすればコンロ扱いできるとか思ったり、魔力溢《あふ》れる魔法の世界なんだから火属性魔法使ってコンロの代わりにしちゃうとか、そういう妄想したりしたよ‼　生憎《あいにく》魔力の使い方わからない私にはそんな芸当できなかったけどね‼

テクトは残念ながら生活に関する魔法は得意じゃないので、出来なかった。生活力は教えれば身につけられているから、たぶん魔力関係のみ細々したのが苦手なんだろうね。聖獣の目だって細かなステータスは見られないって言ってたし、そういう事なんでしょう。

まあ今度セラスさん達から教えてもらう予定だから、楽しみにしておきますよ！　今はグロースさんについて聞こう。私の話は今度こそ、終わったみたいだし‼

お茶のおかわり注《つ》いだら、お茶請けの煎餅《せんべい》を出す。これはおもてなしだから、申し訳ないの気持ちじゃないよ！　美味《おい》しくお茶を飲んで語らいましょう、の気持ちだからテクト安心してください。お祖母《ばあ》ちゃんなんて近所の人が遊びに来るとテーブルいっぱいにお菓子やら漬け物やら出してたからね！　こんなの序の口！

グロースさんは迷う事なく煎餅を掴《つか》み、ばりばりと気持ちのいい音を立てながら噛《か》み砕く。若干、頬が緩んだような？　相当日本のものが好きなんだなぁ。

「グロースさん、2000年生きてるって本当ですか？　ダリルさんは知ってるんですか？」

『本当。大体2015歳。ダリルは俺が魔族だという事も知らない。鑑定スキルが秀でてる便利な護衛だと思ってる』

「魔族だって、内緒なんですか？」

『内緒。言わないでね。面倒だから。魔族は謎に包まれた種族、っていうのが世間一般の見解。魔法が得意で、角がある、身体能力の高い田舎者、くらいの認識。俺は角がないからどこへでも潜入しやすい』

「えー、と……角って生命維持に必要なんですよね？　そんな軽い感じでいいんですか？」

『なくなると絶対死ぬ、ってわけじゃないから。俺は食べる事が苦じゃない、むしろ好き。だから君が気にする事はない』

「はあ……」

『たくさん食べる建前が出来てむしろラッキー』

「それはうらやましいなぁ……‼」

まったく、テクトもルウェンさん達もグロースさんも、皆食べても食べても太らない人達なんだから、ずるいにもほどがあるよね‼　二十歳の私なんてカロリー気にしたり多少量を減らしたりしてたのに‼　多少‼

「わかりました！　グロースさんの事は人族扱い、ですね！」

グロースさんはこくりと頷きながら煎餅をばりん。食欲に忠実な人だなぁ。追加でどら焼きをテーブルに出すと、それもすぐ手に取った。和菓子も好きですか。日本茶好きなら準備しとこうかって買っといて正解だったわ。

私は煎餅、テクトはどら焼きを取った。そういえば何気にあんこ初体験だねテクト。果たして彼はつぶ餡《あん》派かこし餡派か。

ふかふかしっとり生地に顔を埋《うず》めるように噛みついたテクトは、しばらく顎《あご》を動かしてたかと思うと、尻尾《しっぽ》をふりふりし始めた。どうやらお気に召す味だったらしい。内心ガッツポーズである。

〈これ美味しいね！　挟んでる生地がふわっとしてるのにしっとりしてて、ホットケーキとはまた違う風味と味わいで。中のあんこっていうの？　粒々食感も面白いし、何より甘さがなめらか〉

「お、テクトはつぶ餡平気だね。初めて食べると、その粒々が嫌って人もいるんだよ」

〈へえ、こんなに美味しいのに〉

「小豆の風味が残ってステキだよねぇ」

『俺はつぶ餡派。でもこし餡も好き』

「両方選んじゃう気持ちもわかりますよグロースさん！」

だってそれぞれよさがあるんだもの。あとお菓子の相性とか。中華まんだったらこし餡一択。

試しにこし餡の饅頭《まんじゅう》を買ってみたら、テクトは美味しいってぺろりと平らげてしまった。まさに一口、ぺろり。

〈こし餡の方が甘味が強いのかな。でも舌触りがよくて口の中でゆっくり溶けてく感じがいい。うーん、そうだな。どっちかと聞かれたら、僕はつぶ餡派〉

『同士』

とカンぺをかざすグロースさんの口の中にも饅頭が。嬉《うれ》しそうに食べて飲むなぁこの人は。出してもらうばかりも悪い、とグロースさんがフィナンシェを取り出した。煎餅の後に甘いものは最高だね！　昼が控えてるから私はこれで止めるけど、テクトはほどほどにね。

ゆらりと尻尾で返事が来たので、饅頭を買うために出したカタログブックを見る。人前で売買モード使ったのは初めてだなぁ。グロースさんは紙袋に入って届いた饅頭をまったく驚く事なく見て

カタログブック

たから、カタログブックを知ってるのは確かなんだなぁって思ったけれども。

「そういえば、カタログブックの事も聞いていいんですっけ？」

『話せる範囲なら』

「じゃあ、えんりょなく。カタログブックの作者さんって、どんな人でした？」

『明るい人。君みたいに、おもてなしが好きな人だった。俺は遊びに行くと、いつも日本茶と菓子をご馳走《ちそう》してもらった。気前のいい姉御肌』

グロースさんが、懐かしむように湯のみをなぞる。側面のでこぼこ部分を優しい手つきで撫《な》でて、目を細めた。そっかぁ。

「グロースさんは、作者さんが好きなんですね」

『そうだね。恋愛的な意味ではなかったけど、好きだったよ。姉のように慕った』

〈話してる途中で悪いけど、ルウェン達が帰ってきてる。歓談の続きはまた今度にしなよ〉

テクトが左側の方をじっと見てる。え、もう帰ってきたの？　じゃあ昼前か、時間の流れがはっやいな！　グロースさんは帰らなくていいの？　ここにいるの皆さんにバレたらダメなんじゃ。

『残る。それから、君が人族だとわかってると言う。誰にも言わない事も。どうせ近いうちダリルが俺の鑑定スキルの事を言うだろうから、先に話した方がいい』

私が読み終わって顔を上げると、またカンペを数枚グシャッと握って一瞬にして燃やした。早業証拠隠滅完了です。いやほんと早い。

呆気《あっけ》にとられてるうちに、ルウェンさん達が帰ってきた。そして何食わぬ顔で、いや実際は煎餅と饅頭を食べきってフィナンシェをもぐもぐしてるグロースさんを見て、めっちゃ動揺してらっしゃる。驚かせてごめん皆さん。グロースさん全面的に味方だから許してね。

「何でグロースがここに……！」

『一部の人にしか知られてないけど、俺、鑑定スキルのレベル高い。犯罪者見分けられる程度』

「それ憲兵でもレアな性能じゃねーか‼　お前食欲一直線の脳筋野郎じゃねーのかよ‼」

「ルイに手出ししてないでしょうね？　彼女をケットシーと偽ったのは私達よ。文句があるならこっちにどうぞ」

『文句はない。よく擬態できてると感心してる』

「……1人で来たという事は彼女の事は隠してくださる、と思ってよろしいですか？」

『ギルドとしては、彼女がいなくなるのは多大な損失。俺が目を瞑《つぶ》ればいいだけの事』

「本気かよ」

「ルイ、グロースと何を話してたの？」

「えーっと、世間話とか？　あ、運送代を教えてもらいました！」

「……本気みてぇだな」

『どこぞのタヌキとかと一緒にしないで。俺は嘘《うそ》はつかない』

「そうか。ルイにはルイの事情があって、外には出られない。生活のためにもここで店を開く事が、ルイにとって大切な事だ。騙《だま》してすまない。報告しないでくれて、ありがとう」

『いいよ。利益を考えて黙ってるんだ。頭を下げられるものじゃない。ただまあ』

「ん？」

『君達ちょっと詰めが甘い』

「ぐ」

『違和感のないように常識を順番に教えるつもりだったと思うけど、ケットシーはお節介しないって先に一言伝えるべきだった。ダリルはまだルイの事を、箱入りのケットシーだと思ってる、君らの目論《もくろ》み通り。でもこれからどうなるかは、わからない。しばらく通うなら考えた方がいい。俺も手伝う』

「それは……ありがたいですが」

『そしてお茶を飲む』

「おめぇ利益がどうのとか建前で本音それだろ‼」


ぐぅう。

「「…………」」


一触即発な雰囲気になるかと思いきや、グロースさんがカンペを出してあれよあれよと自分のペースに巻き込み……微妙な空気に変わってきたところで、ルウェンさんの腹の虫が盛大に鳴いた。

マジか。

それまで一切動じない様子のグロースさんにああだこうだと言ってた皆さんは、緊張が一気に抜けたらしく呆《あき》れた様子でルウェンさんを見た。当の本人は少し頰を染めてそっぽを向いてるけど、腹の虫、治まってませんよ。ぐうぐうと唸《うな》り声をあげてます。いや私もお茶菓子食べてなかったらそろそろ鳴く時間だけどね。皆さんなんてダンジョン探索して動きまくってきたわけだし、制御なんてできませんよね、空《す》くものは空くんだもの。そして鳴ってほしくない時に限って大きな音出すんだよね。わかるわー。

「ルウェン……」

「おっまえ……」

「いや、その……すまん」

「お腹空くのはがまんできませんよね、ルウェンさん」

『空腹は悪くない』

「重ね重ね……すまん」

「あら。なんだか仲良さげね」

むーっとした顔のセラスさん。美人はむーっとしてても美人だなぁ。

だってねぇ。色々話してもらって聖獣経由で助けてくれるって約束してくれたし、会ったばかりでハチャメチャに年上でも、グロースさんの食欲に忠実なところとか他人とは思えないし。お茶好き煎餅好きあんこ好き、ってあんなに美味しそうに食べてもらえると悪い人にはまったく見えないし。言い方失礼だけど、同類感ある。

「一緒にお茶したら、とても話が合う人だなって思って。それで仲良くなりました！」

「へー。主にどのへんが?」

「食べ物の好みですね！」

「なるほど、それは大事な相性の1つだな」

ぐうぅうううう。

「「………」」

「……まずはお昼ご飯にしましょうか」

「……そーだな」

『俺は自分の持ってきたからお構いなく』

と、調理器具を取り出す皆さんを横目に、テーブルにどーんと置かれたのは6段お重。それも2つ。どうなってるのグロースさん。毎日のお昼がそれなの？　やっぱいいな。

「うっわ何その量」

「えぐい弁当出してんじゃねぇよ！　おめぇの分なんぞ作ってたらきりねぇわ‼　菓子だけでも際限なく食ってたじゃねぇか‼」

「しばらく分のおやつがその口に吸い込まれてったわね」

「半分以上消えましたから……ヴィネから聞いてはいましたが、よく胃袋に収まりますね」

『ちゃんと返す。買ってきた』

「そうして。バニラのお菓子は美味《おい》しいけど、素材にこだわってる分高いの！」

昨日のクッキー、そんな高いものだったの？　それなのにあんなに足してっちゃったのシアニスさん。聞いてみたら、茶目っ気たっぷりに舌を出された。ぐぅ、可愛《かわい》い……！

「何だか面白くなってしまって……テクトとどちらが多く食べるかなって思って、つい足しちゃいました」

「お菓子ほど大食い対決に向かないものはないと思うから今後は興味本位でやらないでね」

「気をつけます」

シアニスさんって普段しっかりしてるのに、興味が勝ってやらかしちゃうタイプなの？　そしてセラスさんが度々《たびたび》たしなめるの？　セラスさん、お姉さんっぽいもんね。うんうん。

〈僕もグロースもすぐ魔力に変換しちゃうから決着つかないよそれ〉

テクトそれは内緒にしようね。あ、私にしかテレパスしてないからそもそも内緒だった。てへ。

さて、お昼の準備をお任せする事にしたけれど。

エイベルさんが黙々とオーク肉をスライス、熱された鉄板に広げてじゅうじゅうと焼いていく。その横で野菜をざくざく切っていくオリバーさんとルウェンさん。ディノさんはたっぷりの水を入れた鍋《なべ》をコンロの火にかけて、セラスさんがアイテム袋から中華麺《めん》みたいな生麺を取り出した。どうやら今日のお昼は焼きそばらしい。麺やソース文化まで広がってるとは、さすが過去の日本人、ファインプレイ。

他の皆さんがてきぱき料理を作ってる中、シアニスさんはお休みするらしい。人数分のお皿と箸《はし》を運んでグロースさんから大量のお菓子を受け取った後は、私の隣に座って寛《くつろ》いでる。

んんー。ちょっと朝より顔色が悪い感じがするね。もしかして体調不良かな。あれだけ出血したんだし、そうそう回復しないよね。上級ポーションは傷を綺麗《きれい》に癒してくれるけど、失った血は戻してくれないし……一応、昨日はレバー料理を出したりしたけど、それがすぐ血液になるわけでもない……よしわかった。

「テクト手伝って！」

〈はいはい〉

「ルイ？」

不思議そうな顔をするシアニスさんと、じーっと見つめてくるグロースさんに笑ってみせる。

私、申し訳ないって気持ちを持つのはなるべく止《や》めるし、皆さんがくれるものは全部甘んじて受け入れるって決めたけど、私から今後一切何もしないとは言ってない。ほんのちょっとくらい、おもてなししたっていいよね！　だって性分だもん！　待ってるだけじゃうずうずする‼

「ちょっと食べたいものを思いついたので、一品作りますね！」

アイテム袋からほうれん草をたっぷり取り出す。どんな夕飯でおもてなししようかなって考えた時に、色々買っておいたものだ。結局幼女スペックじゃすべて料理しきれなくて、アイテム袋に素材のまま残ってるのがあるんだよね。色々。

「テクト、私ほうれん草に洗浄魔法かけるから、鍋出して。茹《ゆ》でてしぼった後、食べやすい大きさに切ってくれる？」

〈いいよ〉

気前よく頷《うなず》くテクトにコンロと鍋を任せて、ほうれん草についた土汚れを洗浄する。綺麗になったところでテクトに渡して、私は大型のボウルと調味料バスケットの準備。

「え、ルイ……これ何ですか？」

私の傍《そば》に寄ってきたシアニスさんが、興味深そうに調味料バスケットを覗《のぞ》き込むので思わずにやにやしてしまった。ふへへ、それは私のお気に入り道具の1つですよ。

「調味料いっぱい入ってるバスケットです。テクトと一緒にがんばって作りました！」

「まあ……醤油《しょうゆ》に酒、砂糖に胡椒《こしょう》、文字が書かれていてとっても見やすいです。素敵ですね。それに、あら、味噌《みそ》！　味噌もあるんですね！」

「味噌って言ったか⁉」

シアニスさんの声にいち早く反応したのはルウェンさんだった。切ってた野菜をオリバーさんに預けて駆け足でこっちに向かってくる。

調味料バスケットから陶器の入れ物を取り出して、蓋《ふた》に書かれた味噌の文字をまじまじと見た。かぱっと蓋を開けて目を見開く。めっちゃ嬉しそう。え、そんなに珍しいものなの？

「本当に味噌だ……すごい、久しぶりに見た」

「みそって、そんなに珍しいんですか？」

オイルボトルより味噌に驚かれた事の方がびっくりなんだけど。

「俺の故郷のある地域でしか造られていない。懐かしいな……」

「市場にはなかなか出回らないんですよ」

「へー。ルイ専用のお店、貴重な味噌も売ってるの？」

気付いたら全員がこっちを覗き見てた。ええー、調理中ですよね火は？　あ、止めてる⁉　だよね‼　きんぴら広まってるから味噌も同じくらい流通してると思ったけど、案外違うんですね！

『ルウェンは勇者が興した街の出身？』

「今は子どもに語る夢物語だが……そうだと言われている」

「ひええ」

マジかー‼　ルウェンさん、勇者の街出身なんだ。過去の勇者さんがめちゃくちゃ頑張って作った街なんだろうね。そこの地域だけ味噌が広まってる、と。

妖精族《ようせいぞく》できんぴらごぼうが伝統料理になり、勇者の興した街では味噌が名物。どっかのＲＰＧみたいな感じだなぁ。洋風な世界に忍者紛れ込ませるみたい。

ルウェンさんの目が心なしかキラキラ光ってるように見える。目線の先は味噌だけど。

「ルイ、この味噌、定期的に仕入れてもらっていいか？」

「いいですよ！　美味しい味噌、準備しておきますね！」

そう笑顔でサムズアップすると、一瞬目を丸くした後、皆さん微笑《ほほえ》みを浮かべた。ディノさんなんて、ぐわしぐわしと撫《な》でてくる。あああ、加減をお願いしますぅうう‼

〈ほうれん草切ったけど……髪の毛すごい事になってるよ〉

でーすーよーねー！　もー！

まな板を持ったテクトが呆れた様子で肩を落とした。あ、ほうれん草が綺麗に揃えて切ってある。さすがテクト、仕事が丁寧な上に速い。

ディノさんの手をぺちぺち追い払って、ボウルにすりゴマをたっぷり入れた。ちょっと多いかなって思うくらい入れるのがベスト。今日は白ゴマの気分なので白にする。それから砂糖、みりん、醤油、ちょっとの和風出汁《だし》。これをしっかり混ぜ合わせて、水分をしぼったほうれん草を入れてよーく和《あ》えたら。造血効果ありの葉酸と鉄分が入った、ほうれん草のゴマ和えの出来上がり！

一口取って食べてみる。ゴマの風味がまず鼻にきて、歯で噛《か》むと調味料が馴染《なじ》んだほうれん草の味がじんわり広がる。甘じょっぱいのが最高に合うんだよねぇ。大きく口を開けて待ってるテクトにもあげると、満足げに尻尾《しっぽ》を振るので気に入ったみたい。わかるわかる。これ美味しいんだ。ほうれん草の苦味が嫌いな子も食べてくれる事が多いんだよね。

さて、これを小鉢に分けて……

「………（じ―――）」

「…………」

「…………（じ――――）」

「……た、食べたいんですかグロースさん」

「…………（こくり）」

「俺もー」

「私も」

「俺も食べたいな」

「私も！」

「俺も食いてぇな」

「食べたい」

ちょ、皆さんまで⁉　っていうかルウェンさんなんて直球すぎません⁉　グロースさんに至っては重箱2つもあるでしょ足りないのか、それでも足りないのか‼　まったく、皆《みんな》して物欲しそうな目して‼

「シアニスさんのために作ったから、他の人は少なめ‼」

「まあ！」

嬉《うれ》しそうなシアニスさんとは対照的に、他の人達からはブーイングが起こった。

簡単に作れるから、今度レシピ教えるし材料いくらでも準備するから‼　今日は我慢して、皆大人でしょ‼

結局、小分けにしたほうれん草のゴマ和えは、いただきますの合図の後瞬く間に消えた。小分けにしたって言っても拳大《こぶしだい》はあったんだよ。相変わらずの早食いである。味わってないわけじゃないので、皆さん口々に美味しい美味しいと言ってくれたのは、正直、嬉しいです。にへへ。

グロースさんの重箱は彩り鮮やかに野菜と肉と肉と肉がたっぷりな……うん、肉の比率多いな。やっぱり肉好きか！　行きつけのお店に頼んでるお重らしいけど、すごいな。これ全部食べるのか。食べ物を魔力に変換しちゃう種族って、ほんと規格外だなぁ……

「そういえば、グロースって暇な時はいつも近所の子ども達に囲まれてますよね」

「愛想ねーのに人気だよな」

「グロースさん人気者なんです？」

「同年代よりは子どもに好かれてる印象が強いかな。いつも1人か、ギルドマスターと一緒か、子どもに囲まれてるかどれかって感じ」

「子ども好きなのか？」

もやしと肉多めの焼きそばと、じゃがいもたっぷりガレットを食べながら、会話がさらっと始まる。皆さんお行儀よく、口の中に何もなくなった瞬間に喋《しゃべ》るんだけど、スパンが速いわぁ。あ、この焼きそばの麺、もちもちして美味しい！　茹でてから炒《いた》めるからかな。

『俺が叱らないから好き勝手してるだけだ。よく髪を引っ張られたりする。親の方も、俺と接する事で言葉の勉強になると放任してる』

「ちょうどいい遊び相手になってんじゃねーか」

「つまり子ども好きって事だな」

「同じ子ども好きでも雲泥の差だなー、ディノ」

「仕方ないわよ。ディノは凶悪面だもの」

「あぁ⁉」

「私はデノさん好きですよ！」

撫で方は乱暴だから改善してほしいけど‼　いつも何気ない気遣いしてくれるの知ってるし、きっとじっくり接すれば子ども達だってわかると思うんだけどな。ほら、子どもって人の本質見るって言うじゃん。

ただまあ、親しくなるためにまずその怖い顔を何とかしないとなんだけども。入り口抜けちゃえば問題ないのに狭き門なんだよねぇ。

「ルイもテクトもいい子ね。こんな悪人面にも気を遣って、シアニスのために料理をして……」

「ディノはグロースに弟子入りすべきだな」

「うっせぇ‼」

あー。ディノさん拗《す》ねちゃったよ。いいの？　皆さん普通に食事してるけど……あ、ディノさんがまた食べ始めた。復活が早いなあ。だから皆さん放っておいたのかな。手馴《てな》れてるなぁ。

6段重箱の1つを食べきったグロースさんが、思い出したようにカンペにすらすら書いていく。

『そういえば、魔法教えるって聞いたけど、いつやるの？』

「教本が届いてからです。在庫がなく、王都からの取り寄せになってしまったので遅れていますが……近いうちに」

『なるほど。順序通りやらせるのか』

「ええ。彼女は魔力が何かもわからず使っています。今はまだ複雑な魔力操作を必要としない洗浄魔法と魔導具の使用だけですから問題はありませんが、才能あるルイの事です。すぐに様々な魔法を覚えるでしょう。そうなった時、魔力の暴発でも起こったら。小さな体は耐えられません。そうならないために、まずは基礎から」

何気にさらっと怖い話が飛び出した気がする。えーっと、魔法を覚えるのは教本っていうのが届いてからなのかあ。もう少しお預けだね。

でも本があるのは助かるなぁ。私パニック起こすと色々忘れがちだし、ダァヴ姉さんに教えてもらった事も書いておいたはずなのにド忘れするからね。文章で確認できるってありがたい。

『話して見せてやらせる実践タイプもあるけど。魔力が感じられないなら焦らない方がいい。子どもの体はすぐ成長するから、そのうちわかるようになる』

「あ、私の体がどこか悪いわけじゃないんですね」

「子どもの体ってね、魔力を感じにくいのよ。周囲の魔力の影響を受けやすい子どもは、身を守るために感じる器官を塞《ふさ》いでると言われているわ。あえて鈍感になってるのね」

「へー。何でですか？」

「まず、命を守るため。子どもはすぐ転んだりで怪我《けが》をしやすいでしょ。体が成長しないと命に関わるから、魔力系統の器官の成長は後回しになる、っていう話を聞いた事あるなぁ」

「なるほど」

成長の優先順位が体の方になっちゃってるんだ。同じ体の中の話なのに、不思議。

「後は許容量以上の魔力を受け入れないようにするため、だったか？」

「そうそう。魔力はいつでも周囲を巡っているけれど、体の中にもあるの。それは知ってる？」

「はい。えっと、魔導器官があって、その性質でどんな属性が使えるか決まってて……後は、人の体の中にある魔力は人によって形？　みたいなのが違うっていうのは、知ってます」

「勤勉じゃねぇか！　嬢ちゃんおめぇ、十分知ってるぞそれ！」

「そうですか？」

ダァヴ姉さんやテクトの受け売りだけどね。にひ。

「人によって固有の魔力があるから、昨日の契約書みたいに、あなた自身の魔力を登録する事が出来るのよ。固有魔力のお陰で他人のものを自分のものだと偽れないような仕組みになるの」

「便利ですねぇ」

「ええ、便利なの。でもその魔力もね、人には許容量……受け入れられる限界の量があるのよ。子どもはそれが小さいの」

例えば、とセラスさんが前置きして、ディノさんのマグカップを取る。一際大きなマグカップだ。セラスさんの可愛《かわい》らしいマグカップが入っちゃうくらいサイズ差がある。

「このマグカップが魔力を受け入れられる量、水を魔力だとすると。大きなマグカップが大人、小さなマグカップが子どもと考えてね。なみなみと水が入ってる大きなマグカップから小さなマグカップに水を注《つ》いだらどうなるかしら」

「あふれちゃいますね」

「そう。そして溢《あふ》れてしまった魔力は体を壊す事もあるの。これが暴発。だから身を守るため、子どもは魔力を感じる力が弱いのよ。感じる器官が塞がっているなら、魔力を無駄に受け入れる事もないからね」

「はー……なるほど」

『だから焦らなくていい。今は出来る事だけやれればいい』

そっか。巻き込まれた召喚だったからどこか欠陥があったのかなー、なんて思ってたけど。違うのか……そっかあ。

「よかったぁ……」

昼ご飯の後、グロースさんは外へ帰っていった。午前だけ休みだったらしく、残念ながらこれから仕事だ、とギリギリまで昼食後のまったりお茶タイムを堪能《たんのう》して帰っていった。

帰る直前にそっと握らされたメモには、『些細《ささい》な問題でも、困った時は頼る事』と短い文が書いてあった。会ったばかりなのに、ほんと色々気遣ってくれるなぁ。顔には出ない彼の優しさを感じて、アイテム袋に片付ける。色々見透かされてるのは、グロースさんがとんでもない年数を生きてきたからかな。お爺《じい》ちゃんやお婆ちゃんの歳《とし》を軽々超えちゃうもんなぁ。想像つかないよね、２０００年。日本で２０００年前って言ったら弥生《やよい》時代？　その時代の人が今も生きてるって考えても……やっぱり想像できない。

まあ年齢の事は置いといて。これからも個人的にお茶を飲みに来るみたいだし、今度はゆっくり……そうだ！　箱庭にお誘いしてゆっくりお茶会したいね。聞きたい事だってたくさんあるし、聖樹さんにも会ってもらいたい。私達の普段の生活を、実際に見てもらいたいね！

ね、グロースさんだったら箱庭に入れてもいいかな、テクト？

〈僕は構わないよ。箱庭の持ち主はもうルイなんだ。君の自由でいい〉

どうせ、ルイに危害を加えようとする奴は勝手に弾《はじ》き出されるしね。そう言って、私の肩に乗ったテクトはぐいーっと伸びをした。

確かに。半月の間は誰にも会わなかったし、モンスターに侵入される事もなかったから忘れてたけど、そういう神様仕様なんだったっけ。いやはや、ありがたい。

それにテクトもいるんだし、セキュリティ面は万全なんだよね。改めて考えなくても最強の布陣だこれ。

そっかそっか、グロースさんを箱庭に連れてってもいいのかぁ……ふふ、楽しみだなぁ。本当はルウェンさん達も呼びたいんだけどね。さすがに箱庭まで見せたら貴族の娘とかで誤魔化《ごまか》しきれない。本当はお世話になった人達ですって聖樹さんに紹介したいけど、黙ってよう……いつか話せる日が、来たらいいな。

「……うし！」

ぱんっと手を合わせる。気合入れてこ！　明日には認可タグ貰《もら》って、ルウェンさん達に100階へ連れてってもらうんだから！

私が108階以外行った事がないって知った後、ルウェンさんが俺達が連れていこうって言ってくれたんだよね。ここじゃ売買認可を貰っても冒険者は俺らしか来ねーぞ、とエイベルさんに笑われて膨らんだ頬も、セラスさんに突《つつ》かれる前にしぼんだよね。エイベルさんはちょっと意地悪なんだよなあ。

とにもかくにも、後は商品を準備するだけって感じになった。休憩を終えた皆さんがまた探索に出かけた以上、私は彼らが帰ってくる前に明日の準備をしなくちゃいけないわけだ。聖樹さんに今日もお泊まりするよって報告ついでに、箱庭に帰って吟味しよう。腕輪でも報告できるけど、それだと一方的になっちゃうから。帰れる時間が出来たなら顔出しに行きたいよね。

意外にも、シアニスさんも探索に行ってってしまった。体調悪そうだったから午後は残るのかなって思っていたら、行ってきますねって微笑《ほほえ》まれてショック受けたよね。大丈夫ですか、無理してませんか？　って袖《そで》引くと「しばらく体を休めてて鈍ってしまったから、むしろ探索に出かけたいんですよ」って微笑まれたよね。まあ皆さんの様子を見るに、無理はさせないと思うけど……冒険者って大変だ。怪我が治りきらないままダンジョンに行かなきゃなんて。

〈彼らの場合、グランミノタウロスを倒すために実力をつけないといけないし。装備を買い換える軍資金も必要みたいだからね。ルイがちゃんと1人で売買できるようになるまでは、なるべく様子を見守るつもりだろうけど、それ以外の時は稼ぐつもりのようだよ〉

「そういえば倒す気……いや食べる気だったもんね」

いや本当に逞《たくま》しいわぁ。私もそう、図太くありたいもんです。

箱庭に帰って聖樹さんに笑顔で挨拶《あいさつ》すると、嬉しそうに枝をゆさゆさ揺らしてくれた。うん、やっぱり顔見せた方がいいね！　聖樹さんの寂しげで悲しげな枝揺れはとても胸にくるものがある。あんな揺れは二度とさせないようにしたい。

さて、明日の準備の前に手持ちのお金を整理しようか。冒険者さんの遺産にあったお金は全部使いきったから、今手元に残ってるのは皆さんから貰った約150万。当分の生活費として10万残しても140万。お店を開く軍資金として、多いのか少ないのかちょっとわからないけど……私には商品を元値で買えるカタログブックがついてるし、十分稼げるって言われた洗浄魔法だって、溜《た》め込んだ宝玉だってある！　なんなら、いざという時の聖樹さん根元貯金だって400万ある！

だからあまり気負わず考えよう。冒険者と交流して決めていいってダリルさんも言ってたし！

下級ポーション10個と中級ポーション2個準備しといて、残り30万は予備費に回そう。お金が貯《た》まったら中級ポーションをどんどん補填《ほてん》してく感じでいいかな。

〈ルイが飢えないなら僕は文句ないよ。そもそも金の事は、あまりわからないしね〉

「それは私もだよ。だからテクトと同じ手探り状態。ちゃんと教えてもらう前に召喚されちゃったからなぁ……」

お祖母《ばあ》ちゃんもお祖父《じい》ちゃんも、きっと寂しがってるだろうな。

〈……ルイ〉

「ちょっと感傷的になってるだけ。朝は少し泣かされちゃったしね」

もっと家族と一緒に過ごしていたかったたって、思わないって言ったら嘘《うそ》になる。そもそもテクトにはバレてる。だから正直に、あんまり気にしてないって言わないとね。どうあがいても届かない場所になってしまった過去を、ちゃんと振りきれない私が悪いんだけども。

〈無理には振りきれないでしょ。ルイの心が形作られた、大切な時間だったんだから〉

「ん、うん。徐々に消化してくしかないよね」

それに私、わくわくしてるのも事実なんだ！　宝箱の中身が宝玉ばかりで嘆いてた頃は、お店を持とうなんて思ってなかった。朧《おぼろ》げに冒険者へ売って還元できたらいいのになって思ってた事が、もう販売を認められるかどうかの段階まで進んでる。私達のお店が出来ちゃうんだよ、楽しみに決まってるでしょ！

絨毯《じゅうたん》は好評だったし、寛《くつろ》ぎスペースとして申し分ないのは実証済み。テーブルに商品を並べて見やすくしたり、看板立てかけて値段書いたりとか、試食や試飲を出してもいいし……ちょっとお洒落《しゃれ》な空間を演出するのも、ダンジョンを探索し続けて疲れた冒険者達の心を癒すかもしれない！

あれこれ考えたらわくわくするね！

そうだ！　店員なんだし、お揃《そろ》いのエプロンつけようよ！

〈その提案は嬉《うれ》しいけど……ルイはポンチョの下に着るの？　それとも上から？〉

「あああっ、そうだよ私ポンチョ脱げない‼」

盲点だった！　いや今度からこれが当たり前になるんだから、私もちゃんとケットシーだって自覚しないと‼　でもお揃いのエプロンは捨てがたい……！　きっと似合うのに。

テクトのエプロン姿かぁ。ちっちゃいポケットもつけてさ。色は濃い緑とか？　セラスさんがくれた替えの赤リボンに合わせて、紺色でもいいなぁ。宝石と同じ赤も捨てがたい！　エプロンの種類はどうしようかな。テクトは毛がふわふわしてるから、シンプルな胸当てエプロンで全体をスマートに調えるのがきっと似合うけど……胸元のリボンを変えられるなら、腰紐《こしひも》を交換できるタイプなのがいいよね？　ハトメつけて好きな紐を付け替えて、うん、お洒落だ！

〈ちょっと落ち着いて。どういう店にするかって話から、どんどん脱線してるよ〉

「でも、とっても大事な事だよ‼　明日は店員テクトの晴れ姿になるわけだよ？　首元を彩るリボン姿だって十分可愛いけど、それだけじゃ私は物足りないの。可愛い店員テクトが見たい‼」

〈え、そ、そう？〉

「私のエプロンはひとまず置いとくとして、テクトのだけでも作っていい？　あ、よくよく考えたら、私達って料理する時にエプロンつけてなかったよね？　普段は料理用としてお揃いで使って、テクトはお店に出る時もつけるっていうのはどう？　毎回洗浄するからキレイなまま使えるよ？」

〈はいはい、わかったよ。ルイの好きにしていいから……僕のサイズなんて売ってるの？〉

「何言ってるの。これから作るんだよ」

〈ルイってそういう無茶を平気で言う時あるよね〉

だってお揃いにするには、私のもテクトのも自作しないと駄目じゃん。それに私成長しますから、カスタマイズしやすい自作エプロンの方が都合がいいってだけですし？　幼女の手でも何故《なぜ》か裁縫は比較的スムーズに行えますし？　私のは間に合わないけど、テクトのサイズなら今日のうちに出来ちゃうよ。お任せあれ！

カタログブックを開いて、手芸で検索してもらう。その中でエプロンの生地に向きそうなのをピックアップしてもらうと、魅力的な生地達がずらりと並んだ。うああ悩むなあ！　テクトは何色が似合うだろう。どの生地がいいかな。オックス？　デニム？　ああでも、表をデニムにしてスマートにかっこよく、裏面を肌触りがいい素材にしたりしてもいいなあ。私は服の上につけるからいいけど、テクトは体毛の上に直接つけるんだもんね。うん、そうしよう。

何でも自由にできちゃうのが手作りの魅力だし、素材から悩むのもまた手作りだからこそ！　でも今日は時間ないしなぁ！

「ほらテクト、どれがいい？」

テクトにカタログブックを見せるように押しつけると、私が引く気なしと判断したらしい。はあ、とため息を吐《つ》いてカタログブックに視線を落とした。ふふふ、私の勝ちだ。

〈そうだな……このデニムっていうのは、見た事がないから気になるかな〉

「ん、了解‼」

デニム生地ね。ミシンがないからデニム風の薄いやつにするとして、裏面は……リネンかな。水に強くて通気性がいいし、さらりとして柔らかい。ちょっと厚いけど、大事なエプロンだもの。きちんと作ろう。

あとはハトメも買って、紐の色は作りながら考えるかなぁ。

テクトも考えてね！

〈はいはい……ほら、泊まっても大丈夫だったでしょ。元気そうでよかったね、聖樹〉

ざわ。

Step8　ギルドの人をお迎えしましょう

　次の日。朝ご飯を食べて、今日は皆さん私に付き合ってくれるので、それぞれのんびりしたり武器を研いだり自由な時間を過ごしてる。私1人だとダリルさんに気圧《けお》されそうだから、らしい。ありがたやー！

　私も意気込んで、昨日作ったエプロンをテクトにつけた。私とお揃いの赤いリボンを首元に、薄手のデニム生地エプロンをきゅっと引き締める腰紐は黒。かっこいいカフェ店員をイメージして作ってみたけれど、大満足の仕上がりだ。テクトかっこ可愛《かわい》いよ、似合ってる‼

「あら、素敵なエプロンですね！」

「これからテクトは店員さんなので、それっぽくしてみました！」

「とても似合ってるわ！　リボンも赤に変えたのね？」

「その方が似合うと思って」

「いいんじゃねぇの」

「ああ、可愛いぞ」

「清潔感もあるから、印象よくなると思うよ」

「ルイは……あー。ポンチョか」

皆さん納得のいく顔で頷《うなず》いてらっしゃる。ポンチョの上からは着られないし下に着ても意味がないもんね。その結論は昨日のうちに出てるんですよ。

「ポンチョ脱げないですからねぇ。私は店主だからって事で！」

〈……ん。来るよ〉

いつダリルさん達が来てもいいように、今日は朝からフードを被《かぶ》ってる。髪の毛はおさげにして本物の耳を隠すスタイルだ。どこからどう見てもケットシー、と皆さんに太鼓判を貰っちゃったよね。ポンチョを見下ろしてくるりと回っていたら、テクトがふと上り階段の方に視線を向けた。待ってました‼

〈……ふうん、ルイ、多少面倒な人が余計についてきてるって、今グロースからテレパスが来た〉

ふぉあ⁉　思わず叫びそうになったのをなんとか呑《の》み込んだんだけど褒めてほしい、じゃない‼　面倒な人がついてくるって、え、人数また増えたって事⁉　ここに人が来る時は予定より増えるのがルールじゃないよね⁉

テクトの動きに気付いたオリバーさんが、皆さんに注意を促したところで安全地帯の隅に転移の光が溢《あふ》れた。

光が治まった後、そこにいたのはダリルさん、グロースさん、と。

「……本当に、いるのですね。ケットシーが」

「ね、僕の言った通りだろう。可愛らしい子がいるってね」

「あなたは必要とあらば嘘をつくでしょう」

「君をダンジョンへ誘うのにわざわざ嘘を？　それって君らで言う何かの利益になるの？」

「……これだからあなたと喋《しゃべ》るのは疲れます」

「ははは」

ダリルさんの隣に立っていたのは、秘書っぽい印象を受ける知的な女性だった。手元にはファイルみたいな入れ物を持っていて、髪を後ろにひっ詰めてまとめ、服装はブラウスとジャケットとスラックスで、なんていうか……仕事デキる女性！　って感じ。

誰なんだろう。ダリルさんと親しげだけど……

「ギルドマスター、そちらの方は？」

「あれ、君らまだいたの？　探索はいいのかい？」

「少なくとも彼女がちゃんと他の冒険者に馴染《なじ》めるまでは一緒にいるわ。悪いかしら？」

「悪いとは言ってないさ」

「ほぉ、そうかよ。俺はまたてっきり、俺達がいねぇ間にルイのお人好《ひとよ》しにつけこんで、宝玉をタダでかっぱらう気かと思ったぜ」

「へ⁉」

「はあ？」

え、タダでかっぱらうって、私があげますよって出した宝玉の事？　出不精な私に付き合ってもらって申し訳ないと思って、ケットシーらしくないって、グロースさんに言われたやつ……そもそも、金銭を使った取引をするのが当たり前だったたって事？

ぱっとグロースさんを見たら、軽く肩を落として首を振られた。これって、私の無知をダリルさんが利用したって事で合ってる？　ダリルさんは冒険者じゃないからタダでも喜んで貰《もら》うんだなって思ってたわ……

今度はダリルさんへ視線を移す。その時には、知的な女性に詰め寄られてた。

「どういう事ですダリルさん！　宝玉を無償取引するなんて、商業ギルドに対する冒涜《ぼうとく》ですか！」

「いやあ。世間知らずなお嬢さんにちょっとした世間を教えてあげようかなーって」

「その本音は？」

「タダで貰えるなら僕は喜んで貰うよ」

「何のために国が法で値段を定めたと思ってるんです！　今すぐ返しなさい‼」

そんな2人を横目に、グロースさんが絨毯に乗って私の前に座った。あ、はい、お茶ですね。オッケー、わかってたし準備もしてた。何かパブロフの犬みたい……

「グロース、彼女は誰なのよ？」

『商業ギルドの支部長。マルセナ』

「は？」

『君らは知らないだろうけど、ラースフィッタにある商店の総元締め』

「はあぁ⁉」

どうやらとんでもない人を連れてこられたらしい……もう1組ティーカップ余っててよかったー。

「いやいやいや……マジか、あのじじいマジかよ」

「商業ギルドの職員引っ張ってくるだろうとは思ってたけど……マスター連れてくるなんて」

「こんなとこまで付き合わせていいもんかよ重要人物だぞ」

「ダリルさんって本当、普通のギルド職員じゃないですよね」

「大丈夫か？　あの人は戦えなさそうだが」

「そのためのグロースでしょ……はあ」

ルウェンさん除く5人が頭痛と腹痛が一緒に来たみたいな変な顔してダリルさんを見てる。きっとたぶん、私も同じような顔してるんだろうなぁ……本当、色々と規格外おじさんだなぁ。

にこにこしながら女性の言葉を流してるダリルさんは、私達が変な顔をしてるのに気付いたようで。女性の視線をこっちに促すように、すっと絨毯を指差した。

「そんな事よりほら、見てごらんマルセナ君。この絨毯が彼女の店になるんだよ」

「話を逸《そ》らさないでください！　後で絶対に払わせますから……まあ、絨毯は上質なもののようですね。上がっても？」

「あ、履物を脱いでどうぞ！　今、お茶も準備しますから、寛《くつろ》いでくださいね」

「ありがとうございます」

「今日は何のお茶請けがあるかな？」

「ダリルさんは遠慮なさい‼」

「それはグロース君が少食になるくらい難しい問題だね」

「あなたの場合は心の持ちようでしょう⁉　グロースさんの胃袋と一緒にしない！」

そう言いながら革靴を脱いだマルセナさんは、絨毯に足を踏み出した途端、固まった。二度三度足を踏み直して絨毯の感触を確かめてる。

「これは……失礼ですが、絨毯を少しめくってもよろしいですか？」

「あ、はい」

マルセナさんは絨毯の端まで歩いて、角をぺらりとめくった。

私渾身《こんしん》の寛ぎスペースは、彼女のお気に召すだろうか。ちなみにこの絨毯の上で寝袋を敷いた皆さんの睡眠はとても健やかだった、とだけ言っておこう。昨日なんて盛大なる口喧嘩《くちげんか》（セラスさんが主に強かった）で決まらず腕相撲（セラスさんが蔦《つた》の魔法で対戦相手をがんじがらめにして反則優勝）でも決まらず的当てゲーム（オリバーさんが勝つかと思いきやセラスさんによる蔦の魔法で妨害負け）でも決まらないので、最終的には第三者である私に公正なクジを作らせて絨毯の真ん中を競い合ってたからね。さすがに8畳で6人プラス子どもが寝るのは狭い。端っこの人は半分体が床に出ちゃうらしい。私とテクトは絨毯提供者って事で、真ん中に寝る権利を最初から得ていたので平和だった。勝者ルウェンさんとシアニスさんに挟まれる形で寝たからめっちゃ暖かかったです。ぬくぬく幸せ睡眠だった。

ちなみにセラスさんは端っこだったはずなんだけど、朝起きたらシアニスさんの隣にいたよね。その場所に寝てたはずのオリバーさんは何故か皆さんの足元に転がされてた。うん、オリバーさんどんまい。

「なかなか見ない素材ですが……2枚重なっていますね。魔導具ではなさそうです。これらは何ですか？」

「えーっと、熱を通さないシートと、弾力のあるマットですね。床の冷たさと固さを何とかしたくて、絨毯の下に敷きました」

「それでこのような至極の心地に……なるほど。わかりました」

マルセナさんは深く頷いて、テーブルの方に来た。歩いてくる間にも、テーブルやら鉄瓶やら忙《せわ》しなく視線を動かしてる様子が何かちょっとこそばゆい。嫌じゃないんだけど、何だろ。お祖母《ばあ》ちゃんとお祖父《じい》ちゃんに、自作の手芸品を発表する時のドキドキ感に似てる？

ちょうどお茶ができたので手分けして配ると、マルセナさんは香ばしい匂いに気付いてティーカップに目を留め、細めた。

「ほうじ茶ですか……大変芳《かぐわ》しい。品質のよいものを使っていますね」

「アイテム袋のお陰です。買った時の美味《おい》しいまま保存できるのはステキですよね」

「あら、アイテム袋をお持ちですか。商人としての基本装備はすでに整っているようですね。大変よろしい」

失礼しますと一言添えて、マルセナさんはティーカップを傾ける。ほうじ茶を一口、ゆっくり味わうように飲み込んで、微笑《ほほえ》んだ。

「味も良好。こちらはあなたが用意したもので間違いないのですね？」

「はい！　お湯沸かしたのも淹《い》れたのも、私です！」

「あの鉄瓶もあなたの？」

「はい！　お気に入りの鉄瓶です！」

「客をもてなす基盤はすでに出来上がっていると……」

「おいマスターさんよぉ。さっきから名乗りはしねぇわ、気に障《さわ》る物言いするわ、随分じゃねぇか。商業ギルドのお偉いさんってのは全員そうなのかよ」

気に食わない、って書いてある顔でマルセナさんを睨《にら》むディノさん。あ、そういえばグロースさんに教えてもらって自己紹介した気でいたけど、挨拶《あいさつ》もしてなかった。商人を統括する人だから色々気になるんだろうなーって思ってたけど、大事な事は忘れちゃいけないね。さすがディノさんしっかりしてらっしゃる。

マルセナさんはディノさんの威圧的な態度にもまったく動じる様子はなく、私に視線を合わせて軽く頭を下げた。

「先程《さきほど》から失礼しました。よい品を前にすると気がそぞろになってしまうのは私の悪い癖です」

「商人さんの一番偉い人ですもんね、気にしてませんよ」

「そう言っていただけると助かります。私は商業ギルド、ラースフィッタ支部のマスター、マルセナと申します」

「はじめまして。私はケットシーのルイ、こっちは妖精《ようせい》のテクトです」

挨拶に合わせて尻尾《しっぽ》をふらり。猫っぽい仕草も忘れない！　テクトも私に合わせてふらふらり。マルセナさんはテクトにもお辞儀して、テーブルへ書類を置いた。

「本日は冒険者ギルドのマスター、ダリルさんの要請でこちらまで赴きました。ダンジョン内に商店を作るという話でしたね。ダンジョン内に出店する場合は冒険者ギルドの許可が必要ですが、そもそもナヘルザークで商いをする場合、商業ギルドへの登録も義務付けられています」

へえー、そっか。考えてみたら確かに、商売する場所の許可と冒険者への円滑な売買取引の保証は貰ったわけだけど、商売自体の許可は誰からも貰ってない。日本だと県だったか省だったか、とにかく登録証がないと商売できないんだったっけ。お酒とタバコ、食べ物を売るのもそれぞれ許可証があって、色々大変そうなんだよねーってバイトしてる友達が話してた事がある。

そしてダリルさんは冒険者ギルドのマスターとして、冒険者のためにどうしても私にこの場所で店を開かせたいんだね。だからってこんな偉い人連れてこなくてもいいと思うんだけどなぁ。

「つまり、あなたには2つのギルドへの許可が必要です。しかし何故《なぜ》か外へ出ない……いいえ、出られないのだそうですね？」

「はい。ええと、遺言で」

架空のお母さんだけど、すみません死活問題なので。

「私が呼ばれたのは今回、あなたの店を商業ギルドへ登録するためです。あなたという存在が余程惜しいのでしょう。ダリルさんは説明もなあなあに私をここへ連れてきました。少々事実確認をさせてください」

「はい」

ダリルさん……若干呆《あき》れて初老のおじさんを見ると、グロースさんと一緒にティーカップ傾けてた。めっちゃ我関せずって感じだけどあなたの話してますよ今……マルセナさんをちゃんと労《いたわ》ってねダリルさん。私がお節介しちゃう前に、お願いします。

「あなたの種族は、妖精族のケットシー族ですね？」

「はい」

「そちらのテクトさんは言語を介さない妖精族だとお聞きしてますが、その場合の危険は知っていますか？」

「はい。小さい妖精を、見ただけでバカにしたり、捕まえちゃったりする悪い人がいるんですよね」

「そうです。そして、あなたのように非力そうなケットシーが主人ならば強奪できる、と考える悪人もいます。その危険性は考えましたか？」

「えっと、それは、はい」

小さい妖精の話を教えてもらった時に、そういう奴もいるって聞いた。私は確かに弱いけど、テクトの加護で守られてるから傷つかない。でも加護がバレたら聖獣だってバレる可能性が出てくる。そうならないために、テクトがテレパスで悪巧みしてる奴を判別して、関わらないようにしようって決めてきたわけだけど。

それを皆さんにそのまま伝えるわけにはいかないから、テクトとここまでは話そうって決めた事がある。

「大丈夫です。テクト、気配を読むのが得意で、そのせいか、悪い事を考える人がわかるんです」

「……人と会った事がないと聞いていますが、その能力はいつ知りましたか？」

「お母さんが教えてくれました！」

秘儀、お母さんが教えてくれた設定‼

これが通じる事はダリルさんで経験済み！　テクトは気配察知が得意っていうのも皆さんすでに知ってる事だから、あえてここは事実をちょっとだけ話す事にしたんだ。そうすれば万が一、悪い事を考えてる人が私の店を利用しようとしても、事前に逃げる理由ができる！

テクトの能力を全部隠そうとするとどこかで絶対ボロが出るから、私のうっかり対策でもあるんだよね。あれ、深く考えなくても私って結構うっかりだな。神様の事も笑えないわ。

〈ルイのうっかりは可愛《かわい》いものでしょ。一緒にしないで〉

あ、ごめん……そうだね。神様のうっかりだと種族1つ増えるくらいの影響あるもんね。同類扱いは失礼だった。

マルセナさんは微妙な顔をしてたけど、私が自信満々にテクトを抱きしめていると、細く長い息を吐いた。

「事前に避ける術《すべ》があるなら結構。しかし店員が誘拐された場合、商業ギルドに責任は発生せず、何もする事が出来ません。憲兵にあなたが訴えなければ、誰も動いてはくれませんからね。その事は覚えておくように」

「はい！」

「……次の質問に移ります。質のよい商品を仕入れる取引先があるそうですね。おそらく聞かれた事だろうとは思いますが、確認させてください。ダンジョンではなく、そちらの仕入れ先で暮らすという選択肢もあるのでは？」

「いいえ、それは出来ません。このダンジョンで暮らす約束です」

「……そうですか」

「何言っても無駄ってもんだぜマルセナさんよぉ。嬢ちゃんは筋金入りの頑固でな。俺らがどんだけ説得しても首を縦には振らねぇのよ」

おっと、ここでディノさんの援護が入りましたー！　そうだよ、私頑固だよ。外に出るのを拒否する事だけは譲れませんよ！

「……道すがら、大まかな事は聞きました。しかし私はこの目と耳で確認しなければ納得できなかった。ただそれだけの事です。あなたの気持ちが揺るぎないものだとわかりました。そして、仕入れ先の商品の品質がよいものであると、私自身知ってしまった。商業ギルドとして、あなたの店の登録を拒否する理由はありません……この国で商売する事を、許可しましょう」

「本当ですか！」

「やったなルイ！」

「おめでとうございます！」

これで本当に、商売しても咎《とが》められないんだ！　だって商業ギルドの一番偉い人が許可してくれたんだもん、もう取り消せないよ？

ルウェンさん達もぱあっと表情を明るくさせて、口々におめでとうって言いながら頭を撫《な》でていく。自分の事のように喜んでもらえて、こっちが嬉《うれ》しくなってしまう。テクトも頭を撫でられて満更でもない感じ。

マルセナさんは手元から紙を1枚取って、私に差し出した。

「こちらが契約書になります。確認事項をよく読んでから、名前を書いてください」

「あ、冒険者ギルドのと同じ契約書」

「ペンも同じものですよ。こちら一式、個人を識別するために各ギルドで重用されています。どちらのギルドに所属し、どのような業績をあげているのか、情報を共有するためです。勿論《もちろん》ギルド職員の個人的な閲覧は許可されていませんが、あなたがもし外の通りなどに店を構える時などがあれば、利用の機会はあるでしょう」

「この1枚で、そんな事ができるんですね。すごいなぁ」

あれー？　マルセナさんがこめかみに手を添えたぞぉお？　頭痛いって顔してるなあああ？

「……冒険者ギルドの契約書が、初めての契約書なんですよね？」

「はい」

「初回の場合、種族や得意な属性などを書く紙も、あるはずなのですが……」

「そうなんですか……」

んんん？

「私、それ、書いてないですね。何も貰ってないです」

「……でしょうね」

私とマルセナさん、じーっと目を合わせていたところを、ゆっくりと横へ移す。ぎこちない動きの先で、ダリルさんがまだ我関せずって顔でお茶を飲んでた。

と、私達の視線に気付いたおじさんは、にっこりと親指を立てる。

「安心してルイ君、すでにダンジョンで商売するって登録しておいたからね！」

「ダリルさん！　ちょっとお話があるのですが‼　というか、お話ししたい事が、増えたのですがよろしいですか‼」

「僕は今お茶を飲むので忙しいから後でいいかい？」

「あなたの〝後で〟は信用なりません‼　今、お話、するんです‼　個人の情報を勝手に書き込むのは、決して褒められた事ではありません！」

再び始まったマルセナさんの説教を聞いてるのかいないのか、ダリルさんはあははは、と笑っていた。このおじさん強い。

さて、私は他に聞きたい人達がいるのでそっちとお話ししようかな。

ね？　さっきまで嬉しそうに私を囲んでたのに、一瞬で離れてそっぽ向いてるルウェンさん以外の人達。


「初回説明をおざなりにするだけでは飽き足らず人の情報を勝手に作るとは何事です！　それが冒険者ギルドの支部を任された長のやる事ですか‼」

「だって個人情報を先に登録しないと認可タグって作れないじゃないか。ステータスチェッカーだってあの時は持ち合わせてなかったし、今日タグ持ってくるからねーって約束しちゃったから、僕なりに頑張ってみたんだよ。それに登録情報って一度作っちゃえば後で書き加えられるじゃない。まあ本人の許可とギルド職員の立会いの下、ステータスチェッカーと契約式具があればの話だけど、それがちょうど今、条件は揃《そろ》うわけだよ。後で変えられるなら、僕がちょちょいっとやっちゃってもいいかなーって」

「いいわけ、ないでしょう⁉　もう少し、熟考して、行動してください‼　ギルドの信用問題に抵触しますよ‼」

「やる事が前後しただけだよ。説明も今からするし。どうどう、落ち着いてマルセナ君」

「誰のせいだと思ってるんです‼」

「さて？」

「今ここに鏡がないのが口惜しい‼　こう言ってはあれですがあなたアホですか、アホですね‼」

「ははは、いやぁ。マルセナ君に言われちゃったねぇ」

「他人事《ひとごと》じゃなくて、あなたの、話なんですよ‼」

マルセナさんがダリルさんにめっちゃくちゃ怒ってる横で、笑顔の私に引きつる皆さんがいた。

個人情報の詳細な登録が必要だなんて教えてもらってないですねぇ。さすがにちょっとこれは、私の身の安全にも関わる事なので確認させてほしかったなぁああ？

どこまで個人的な事を書かなきゃいけないのか、とか、誰でも気軽に情報を見られるのかーとか。マルセナさんが職員の個人的な閲覧はできないって言ってたけど、それってどこまで守秘義務あるの？　ギルドはこの国だけにあるわけじゃないよね。だってモンスターは世界中にいるし、商売だって仕入れとかの関係で世界中にあるはずだ。冒険者ギルドも商業ギルドも、1つの国だけで収まりきらないと思うんだよね。

つまり私の個人情報は他の国の人も閲覧できるって事ですよ。もし悪い奴……特に邪法を使った奴らに私の情報がバレてしまったら、私はこのダンジョンからも逃げなくちゃいけなくなるんですがねぇ。

「みーなーさーんー」

「あはははは……」

「いやー……」

「なんつぅか、なぁ？」

「説明を忘れてたというか……」

「悪気はない、のよー？」

「ギルドマスターに考えがあっての事だと思ってたんだが、違ったんだな……」

はーん、これルウェンさんは白で確定だな。っていうか痛みを我慢してたからそれどころじゃなかったよね。

「ルウェンさんはグロースさんとお茶飲んでてください」

「いいのか？」

「はい、お菓子も出しておきますね」

「なっ、これは豆大福！　ルイ、俺の故郷の銘菓を知ってたのか！」

「今知りました。ルウェンさん好きなんですか？」

「ああ！　甘いものは食べる方だが、豆大福は特に好きだ！　故郷以外の場所……しかもダンジョンで食べられるとは思わなかったが。嬉しい。味わって食べるよ」

とても輝かしい笑みを浮かべたルウェンさんが、皆《みんな》をあまり責めないでやってくれ、俺にはわからなかったが、きっと善意からの行動だから、と私の頭をひと撫でしてグロースさんの隣に座った。

豆大福4個じゃ足りなかったかな。2個ずつに分けて頬張ってる。男2人で癒し空間展開するの止《や》めてください目的忘れそうになるから。

味噌《みそ》が名産ならきっと豆系料理が多いだろうなって思って豆大福あげたけど、喜んでもらえてよかった。

さて、ルウェンさん以外の皆さんよ。ちょっと座ってくださいね。皆さんの考えがわかってたのに教えてくれなかったテクトもちょっとそこ座って、ね？

〈あ、はい〉

皆さんの横でちょこんと正座するテクト。今回は可愛いで流さないからね。いや可愛いけど‼

ルウェンさんが言う通り、きっと皆さんは善意だったんだろう。私が契約内容や、緊張でパンクしそうだから情報を制限してたのかもしれない。私頭そんなよくないし、幼女だから制限するのもわかる。でも私の場合、個人情報って今後の進退に関わるからさ。ちょっと事前に聞きたかったなーと思うわけですよ。現に今、とっても肝が冷えたので。

ケットシーで登録できるなら問題ないけど……そのステータスチェッカーとやらでバレたりしない？　名前からしてステータスを調べる魔導具だとは思うけど。それってどこまで調べるの？

「皆さん、個人情報の保護って、大切な事ですよね？」

「はい、仰《おっしゃ》る通り」

随分と畏《かしこ》まってる。こうなる事を覚悟しつつ、やったって感じかな。

「皆さんの意見を聞きたいです」

「固有魔力と個人情報の登録はあくまでギルドに所属する人がするものだから、ルイの気にするところには触れないと思って言いませんでした」

あぁー……貴族の庶子って思われてるから、そこらへんへの情報漏洩《ろうえい》にはならないって事かな。

「ダリルさんが何も言わなかったので好都合と思って黙ってました。ルイの許容量……一気に色んな事知って、パンクしそうだったから」

「うんうん」

「ルイの得意な属性もわからなかったし……」

「ステータスチェッカーはルイの不利にはならねぇしなあ……とかな」

「後はまあ、ルイの経験になっかなーと、思ったんだよな。ギルドマスターが宝玉貰《もら》ってたのも含めてさー」

「出会う人が皆、私達みたいなのであれば問題ないけど、ああいう人もいるのよっていうのを知ってもらいたかったのよ」

「あなたの事情を考えても、黙ってて問題ないと判断したのは私達です。ごめんなさい」

〈ルイが一番バレたくない事には触れないと思ったから、僕も黙ってた。経験は大事だって、僕も同意見だったから……体験する事は何よりの知識だと、思ったんだ。君の記憶を見て〉

「うん」

皆さんが私のためを思ってやってくれたのが、よくわかった。素直にありがとう、という気持ちしかない。むしろあの時に、ちゃんと詳しく掘り下げなかった私が悪い。反省しないとだ。

「わかりました。皆さん、ありがとうございます。確かに今回、色々教えてもらった気がします。しっかりしないとなって思いました」

「許してくれるの？」

「はい。実はそんなに怒ってませんよ。助かりましたし。どっちかっていうと、んー……仲間はずれにされたみたいでちょっとやだ、って感じです」

マルセナさんに釣られてつい怒りの雰囲気を出したけれど、ずっと私の事を思って色々行動してくれてた皆さんが、今後を考えてやってくれた事だもの。事情を知れば、心から受け入れるよ。

テクトもありがとう。私に何を伝えたらいいかわからないから黙ってる、じゃなくて、私の経験のために黙るって選択を取ってくれたんだね。成長を感じるよ。

〈ん、うん。お礼されるような事じゃない。君の保護者としては、当然でしょ〉

ふふ、照れたテクトも可愛《かわい》いねぇ。

よーし、皆さん順番にほっぺ引っ張ってやれ！　これでちょっぴり寂しい気持ちに整理をつけよう。ちょうど座ってるから届くしね！

騒がしくも楽しくほっぺ引っ張ってる横で、ダリルさんがため息をついてこっちを見てた。

「ほらごらん、マルセナ君。あっちはあんなにもほのぼのとしてるよ。僕らも見習うべきじゃないかい？」

「あなたが反省しなければ無理な話ですね！　まだまだこれでは終わりませんから‼」

「ええー……」

ぐでーっとテーブルに突っ伏したダリルさんを尻目《しりめ》に、明らかに叱られてた人より疲労の色が濃いマルセナさんはギルドに個人情報を登録するメリットデメリットを教えてくれた。

固有魔力と個人情報の登録は、根無し草の冒険者や世界中を渡り歩く商人にとって、他国へ渡る時の通行証になるそうだ。

そもそもギルドは特定の国に属さない。冒険者ギルドは冒険者の、商業ギルドは商人の、鍛冶《かじ》ギルドは生産職の職業別の組合であって、国のために利益を追求するものじゃない。でもそれぞれの国に支部を置かせてもらってるから、その売り上げの何割かは地域や国へ献上しなくてはならないらしい。国と人との仲介みたいな事かな？

ギルドは国の思惑には関与しない独立組織。それが世界中では周知の事実なので、ギルド側から貸し出された契約式具によって関所を通る人の身元を検《あらた》める事が出来るんだって。自分はこういう者で、これこれこういう目的でそちらの国に行きたいですって説明して、その発言に食い違いがないか契約式具に登録されてる情報で確認。その時、当事者に個人情報を閲覧していいか許可を取るんだけど、拒否した場合は怪しまれて結局入国できなくなるらしい……空港の入国審査とパスポートみたいだなぁ。

昔はここまで厳しくなかったらしいけど、最近は戦争が激化してるからどこの国も過敏になってるらしい。はー、戦争ってのは駄目だね。百害あって一利なし。

ちなみにナヘルザークは冒険者のために、ギルドが国中に満遍なく揃っているらしい。支部がいっぱいあるって事だね。そういえばここに支部長2人いるわ。重要人物の密度の高さよ。

他にもギルドには、今までどこでどんな依頼を受けたか、どんなモンスターを討伐してきたか、どのダンジョンでどこまで潜った事があるか、商売の売れ行き、取り扱ってる商品、作った物、功績などなど、すべて記録してくれるらしい。つまり特許とかの登録もしてくれるんだね。年間の契約金とかも、ギルドなら身元がわかるからすぐ手続き出来るとか……税金管理もするんですか。ギルドの仕事幅広いな。

課税に関しては職種によって変わるので、詳しく説明するともっと長くなるらしい。マルセナさんからは資料を渡された。1年以内に読んで学んでいただければ結構ですよ、と両手にズシッと来る量を持たされる。あ、はい。後でちゃんと読んでおきまーす。

後は、借金する場合。それぞれ所属しているギルドが貸してくれるらしいんだけど、それも登録情報から審査して、貸す金額を決めるんだって。成績がいい人はたくさん借りられるんだね。詳しく知りたい場合は追加資料を持ってきますよ、と言われたけど首を振っておいた。借金はしたくないです。貯金で何とかします。これ以上資料イラナイ。

ただやっぱり、個人情報を人に見せるデメリットがある。とマルセナさんは言った。よからぬ考えをする輩《やから》はどこにでもいるものですから、悪意が感じられるテクトさんが傍《そば》にいるのならば問題ないでしょうが、気をつけてください。と一言添えて。

「それでも契約しますか？　よろしくない事情があるならば、拒否も可能です」

そう気遣ってくれるマルセナさんににっこりと笑い、私は契約書に名前を書き始めた。一度やると決めたのならば、やってやりますよ。

私が書き終わると、グロースさんがアイテム袋から水晶玉を取り出す。占い師が使う透明な玉に見えるけど、これが契約式具らしい。

私が書いた契約書を、マルセナさんは水晶玉に被《かぶ》せた。すると紙がしゅわりと溶けて、水晶玉に吸い込まれていく。おお、すごい！

「これで契約完了です。後はステータスチェッカーの数値、個人情報の細かい訂正と……その前に、お渡ししておきましょうか」

マルセナさんが懐から出したのは、手首に巻けそうな細長い布っぽいもの……それをタグって言うらしい。黄色いタグは商業ギルドの色なんだそうで、登録した商人は必ず肌身離さずつけていないといけないらしい。そういえばルウェンさん達が手首にお揃いの青いタグつけてるなーって思ったけど、あれってもしかして冒険者ギルドのタグかな？

黄色いタグを水晶玉に載せ、わずかな光がタグに集中するのを待ってから、マルセナさんはそれを私に手渡した。

「これであなたは商人の仲間入り、です」

「おおお……」

「伸縮素材を使っていますので、どのような方でもつけられるようになっています。特に冒険者は多種多様な人々がなりますから、必然と他のギルドも同様の素材になりました。つけ心地は問題ありませんか？」

「はい、ぴったり」

右の手首に巻きつけたらくっついてしまった。おおー、違和感ない！　すごいねえ。

「このタグがあなたの売買履歴を魔力で感知、記録します。最低でも年に一度は、契約式具へタグを預け、履歴を読み取らせる作業が必要となります」

「年間の売り上げで、商業ギルドに納める税金が決まるんですね」

「はい。ギルドもタダでは動けません。運営するための資金が必要ですからね。そのために登録した方々から少々いただく事になっています」

「わかりました！」

「そしてあなたは、冒険者ギルドにも〝勝手に〟登録されてしまったので、彼らと同じように青いタグも支給されます。冒険者のタグは倒したモンスターの魔力を読み取り、記録していきますが……はっきり言って非戦闘員であるあなたには必要ないです」

「マルセナ君、妙に強調してない？」

ダリルさんの発言をスルーして、マルセナさんは私を見る。

「認可タグとは別物なんですか？」

「ええ。認可タグは首にかけ、見やすくするものです」

「冒険者ギルドって、お金取るんですか？」

「冒険者ギルドの主な収入源は任務の仲介料、モンスターの素材やダンジョンアイテムの買取と販売などですね。冒険者に支払いを要求する事はありません」

うーん、そっかあ。まあすでに作られちゃったならもったいないし。もしかしたらモンスター倒せる日が……いや、来ないよね？

まあ念のため、お客さんにとっての安心材料になるかもしれないしね。つけておこう。

青いタグを受け取って、手首にくるり。よし、こっちも違和感なし！

後はステータスチェッカーと、登録された個人情報の確認かな？　認可タグも貰わないとね。開店出来るまでもうちょっと、どんとこーい‼

「じゃあステータスをチェックしようか」

私の手首に巻かれた2色のタグを見て、ダリルさんがテーブルから上体を起こした。その表情はにこやかである。さっきはあんなに疲れたーって顔してたのにね。説明のほとんどをマルセナさんに任せてこの表情、また怒られちゃいますよおじさん。

そっとマルセナさんを見ると、眉間《みけん》に深い皺《しわ》が……ああー、美人がそんな顔しちゃいけません！

マルセナさんどーどー、落ち着いて！　ダリルさんの挙動に一々反応してたらマルセナさんが倒れちゃうから、お茶飲んで！　お菓子もあるよ！　ちょっと休憩しましょうか‼

「マルセナさん、いっぱいしゃべって、疲れませんか？　お茶のお代わりどうぞ」

「あら、ありがとうございます。ですが……」

ですが、の部分でギラリと鋭い視線をダリルさんに向ける。それなのにダリルさんは笑顔を崩さないいんだもんなぁ。暖簾《のれん》に腕押しって感じ。

マルセナさんはさらにイライラが募ってるみたいだ。これはしょうがない。私の最終奥義を出そうじゃないか！

アイテム袋から白いケーキ箱を取り出す。私の生活力というか、こんなものまで取り扱ってますよー、っていうのを見せるために買っておいたんだよね。テクトと初めて食べた、パン屋のアップルパイ。お手頃なのにめっちゃ美味《おい》しいやつ。急な来客の分はダリルさんのを取っちゃえばいいよね。ダリルさんは早く説明が終わればグロースさんから分けてもらえますよたぶん。彼には3個準備したから。

箱を開けると、カスタードの甘い匂いとパイの香ばしさがふんわり広がった。特に女性陣の表情が緩む。

「お菓子も足しておきますね。私の大好きなアップルパイです。ぜひ、食べてみてください」

「……いい匂い、ですね。ありがたくいただきます」

「はいどうぞ！」

意識をお菓子に移せたぞ！　マルセナさんは休んでてくださいねー。セラスさんとシアニスさんに皿とフォークを渡して後はお任せしよう！

さあダリルさん、お待たせしました。私のステータスをチェックするんでしたっけ。あれ、これどこまでチェックするんだろ？　確か私の不利にはならないらしいけど……それって年齢？　私がケットシーって偽る5歳児人族だってバレないって事？

〈そうだね。ステータスチェッカーは名の通り、個人の性質とステータスを見るだけの魔導具だから。年齢や種族は表示されないんだ〉

私の肩に乗ったテクトが、すりすりとほっぺを擦り付けてくる。はー、ふかふか癒しだなぁ。ダリルさん挑戦前に癒されとこう。

そのダリルさんは皿に盛られたアップルパイに手を伸ばそうとして、マルセナさんに叩《はた》き落とされてる。何やってるのあなたが話す番でしょ。私とテクトだって食べたいの我慢してお話ししましょうって姿勢になってるんだから、ダリルさんも我慢して。

「ギルドマスター、大人でしょう？　やる事やったら食べましょうね」

「こんな小さな子に言われるとグサグサくるね。ケットシーのやり口って怖いなぁ」

「そもそも真面目《まじめ》にやりゃあいい話だろうがよ。俺らは先に食うぞ」

「そんな、美味しそうなものを目の前で食べられたら我慢できないじゃないか……」

「早くあなたの仕事を終わらせたらいかがです」

「ええー、グロースくーん」

「…………（さくさく）」

頼みの綱のグロースさんはダリルさんの声を無視。アップルパイに夢中だ。シアニスさん達も口々に美味しいって言って、ダリルさんに見向きもしない。これは誰も助けてくれないと察したダリルさんは、グロースさんに投げ渡されたアイテム袋を拗《す》ねた様子で漁《あさ》り始めた。どうやらちゃんとやってくれそうだね。こんなちゃらんぽらんな人だとは、初対面ではわからなかったなぁ。

しかしステータスチェッカーって、なんて都合のいい魔導具なんだろ。年齢も種族も出てこないなら、私が本物の子どもだっていうのはバレないね！　ダリルさんに呆《あき》れた視線を向けてたテクトが、私のほっぺをぷにっとする。

〈ずっと昔に勇者と旅をした聖獣に聞いたんだけど、無属性関係のスキルや魔法、聖獣の加護は認識されないみたいだよ〉

え、何それすごい。完全に偽れるじゃん。私、テクトの加護を皆さんに見られたらどうしようって思ってドキドキしてたのに。いや、テクトが問題ないって放っておいた時点で大丈夫なんだけど、わかっててもドキドキするじゃん？　ステータスチェッカー、ますます都合がいい……いやちょっと待って、都合がよすぎない？

まるで勇者が勇者だってバレたくなくて、一般冒険者を装うための道具に感じるんですが。

〈ルイにしては珍しく冴《さ》えてるね〉

私にしてはって、こら！　否定できない事をさらっと言わない‼

〈はいはい。ステータスチェッカーを作ったのも、契約式具を作ったのも、元々は過去の勇者なんだ。あの方は歴代勇者の中でも特に人前には出たがらない人でした、ってダァヴがため息ついてたね。冒険はしたいけど無駄に騒がれたくない、目立ちたくない、というのが勇者の言い分だったらしいよ〉

やっぱり勇者かぁああ‼　特異な魔導具製作秘話の裏には勇者あり、だよ！　そういうことわざ作ってもいい！　そんな目立ちたがらない勇者がいていいの⁉　いいのか、お陰さまで私は助かる‼　何の心配もなくステータスチェックできる‼

テクト曰《いわ》く、その勇者さんは世界規模の自然災害を食い止めるために召喚されて、事態を収束させる実力はしっかり持っていたものの目立ちたくない！　の一点に重きを置いていたらしい。こそこそっと誰にもバレないように、すべての災害を治めたんだって。よくバレずにできたよね。

その後はひっそりと世間に紛れて冒険を楽しむため、そして当時はうまく機能してなかったギルドの地位を向上、ひいては自身が安定した冒険生活を送れるようにするため、ステータスチェッカーと契約式具を作り上げ、現在に通じる2つの魔導具による便利システムを考え出し、当時のギルド上層部の知り合いへ権利も何もかもすべて託して雲隠れしたんだそうな。しかも2つの魔導具もそれに付随するタグも、勇者じゃなくても作れるように、かつ誰が作っても勇者や聖獣と見抜く機能が魔道具に万が一でもつかないように、丁寧な製作図も添えたそうだ。だから今現在、すべてのギルドに満遍なく普及してる上に、たくさんの国の検問所に貸し出しできるほど広まってるんだね。

ははは－……目立たないための全力投資がすごすぎるよ勇者さん。

いや、騒がれたくない気持ちはわかる。私なんてテクトがいなきゃ逃げることもままならないし、身バレしたら終わりだもんね。

〈個人情報を登録するのは最低でも10歳以上であるのが基本だし、一般の出じゃなければ尚更機会は少ないんだ。ルイはそもそも登録されてないだろうし、固有魔力が契約式具の情報に引っかからないから問題はないっていう目算がシアニス達にはあったんだよ。ケットシーとして登録してしまえば、〝貴族のお嬢さん〟の情報は逆に流れないだろう、って考えてたんだね〉

なるほど。そこまで考えてた上でのダリルさん放置だったんだね。学ばせていただきました。今後、怪しいおじさんの言動は警戒します。

「お待たせ、準備できたよ。左手をこの板の部分に乗せてくれるかな」

「はーい」

ダリルさんが準備していたのは、パッと見小さな薄型テレビだった。画面みたいな板部分は大人の手が収まる程度のサイズで、角度は斜めになっている。手を乗せやすいように角度つけてるんだろうな。土台と支えはどっしりしてて、簡単には倒れなさそう。

幼女のちっさい手だと大分余るなぁ。板の所に手を乗せる。触り心地はひんやりしてる。

直後、全身をやんわりくすぐられたような、変な感覚がした。こしょこしょされた感じじゃなくて、何だろ……あ、美容院で髪の毛洗われてる時の感じ！　背中がもぞもぞ、落ち着かないやつだ。

これ、ステータスチェックしてる最中って事かな？

数秒経《た》って、ぴっと目の前に半透明の画面が浮かび上がった。まるでカタログブックみたい。

〈オリバーが言ってた魔導板じゃない？〉

ああ、皆さんに鑑定モード見せてた時にそんな感じの事言ってたような……そっか。確かに似てるね、これ。

その魔導板にずらっと浮かんだ文字とアルファベット。これが私のステータスらしい。

◆名前：ルイ
・ＨＰ：Ｅ　ＭＰ：Ｃ
・性質…生活：Ｓ　工業：Ｃ
・能力…力：Ｅ　素早さ：Ｄ　体力：Ｅ

知性：Ｅ　精神：Ｅ　運：Ｂ
・属性…火：Ｃ　水：Ａ　地：Ｄ　風：Ｄ
　木：Ｄ　金：Ｅ　光：Ｄ　闇：Ｅ
・魔法…洗浄魔法：Ｂ
・スキル…裁縫：Ａ　調理：Ｂ

どうやらアルファベットで大まかにレベル分けされてるタイプらしい。勇者って召喚される理由が大概だからか、元々ステータスを底上げされてるんだよね。それをそのまま表示しちゃったら一般の冒険者より圧倒的に高い数値を叩き出しちゃって大騒ぎになりそうだ。そこらへん、この魔導具を作った勇者さんは頑張って誤魔化《ごまか》したんだろう。曖昧《あいまい》さ万歳！

こうして見ると、裁縫も調理もスキル扱いってのはちょっと驚き。これ最高がＡなのかな？　あれ、でも性質のところの生活はＳで、一気に飛んでるから……たぶんＳが最高で、Ｅが最低値かなぁ。能力がドン引くくらい低い……幼女だから仕方ないけど、ほぼＥだと悲しすぎるんですが。

〈うーん。僕も確信を持って言えるわけじゃないけど、ルイって普通の転生とは違うじゃない〉

そうだね。死んでこっちに来たら、なんか神様にすぐ転生させられた。え、これが原因なの？

〈おそらく今まで知識と経験を溜《た》めた元の体が縮んだだけなら、ある程度の能力は見込めたと思うんだよ。ここまで低いのはダァヴからも聞いた事ないし。この体《幼女》になってからまだ経験してない事は、ステータスにも反映されないんじゃないかな〉

なんと、まさか転生の仕方による弊害がここに出てくるとは……！

〈でもまあ知識は失われてないんだし。スキルも魔法も今まで使ってきたからか、高いレベルだ。きっと、やればすぐに身につく程度だよ。身体機能は体が成長しなきゃ無理だろうけど、知性や精神は魔法に関係のある項目だから、シアニスから魔法を学べば上がると思うし〉

ほほー。これはますます、魔法の授業が楽しみですなぁ。

ふと魔導板から顔を上げると、ダリルさんが軽く目を見開いて固まってた。え、何その反応。ダリルさん私のステータスで驚いてるの？　そっちからも見えてるのこれ？　低い低いと思ってたけど、実は幼女にあるまじきステータスだった⁉　属性全部持ってるの珍しくないって聞いたんだけどな、おかしかったかな⁉

〈大丈夫だから落ち着いて。ダリルが驚いてるのはそこじゃない〉

「いやあ……ある程度、性質が偏るのは見た事あるけど、ここまで顕著に戦闘向きじゃない子は初めて見たよ」

「どうなさいました？」

「ああ、マルセナ君も見てみるかい？」

「ルイさんがよろしければ……」

アップルパイをご賞味中だったマルセナさんが寄ってきた。ルウェンさん達も何だ何だとこっちを見てる。

んー、テクトの大丈夫が出たから、皆さんにも見てもらおうかな。

「あ、どうぞ。というか皆さんに見てほしいです。どこかおかしいですか？　私のステータス」

そう言うと、グロースさんも含めて皆来《みんな》た。私の周りが一気に人口密集地に！　皆さん興味深そうに私のステータスを眺めてるなぁ。ちょっとドキドキだ。

「そうですね……一言でまとめるのならば、あなたは生活能力に長《た》けていますが戦闘は絶対に控えた方がいい、でしょうか」

「性質に攻撃と防御が一切表示されないなんて、戦闘は危険すぎるわ」

「という事は覚えられる魔法も限られますね。光属性があるので回復魔法は覚えられると思うのですが……」

「属性全部ある上に工業Cか。魔導技師になれそうじゃねぇかこれ」

「水属性だけAだぞ。洗浄魔法をよく使い込んでる証拠だなー」

「洗浄魔法はBかあ……血痕《けっこん》も綺麗《きれい》にできるし、調理器具に合わせた洗浄もできるし、納得のレベルだよね」

「ルイ、ここを見てくれ。洗浄も裁縫も調理も、ルイが頑張ってきたからレベルが高いんだ」

「え、は、はい」

ルウェンさんの指が魔法とスキルの欄を丁寧になぞる。まるで自分の事のように、誇らしげに優しい声音で。これ、私のステータスなのに。

ふ、ふおお。顔がにやにやする。嬉《うれ》しい。たまらなく、こそばゆい気持ちになる。くっ、これがルウェンさんの天然褒め殺しか！　胸がどきどきしますね幼女をとろけさせてどうするんだ！

「って、そうじゃないんです！　私が聞きたいのは、ダリルさんがおどろいてた理由で……私のステータスがおかしいから、びっくりしたんじゃないんですか？」

「んー、そうねぇ。ルイの性質がちょっと珍しいなっていう事だと思うんだけど……ギルドマスター、ステータスの見方教えてないみたいね。いいわもう、あなた達面倒だから私が教えてあげる」

マルセナさんが火山噴火する前にセラスさんの毒舌的フォローが入る。シアニスさんとオリバーさんが押さえてるから、まあ大丈夫だろう。

「ステータスにはレベルがあって、下から数えてE、D、C、B、A、Sと上がっていくのよ。Sは最高値。ここまではわかるかしら？」

「私のHPは最低で、性質の生活が最高、って事ですね」

「そうよ。でもこのレベルは鍛えれば上がっていくの。人によって上がりやすいものや上がりにくいものはあるけどね。あなたのHPは、Dかそれ以上になる可能性があるのよ。これは属性も魔法もスキルも同じね。さっきエイベルとルウェンが言ったけど、レベルが高いのは使い込んできた証《あかし》でもあるのよ」

「ふむふむ」

「でも例外があってね。性質の部分。これはどんなに鍛えても変化しないの。生まれた時から決まってるものなのよ」

「私は生まれつき、生活Sで工業Cって事ですか？」

「ええ、そうよ。性質が攻撃と防御、生活と工業の4つに分かれるのは知ってる？」

こくりと頷《うなず》く。これはダァヴ姉さんに教えてもらったからね。大まかな性質の方向性に名前をつけたらそうなったんだったっけ？　わかりやすさ重視で決定したとかなんとか。人は面白いですわね、なんて優雅な聖獣のコメントは控えておこう。

「攻撃と防御は、戦闘に関する魔法やスキルを覚える可能性を秘めた性質。たとえば私の木属性魔法で呼び出した蔦《つた》は相手を締め付けるけれど、これは私が攻撃の性質を持っているから可能な事なのよ」

「私が洗浄魔法を使えるのは、生活の性質を持ってるから、ですね」

「あら、言う前に言われちゃったわ。学ぶ気のある子は好きよ……そしてこれが重要なところなのだけど、生来持ち得ない属性や性質は、ステータスチェッカーには表示されないの。ないものは、そもそも書かれる事がないのよ」

ああー、なるほど。この魔導具は現実をドーンと見せてくるタイプだな。私が戦えないのは知ってたからショックではないけれど、そういえばテクトが神様に怒ってたような気がする。

〈気がするって、そんな呑気《のんき》に〉

いやあの時はテクトが私のために怒ってくれた事が嬉しくて、確かにびっくりはしたけど二の次って言うか。

照れたテクトが私のお腹に顔を埋《うず》めたのをつい撫《な》でて、説明は終わったとばかりにちょっと下がったセラスさんから真正面のダリルさんに視線を移す。にっこり、微笑《ほほえ》まれた。

ちょっと神様に文句言いたくなる5秒前。

「攻撃と防御に一切向かないルイ君の性質は、長年ギルドマスターやってる僕でもちょっとお目にかかれない珍しさだねぇ。これだから冒険者ギルドの職員は止《や》められないよ。こういうケースに出合える確率が高くて楽しい」

まさか私の性質が世間的に珍しいとは聞いてないよ神様ぁあ‼　Eでいいから性質増やしてくれ

ればよかったのに！

〈ああ、言い忘れてた事だけど、正式に喚《よ》ばれた勇者ならまだ性質を変えたりステータス底上げしたりする暇がとれるらしいよ。でもルイの場合はその暇が一切なかったから、前世から持ってきたそのままの性質が反映されてるらしい。余程《よほど》平和に生きてきたんだろうなって言ってた〉

そうだね、平和な日本でぬくぬくと過ごしてました！　一人暮らしにやっと慣れてきた、大学生活を楽しむ、ちゃんとゲームで遊んで成長しました！　お祖母《ばあ》ちゃんに家事を仕込まれお祖父《じい》ちゃんと食い意地が張ったくらいの、どこでもいる一般人ですわ！　だからか！　自分の性質に納得しかないわ‼

いや、まだワンチャンあるよ。詳しく聞いてない！　珍しいって言ってもダリルさんが見た事ないってだけで、実は世界的規模で統計取れれば私みたいなの全然希少じゃない、とかそういうオチを希望します！

「あのー。私の性質って、そんなに珍しいですか……？」

「適性低くてDやEの人はいても、何もないっていうのは珍しいよ。それも2つも性質がないっていうのは、かなりレアなケースだね」

「えっと、どれくらいレアなんです？」

「そうだなぁ。選《え》りすぐりの研究者を集めた魔導研究所の人達が質問攻めにして実験調査への協力を要請するくらいかな。僕は専門家ほど文献を読み漁《あさ》ったわけじゃないけど、ある程度の知識は持ってるつもりだ。それでも君のような性質は見た事ないし。魔導器官の性質について研究は進んでいるけどまだまだ未知の部分が多いから、どうして君が2つの性質しか持ち得ないのか、研究者の知的好奇心は尽きないだろうね」

「ひえ」

深刻そうな皺《しわ》の寄った表情で語られたら信憑性《しんぴょうせい》ありすぎて怖い。伏し目がちに私を見られたら、ぞっと背筋に悪寒が走った。

実験調査って何⁉　質問攻めも結構圧迫感あって怖そうだけど、実験って、私解剖されたりする⁉　何でそういう怖い事言うのダリルさん！

〈いやそんな事、そもそも僕がさせないし……ダリルもちょっと脅してるだけだよ。ルイが冷静に対応できるか、試してるんだ〉

は、脅し、試されてる？　え、つまり、さっき私が注意されてた、宝玉の時と同じって事？

〈うん。いくら恩人が困っているからとはいえ、いつまでもルウェン達がつきっきりでルイを手助けできるわけじゃないでしょ。１人で何とかできるだけの能力を見せてほしいんだよ。責任ある彼としてはね〉

な、なるほど。私が一人前に受け答えできるかどうか、怖い情報を貰《もら》ってもパニックにならないか、見られてるのか……わかったよろしい。これでも今日から一端の商売人、気合入れたケットシーですから。見せてやりますよダリルさん。

ただしダリルさんは発言が怪しいからルウェンさん達やマルセナさんに聞きますね！　恐怖に震えた胸の痛みは忘れんぞ！

怖い気持ちを和ませるつもりでテクトのほっぺをスリスリ撫で撫でしつつ、ダリルさんから体ごと視線を逸《そ》らす。すると、待ってましたとばかりに微笑むシアニスさんと目が合った。

「あの、ダリルさんが言ってる事って、本当ですか？　私、研究者に捕まりますか？」

「いいえ、大丈夫ですよ。珍しい性質は事実ですがギルドマスターが言ってる事は、あくまで研究者にあなたが自分の性質を話した場合の事案です。私達はもちろん、ギルド職員である彼らが個人情報を口外する事はまずありません。だから、研究者が突然あなたを捕まえようと現れたりはしませんよ」

「それなら、いいんですけど……ダリルさん、私の事誰かに話したりしませんよね？」

「しないよー。信用ないなぁ」

「今日の言動だけでも省《かえり》みればよくわかる扱いだと思いますよ」

もはや怒りを通り越して呆《あき》れてしまったのか、マルセナさんは私に説明を続ける。

「ちゃらんぽらんではありますが、彼もギルド職員の1人です。他人に話す事はありません。そもそも個人情報の漏洩《ろうえい》など起こしては、ギルドの信用は地に落ちる。全ギルド職員はギルドマスターだろうと例外なく、入社した際に必ず守らせるルールとして覚えさせます。冒険者、商人、生産者、一般の方々、皆様に快くギルドを利用していただくための大切なルールです。口外防止用の措置も、もちろん施してあります。私達の主な仕事は、人と人との繋《つな》がりを円滑に保つ事。信頼こそが第一なのですから」

「そうなんですか？」

「どのような内容かは詳しくお話しできませんが、万が一を考えないわけではありません。流出を防ぐ安全弁も用意してありますよ」

「へえ……」

〈奴隷につける制約の印みたいな事をするみたいだね。誰かに聞かれても喋《しゃべ》れないようになるらしいよ。口約束だけではないね〉

え、奴隷の印って、主人に逆らうと苦痛を与えたりする、魔力で刻んだ印だよね。それに似てる事かあ。思ってたより本格的っていうか、かなり厳しく取り締まられてた。それなら心配する必要はなさそう。

マルセナさんはルウェンさん達を一瞥《いちべつ》した。

「今回はあなたが彼らに見てもいいと許可を出したので私は口出ししませんでしたが、本来ならばステータスチェッカーの結果はみだりに人へ見せるものではありませんよ。ダリルさんが言ったように、他人の個人情報を自らの欲求のために利用する人もいますので」

「はい、わかりました！　ルウェンさん達だけにします！　あ、でも気になるんですけど、検問所とか、お店借りる時に見られるって言ってたのは大丈夫なんですか？」

シアニスさんとマルセナさんのお陰でもやもやっとした胸のつかえが1つ取れたけど、まだ疑問はあるんですよ。確かステータス見せて身分証明みたいな、パスポート扱いするんだよね？

小首を傾《かし》げていたら、セラスさんにゆったりと撫でられる。

「そっちも問題ないわよ。ステータスチェッカーが表示したものをそのまま他人に見せるわけじゃないから」

「ルイさんが仰《おつしや》る場面では、契約式具に登録された中の必要最低限の情報を提示します。あなたの任意でステータスをどこまで明かしていいのか、契約式具へ設定を行うんです。例えばですが、ルイさんは洗浄魔法が得意だと聞いていますので、性質の部分は生活だけ、洗浄魔法のレベルだけを表示する事も可能です。あなたが選択できるのです。他に相手側から提示を要求されるとすれば、今までの業績ですね。むしろステータスすべてを提示させるなどの強要は犯罪に当たります」

「まあ、ある程度提示しねーと自分に見合った仕事を取れないっつーのはあっからなー。そこは程《ほど》よく匙加減《さじかげん》って感じだな」

あ、そうなんだね。ステータスチェッカーに出てきたやつをそのまま全部契約式具に登録して、それ全部他人に見られるんだと思ってた。

それをそのまま言えば、皆さん揃《そろ》って首を振った。

「そりゃ人によっては年に何度かステータスチェッカー通して、その時の実力を登録する必要性はあるけどなー。登録するもんと人に見せるもんは別なんだよ」

「ほうほう」

「自分のステータスをとことん隠す人もいれば、すべて見せる人もいるって事。結構自由にできるんだ。ルイのステータスはちょっと特殊だから、閲覧できるものはよく選んだ方がいいね」

「うん。私は工業をアピールする必要がないので、隠していいです、よね？」

「そうだね。いいと思うよ」

「だからつまり、今の話はダリルさんのイジワルだったたって事ですね」

「よくわかってんじゃねぇか」

どすんっと大きな音を立てて、ディノさんが私の真後ろで胡坐《あぐら》をかいた。仰いで見れば、ちょっと凶悪な顔。ディノさんの顔は見慣れたから怖くないけど、これはかなり睨《にら》みつけてる感じですね！　不機嫌だね！

「ステータスチェッカーも、契約式具も、同時期に作られたっつー話は有名だ。そもそも数百年前からこの2つの魔導具を使ったシステムは出来上がってんだぜ。個人情報が守られるように、最初っからうまく作られてんだよ。文献なんつったって、多少の協力者がいたくれぇだろ。自分で珍しいと自覚してる奴が積極的に研究なんざ付き合うもんか。気にくわねぇ扱いされんのは目に見えてんだからよ……底意地わりぃジジイがこれ以上心証悪くしてどうすんだ」

「悪者扱いされちゃうなんて心外だなぁ。ルイ君に聞かれたから答えただけなのに」

「言葉が足りませんよ。前置きの1つ足すくらいできるでしょう。耄碌《もうろく》しました？」

「っていうか、これまでの話はステータスチェッカー使う前にすべて済ますべき必要事項よね。ギルドのマスターが端折《はしょ》ってどうするのよ」

「職務怠慢ってやつー？」

「ギルドマスター、ルイを試す事を見逃してしまった俺が言うのは間違いかもしれませんが、あまりいじめないでください。彼女は純粋な子なので信じてしまう可能性がある」

真面目《まじめ》な顔のルウェンさんにもフォローされたけど、すみません。テクトがいなかったら信じてました。めっちゃ信じてパニックするところでした。お恥ずかしや。

ダリルさんは皆さんをぐるりと見て、困ったように頭をかいた。

「いやあ……老婆心のつもりだったんだけどねぇ。言われちゃったな」

『マスターは黒幕みたいな似非《えせ》紳士の顔してるから仕方ない』

「グロース君もひどいな！　僕の味方は誰もいないのかい？」

「いないですね」

「はっきりしてるねマルセナ君も」

皆《みんな》してひどいなぁ。そう思うだろう？　って問いかけられたけど、ごめんなさい。私、ダリルさんはちょっとだけひどい人だと思ったから、アップルパイはないものとしました。そのまま伝えると、彼はきょとんと目を瞬《しばた》かせる。

「え、そうなの？」

「あら。ではもう少々、いえ、じっくりと味わう事にしましょうか」

「気が合うじゃない商業のマスターさん。じゃあ一段落ついたんだし、休憩しましょう、休憩。ルイもテクトも疲れたでしょ。あなたのものには劣るけど、お茶淹れたから飲みましょう」

「わーい！　セラスさんのお茶！」

「あなた達のパイは残ってる？」

「大丈夫です。テーブルの端に置いてあるのが私とテクトのですから」

「さすがルイ」

「ええー……あれ、数余ってるじゃない。それ僕の分じゃないの？」

「いっぱい食べるグロースさんの分です」

「……グロース君」

『絶対あげない』

「えええええー……」

「じゃあこれ、この前の宝玉を換金して、登録料と出張料と授業料を差し引いた分のお金ね」

結局、あまりに項垂《うなだ》れて可哀相《かわいそう》だったので、グロースさんに今度またお茶菓子奢《おご》ると確約したら1個だけ譲ってもらえた。ダリルさん、しっかり、味わって食べてくださいね。

満足そうな顔のまま、ダリルさんから小さな麻袋が渡される。私のちいちゃな両手に載った袋から、ちゃりんっと音がした。

「いいんですか？　私、勉強だと思ってあげる気だったんですけど」

「多少なら見逃されるけどねぇ。ギルド職員はね、貰《もら》いすぎると賄賂《わいろ》扱いになっちゃうんだよ。賄賂貰ったから贔屓《ひいき》してるんだろって指摘されたら、ルイ君が困るでしょ？」

「はい、困ります！」

賄賂はよくないね！　回収しよう‼　私は健全な商人になるのだ！

アイテム袋に素早く麻袋をしまう。

「君から預かった宝玉が5回使用の4つ、買取は販売価格の半額だから26万ダルだね。そこから冒険者ギルドの登録料1万ダル、商業ギルドの登録料5万ダル、ダンジョン内への出張料が往復合わせて5万ダル、どちらのギルドも登録料に授業料が含まれてるから、差し引いて15万だね。数えなくてもいいのかい？」

「お金を偽ったら信用問題になるんじゃないですか？」

「おや、痛いところを突かれたな」

目をきょとっと瞬かせたダリルさんは、少しだけ口端を上げて微笑《ほほえ》んだ。ちょっと嬉《うれ》しそう。

〈ルイがきっちり言い返してくれて嬉しいようだね。泣き寝入りする事態にならないように、気をしっかり持ってほしいみたい〉

そっか、そうだよね。言動はちゃらんぽらんだったり意地悪だったり、いい加減だったり信用なさそうな感じだったりするけど、れっきとしたギルドマスターなんだ。ダリルさんとしては、簡単に潰《つぶ》れちゃいそうな店がダンジョン内にあったら困るよね。そういう意味でも私に圧力かけてたのかなぁ。

　こういうの聞くと、根はいい人なんだなぁってしみじみ思うよ。

「よかったですね、ダリルさん。あなたのイジワルがルイさんを成長させたようですよ」

「つかこの期に及んで預かった発言するあたり筋金入りだよな」

「ギルドにいる時の頼もしいおじ様具合はどこに行ったのかしらねぇ」

「本当、不思議ですよね」

「外に出て素が出たんじゃねーの」

「うっわぁ……」

「素で意地悪なんですか？　ギルドマスター、それはあまりにも敵を作りやすいんじゃないですか？　改めた方がいいですよ」

　マルセナさん含む冒険者の皆さんに口々言われて、その微笑みも引きつってるわけだけれども。

「ほらぁ、ルウェンさんに言われてますよ、ダリルさん」

「……最近の若者は老人を労《いたわ》る気がないよねぇ」

『マッサージしてあげようか』

「グロース君のマッサージは骨折れちゃうよ労りじゃない‼」

アップルパイを食べ終わり人心地ついた後、もうダリルさんには任せておけないとでも言うように、マルセナさんが切り出した。

「さて、休憩は終わりです。一番大切な事をしましょう。ルイさん、今までの事を振り返って、これから自分がするべき事はわかりますか？」

「はい！　契約式具に私の個人情報を登録して、人に見せても大丈夫なステータスを選びます！　そうしたら認可タグもらえますか？」

「ええ、もちろん。長らくお待たせいたしましたが、後少しでお渡しできますよ。そうですね、グロースさん」

『準備はできてる』

もはやダリルさんに話を振るのも諦《あきら》めたのか、マルセナさんがグロースさんに話を振ると、カンぺと一緒にネームタグみたいなのを持ち上げた。ぺらぺら薄いのが2枚。あれがきっと認可タグなんだ……きっとこの手首のタグみたいに魔法的な要素がたくさん入ってるに違いない。登録した固有魔力で偽造できないタグを作るって言ってたし。

マルセナさんは土台のついた水晶玉を私の前に置いた。

「では、先にお渡ししたタグを契約式具にかざしてください。触れるくらい近くにお願いします」

こくんと頷《うなず》いて、腕を伸ばす。タグが水晶玉にくっつきそうなくらい近づくと、ステータスチェッカーの時みたいに、半透明な板が空中にパッと浮かび上がった。魔導板だ。さっきステータスチェッカーで調べたものがそのまま並んでる。

「そちらのタグを介して、先程計測したステータスを契約式具に登録しました。後は簡単です。あなたが認可タグに書き込みたくないと思うものに触れてください」

「この魔導板に、ですか?」

「ええ。実際にやってみた方がわかると思いますよ。何度押しても構いませんから、試してみてください」

魔導板に触るのは、毎日カタログブックで買い物してるから戸惑いはないんだけど。こっちは触るとどうなるんだろう。

半透明の板に指を置く。性質の、工業C。指を離すと、白く浮いていた文字が灰色に変わった。もう2回、押してみる。文字が白に戻って、また灰色になった。お、これで隠せてるのかな? わかりやすいっていうか……これタッチパネルだよね。カタログブックも同じ様式だし、この契約式具を作った勇者さんも、日本が恋しかったのかな。

「灰色になりましたら、他の者には見えなくなっている状態です。そのまま他のステータスも確認をお願いします」

「はい」

「生活を残すとして、皆《みんな》はどう思う?」

「そうだねぇ。水属性は残しておいた方がいいよ。洗浄の仕事を受ける時、後押しになるから」

「他に見せてもいいのは……運かしらね。隠してもいいけど、運がいい人から買い物をするといい宝箱が出る、なんてゲン担ぎを好む人もいるわ。商人としては見せてもいいステータスね。Bは十分、高い方よ」

「後は調理Bもいいんじゃねーの。調理スキル高い奴が食ってる飯は美味《うま》い、っつーのも冒険者の間でよく話に上がってるもんだ。飯を売るつもりなら、残しておいた方が手間少なくていいぜ」

「あなた方はよくもまあ、それだけ躊躇《ためら》いもなく人のステータスを覗《のぞ》き見ますね」

「ルイが見ていいと言ったので……駄目だったか？」

前半はマルセナさんに、後半は私に言ったルウェンさんが、ほんのちょっぴり眉尻《まゆじり》を下げてこっちを見た。ぬああん、可愛《かわい》らしい犬が「ダメ？　ダメなの？　ボク、おやつほしいなあ？」ってコメント付きで目をうるうるさせて見上げてくる映像が脳裏にぃいいい！　くっ、流行《はや》りのわんこ動画を彷彿《ほうふつ》とさせる顔で見下ろすとは、さすがルウェンさん！　正直者が真正面からダイレクトに襲ってくる！

「いいえ、すっごく助かってますよ。まだ何も知らない私ですから、もっともっと色んなものを教えてほしいです」

「そうか。よかった」

「今はこれでいいだろ。商売やってりゃそのうち必要なもんが出てくんだろうよ。そん時はまた登録情報変えりゃあいい話だ。俺達抜きでな」

「次はマルセナさんに私の成長を見せるって事ですね！」

「そうですね。次回の更新時には、ダンジョン内だけでなくラースフィッタでの出店も視野に入れていただいて構いませんよ。借家の場合、地主への後押しもギルドの役目ですので」

「外には出ません！」

私がそう返すってわかってたのか、マルセナさんは冗談ですよ、と口端を上げた。お上品な微笑みだ。いいとこのお嬢さんって感じ。私より断然貴族感ありますよマルセナさん。

セラスさんが魔導板をなぞる。皆さんが言ってたやつだけ、するりと。でも色は変わらないなぁ。これが固有魔力の効果ってやつかな。

「じゃあとりあえず、今言ったの以外は隠しましょうか」

「はーい！」

ぺたぺた押してくと、ほとんど灰色になってしまった。んー。後は何を残すかなぁ。

「MPは残してもいいと思います。洗浄魔法をどれだけ使えるか、人の目から見てもよい目安になりますし。Cもあれば一度に30人以上の洗浄が可能だと言われていますから、安心して利用してもらえると思います」

それはいいなあ。私の実力が見てわかってもらえるのはありがたい。

じゃあMPは復活っと。

「裁縫はどうだろう。とても優秀だ」

「あら、Aもあるのね。ということは服も作れちゃうのかしら」

「はい！　テクトのエプロンは私が作りました！」

テクトを前面に押し出して見せれば、皆さん揃《そろ》ってエプロンに釘付《くぎづ》けである。できればテクトの可愛さとのコントラストを見ていただきたいんですけれども。

「既製品だと思っていました……素晴らしい縫い目です」

「失礼、めくります……糸処理も完璧《かんぺき》、縫いしろも丁寧に縫われていますし、裏地にリネンですか。贅沢《ぜいたく》ながら使用者への気遣いもあり、手触りも大変よろしい。むしろ販売するべきだと思います」

「うちの女性陣は見習うべき……っだ！　いてーわ！」

「うるさいわよ器用貧乏。これは納得のＡだわ……ルイ、あなたいつの間にこんなスキルを習得したの？」

「いやー……縫い物とか編み物って、いい時間つぶしなんですよね」

昔はね、よくやったよ。集中力鍛えるのにいいのよってお祖母《ばあ》ちゃんの口車に乗せられて色々作った。医者で長時間待つ時とか役立ったよね。特にかぎ編みとかレース編みとか。あれは慣れれば無心で出来るから、頭痛や吐き気を紛らわすのに延々編んでた覚えがある。縫い物だって、夏休みの自由研究になるんだよね。一度ワンピースとジャケット作っていったら褒められた過去があるんですよ。小学生最後の夏でした。懐かしいなぁ。あっつい日中でも集中して出来るから、心頭滅却火もまた涼しっていうか、気付いたら夕方になってた時は笑ったよ。

褒められると伸びちゃう私は、のせられるがまま一通りのものをこなし、大抵のものは縫えるようになってたなぁ。お祖母ちゃんのしてやったり顔が浮かんでくる。

時間潰《じかんつぶ》し、の時点で皆さんが一瞬顔を歪《ゆが》ませたとは、昔に思いを馳《は》せてた私は気付くはずもなく。

ディノさんが「このエプロン見りゃ実力も頷けるがよ」と言ったので意識を元に戻した。

「冒険者の服っていやぁ、繕うの飛び越えてほとんど破けてんだろ。それ補修すんのはいくら何でも時間がかかりすぎる。てか普通に買えって話だろ」

「そうか……そうだな。それに最初は宝玉と洗浄に集中してもらった方がいいな」

「んで余裕があれば飯だ。絶対売ってくれよールイ」

「任せてください！　じゃあさいほうは、消したままで……これでいいですね」

残ったのはＭＰ：Ｃ、生活：Ｓ、運：Ｂ、水属性：Ａ、洗浄魔法：Ｂ、調理：Ｂ。これだけなら見られても問題ないよね？　どう思う、テクト。

〈んー……ダリルもマルセナも異論はなさそう。いいんじゃない？〉

よーし、じゃあ決定！　マルセナさんお願いします！

「では再びタグを契約式具にかざしてください。今度は少々時間がかかりますが、ほんの数十秒です。多少疲れても我慢してください」

「はい」

タグをかざすと、しばらくして魔導板が消えた。私の手首回りに光が集まってる。これ、変更したのを登録してるんだろうなぁ。

「この光が消えた後、認可タグにあなたの情報を登録して完了となります。ダリルさんから値段設定の説明などを受ければ、あなたは商人の仲間入りです」

「おおー、ついに……」

「大変お待たせいたしました。腕は下ろしていただいて結構です。続いて認可タグの登録となります。グロースさん」

グロースさんが持っていたネームタグみたいなのを、マルセナさんが受け取った。契約式具に載せると、魔導板がマルセナさん側に出る。今度はこっちが裏側だから、左右逆の字だけど……店主、店員って見える。ギルド職員からだと、こういう眺めなんだなぁ。

「この認可タグはすでにあなたの固有魔力によって作られていますが、まだ登録作業が完了していません。現在、あなた方の情報を登録する作業に入っています。ダンジョン内で商売する場合、店員の数、種族と名前も登録する必要があるのです。最後の確認ですのでお間違えのないように」

「はい」

「店主は妖精族《ようせいぞく》ケットシー、ルイ。店員は妖精族、テクト、で間違いありませんね？」

「そうです」

「店名は決まっていますか？」

それはもう。ケットシーに扮《ふん》した時、尻尾《しっぽ》が揺れたあの感動を、テクトの尻尾を真似《まね》できて楽しかった気持ちを味わった時から決まってた。テクトと目線を合わせて、２人揃《そろ》って尻尾をゆらゆら揺らした。

「妖精のしっぽ、です」

「……登録しました。よい名前だと思います」

「ありがとうございます」

魔導板が消えて、契約式具の光も消えると、マルセナさんが認可タグを取った。一回り大きいタグを私に、もう片方をテクトに渡すと、「見やすい箇所へつけてください。冒険者にとっての安心材料なので」と注意された。テクトはエプロンの紐《ひも》に巻き付けようか。胸元だと見やすいもんね。私は予定通り、布紐にぶら下げよう。

認可タグにはでかでかと『冒険者ギルド　ラースフィッタ支部　公認』と書かれていた。うん、見やすい。

「認可タグの表面はただの許可証ですが、裏面にはあなたが選んで登録した情報が書き込まれています。もし冒険者にステータスの提示を促された場合、あなたはこれを見せる必要がありますが、よろしいですか」

「個人情報全部を見せろ、って言うのは犯罪だけど、最初から見せていいって登録してるやつを要求されるのは犯罪じゃない、って事ですね」

ステータスチェッカーの情報は住民票、私が選んだステータスはお客様に私ができるサービスをメニューに出してる、って考えるとわりかし納得できるなぁ。テクトの方はどうなってるの？

〈僕はステータスチェッカー使ってないからね。裏面は真っ白〉

「テクトのステータスは登録しなくていいんですか？」

「ええ……ルイさんとテクトさんには気持ちのいい話ではないのですが、言葉を話せない妖精族の地位は大変低く、店員としての登録は可能なのですが、一個人としてギルドへの登録は不可能なのです。なのでステータス登録はできません」

「ああー……そうなんですねぇ」

ここでも妖精族をないがしろにする文化が残ってるって事かあ。マルセナさんが本気で申し訳ないって思ってるのは感じるので、全然嫌な気分にはならないんだけどね？　釈然とはしないわけですよ。妖精族の地位向上、私にも出来る事があればいいんだけど。

認可タグをつけ終わる。むふふ。どこから見ても公認、だなぁ。

「さて、じゃあルイ君。僕から最後の確認だよ」

「値段の話はいいんですか？」

「紙にまとめといたから、後でゆっくり見ればいいよ。僕が聞きたいのは別の事だ。認可タグを冒険者ギルドが発行したわけだけど、これを受け取ったら僕へ渡すものがあるよね？」

「契約金、ですね。冒険者ギルドの登録料とは違う、ダンジョンで商売するのを保証する代わりに、必要なお金です」

ちゃんと覚えてますよ。皆さんにわかりやすく説明してもらって、忘れてましたなんて口が裂けても言えません。

「うん。君が正しく硬貨を数えられるのか、まあ念のためだけどね。確認させてもらおうか。契約金3万ダル、さっき渡した麻袋から出してくれるかい？　できれば硬貨を全種類使ってくれるといいんだけどねぇ」

テーブルに麻袋の中身を広げると、銀貨と銅貨、それに半金貨が入ってた。わざと細かくして入れたの？　めんどくさかっただろうに、ダリルさんって暇……いや、うん、そこは考えないようにしよう。

3万ダルかー……銀貨2枚に半銀貨9枚、銅貨9枚に半銅貨10枚でいいね。カタログブック使ってると案外覚えるんだよね。銀行が小銭出してくれるし、チャージに硬貨使うから。

人とは会ってなかったけど、この世界に来て半月。お金の勘定くらいできますよーだ。

ダリルさんはテーブルを滑って手元に来た硬貨を見て、微笑《ほほえ》んだ。

「ぴったり3万。受け取ったよ。ダンジョン内での店デビューおめでとう、妖精のしっぽ」

今までにない、優しい声だった。思わず背筋を伸ばしてしまうほど、芯《しん》の通った声。これだからダリルさんは悪い人に思えないんだよなぁ。

私の出店を喜んでくれていると、とてもありがたい事だと思ったから、今できる満面の笑みを、ダリルさんに向けた。

「はい！　ありがとうございます‼」

Step9　新しい冒険者に会いましょう

首から下がる認可タグを確認、テクトのエプロンにもちゃんと見やすいようにつけた。テーブルも絨毯《じゅうたん》も洗浄してアイテム袋に片付けた。「もちろんこれも必要だよね」ってダリルさんが渡してくれた、商品や洗浄請負の相場が書かれた紙も、ちゃんとアイテム袋に入れた。なくさないように一つ一つ、確認しながら。リュックはしっかり背負ってる。移動する準備は、できた。

新品のブーツで足音鳴らして、猫耳と尻尾を私の意志で動かしてワクワク感をゆっくり抑え込む。ふー、落ち着け私。このダンジョンに生まれて半月強、初めて違う階層に行くし、そういえば宝玉も、保護のやつ以外は初めて使う。久々のファンタジー要素に心躍らないわけがない。興奮するのもわかるけど、それじゃあ商売はできないんだよ。私は今から『妖精のしっぽ』の店主なんだから、ケットシーは幼女らしくしてられないからね。

なんて、そう簡単にこのドキドキ感は抑えられやしないんだけども！

胸に手を当てて深呼吸してると、ルウェンさんが青い宝玉を取ってこっちを見た。行くの？　行くんだね。１００階はどんなところだろ！

「準備はいいか？　ルイ」

「はい！」

「念のため説明させてもらうけど、青い宝玉は転移の宝玉。宝玉に体の一部だけでも触れていれば、起動する人が行った事のあるどの階層でも多人数で移動できるわ」

「宝玉のそういう、人数制限ないところ便利でいいですよね」

「使用回数制限はあるけどね」

「今日から何個でも買ってください！」

元手タダの販売価格万単位とか、美味《おい》しい以外の何物でもないです。何より私とテクトの苦労が報われるので是非買ってほしい。

「そうそう、その勢いだよ。冒険者のために色々売ってあげてね。期待しているよ」

人畜無害そうな笑顔で手を振るダリルさんを、若干引いた表情で一瞥《いちべつ》したマルセナさんは、私の方へ向いた時にはにこやかに微笑《ほほえ》んでいた。切り替え早ぁい。

「何か困り事がありましたら、グロースさんに伝えてくださいね。定期的に来るそうですので」

『お茶が美味《うま》い』

「グロース君、ルイ君のお茶は確かに美味しい。王都でもなかなか巡り合えない美味しさだ。でもお茶に魅了されて僕の護衛っていう本分忘れないでね？」

『ここに来る前に、ギルドマスターをギルドに放り込めばいい？』

「君って結構力技に頼る時あるよねぇ」

『ギルドを不定期で抜け出す人が何か言ってる』

「フットワーク軽いって言って？」

「お茶目的で宝玉を何度も使用する人はこの界隈《かいわい》でもほぼいませんが、必要な職務を全うしないうちに外出をする常識外れのギルドマスターも問題です。自重してください」

「マルセナ君に怒られちゃったよ」

『人のせいにしない』

「あんたらそれ延々終わらねぇからさっさと帰れ」

ディノさんにツッコミ入れられ、「どうせならルイ君が商売するところも見たいんだけどなぁ」とぼやくダリルさんを引きずってギルドの人達はダンジョンを脱出していった。いやあ、すごかったなぁ……なんかもう、強風の直撃を受けた感覚がまだ残ってる気分。

「さて、行きましょうか」

シアニスさんの手が肩に添えられて、はっと我に返る。これから100階に連れてってもらうんだ。衝撃に固まってる場合じゃない。

「保護の宝玉と同じ浮遊感がありますが、今までに気持ち悪くなったりした事はありますか？」

「大丈夫です！」

保護の宝玉を使うと一瞬光に視線を遮られて、眩《まぶ》しいっと思った時にはふわっと体が浮くのを感じ、その直後には安全地帯に足を下ろしてるんだよね。まるで車に乗って坂道を降りてくような、あるいはジェットコースターのような浮遊感。私苦手じゃないから平気なんだよね。だから保護の宝玉使う時はちょっとワクワクしてた。

〈僕もあの感覚は好きだなぁ。神様のところに転移する時には感じないから、宝玉使うのちょっと楽しくなったもの〉

そりゃあすべてにおいて上位互換になっちゃう聖獣の転移と、一般に出回る宝玉の転移を一緒にしちゃいけないと思います。原理はわからないけど、きっとあれだよ。プロの体操選手が演技後にピタッと着地して止まるのと、お子様の側転がふらふらして最終的にマットに倒れちゃうくらいの差があるんだと思う。着地点の誤差が極端に少なくて正確なのが聖獣の転移、誤差が多くてたたらを踏んじゃうのが宝玉の転移と思えば納得の性能差。

まあ、何事も楽しんだもん勝ちだから、宝玉はすごく優秀って結論になるね。テクトも私も浮遊感が楽しい。これダンジョン内で健全に生きるのに重要だから。

ルウェンさんが差し出す宝玉に手を添える。周りを囲む皆さんも手を伸ばした。ちゃんと触ってるのを確認して、ルウェンさんは頷《うなず》いた。

「100階」

そう言うと、宝玉の真ん中にあった数字がぼやけて、108から形を変えた。宝玉の数字が100になった！　すごい、こうやって移動したい階層を選ぶんだね。実際見てみると不思議。墨が滲《にじ》んだところから数字が浮かぶ感じ？

「行くぞ……転移」

ぶわっと光が広がって思わず目を閉じる。宝玉からは手を離さないように踏ん張ってるけど、それもすぐに浮いた。いつもの浮遊感の後、足が地に着いて光が収まったので目を開ける。

「わあ……」

そこは108階とはまったく様相が違った。

第一印象は、案外大きくない、だった。100階の上り階段を背に転移した私達は小ホールみたいな開けた場所にいるわけだけど、それも私が常駐してる安全地帯より随分と狭く感じた。そのホールから続く廊下は、いつも見てる廊下よりずっと低くて幅が狭い。嘘でしょあの道でさえ108階では狭い部類なのに、それより狭いとかこの階層のモンスター、詰まったりしないの？

〈ここではそれほど大きなモンスターは出ないみたいだね。詰まるなんて事はないし、楽に戦闘できるみたいだよ。僕らがいる階層とモンスターが異常に大きいだけ〉

そうなの？　って事はあれか。モンスターが大きいからダンジョンが大きくなったのか、その逆か、みたいな話になるのかな。なるほど、少なくとも108階のモンスターみたいに大きさで威圧してくるようなやつは出てこないって事ね。

次に目が行ったのは、壁や床。水晶みたいな壁だなって思った。もしくはガラスコートされたIH。石レンガみたいな継ぎ目が一切見当たらない壁は、ツルツルしていて僅《わず》かにほの白い。煌《きら》めく鉱石が所々埋まっているのか、松明《たいまつ》の明かりが揺れるたびキラキラしてとても綺麗《きれい》。足元も同じ素材を使われてるのか、ちょっと滑りそうだなって思った。実際ブーツの底を擦《こす》らせてみると、キュッと音がして止まる。へー、案外滑らないなぁ。

108階のおどろおどろしさが嘘《うそ》みたいに、綺麗な階層だ。

私が好奇心旺盛《おうせい》にキョロキョロしてると、不意に皆さんが力を抜いて、いつの間にか持ってた武器を下ろしてた。え、何？

私が不思議そうに見上げてるのに気付いたオリバーさんが、短剣を片付けながら苦笑した。

「この階段前のスペースでも、モンスターがいる時があるんだよ。転移した先で突然攻撃されたりするから、移動にも気が抜けないいんだ」

「ああ、そういえば！」

前に教えてもらったような気が……！　忘れてた！

肩に乗ったテクトの、呆《あき》れたため息が聞こえる。ごめんね、今度はもう覚えたから！　安全のために忘れないから！

「今日は運がいいな。戦闘跡もないし、元々いなかったんだろう」

「ルイとテクトだけで転移する時は必ず隠匿の宝玉使ってからにしなさいね？　あれは転移しても効果続くから」

「はい！」

人に見られる可能性もあるんだし、108階以外は隠蔽《いんぺい》魔法じゃなくて隠匿の宝玉使った方がよさそう。今度使ってみようね、テクト。

〈僕の隠蔽魔法の方が間違いなくルイを安全に進めさせる事ができるけど、気配が突然出てきたって怪しまれても困るしね。まあ仕方ない〉

うんうん、そうだね。ちょっと拗《す》ねてるテクト可愛《かわい》いね。って思ってたら、拗ねてないから！　とぺちぺち叩《たた》かれた。癒しだわぁ。

え、論点がずれてるって？　お昼ご飯前なのに疲労溜《た》まりすぎなので癒しが欲しいんですぅ。うん、今日絶対、昼寝長くなるわ。大体ダリルさんのせいって事にしておこう。

もう昼が近いっていう事で、徒歩での移動じゃなくて宝玉で一気に安全地帯に転移する事にした。いっぱい食べる皆さんは食事の準備も早めにしないと大変なんだよね。わかる。普段は3人分しか作らないのに、何かしらがあると親戚《しんせき》が一気に集まって、作っても作っても終わらない料理のオンパレードに苦労したよ。何事も早めにって考えて作らないと間に合わないんだよね。オードブル頼んだって足りないんだこれが……好き嫌いがあるからね。皆《みんな》が好きなものは真っ先に消えてしまうから、オードブルだけに頼るわけにはいかないんだよ……この話は忘れておこう。どっと疲労感が増す。

安全地帯に転移すると、階段前スペースの綺麗さに劣らない、綺麗な小ホールだった。うっわあ……私は何で100階に転生できなかったのか、ちょっと真面目《まじめ》に考えちゃうくらい綺麗。私の煩悩強いから108にこだわったのかな？　物欲センサーそんなところまで仕事しなくていいですよ、普通にショックだわ。

先に休んでる人はいなかったので、好きな場所に絨毯《じゅうたん》を敷く。広がった状態でアイテム袋に入れてしまえば、引っ張り出した時にそのままの状態で出てきてくれるのが大変便利で好きです。幼女の力でも簡単に準備が出来ちゃうし、いちいち片付けの手間が減るっていう、主婦の味方ってところがすごく好きだわぁ。

私が絨毯を広げた隣にルウェンさん達は鉄板を置いて、その周りをぐるりと囲むように敷布を並べた。これが皆さんがよくやる食事スタイルなんだそうな。

皆さんが私の絨毯とテーブルを使わないのは、108階とは別の階層に来たからだ。正確には、私の絨毯スペースが商売する場所、って決まったから。

ここはもう、事情を知らない人の目がある階層。他の冒険者から見たら、何で他人が商売する場所で我が物顔で飯食ってんのこいつら？　って混乱させてしまうかもしれないので、別にスペースを取る事にしたんだよね。ご飯食べてるところにポーション売って！　とか言いづらいもんね。だから私とテクトが前に使ってた敷布も、鉄板の輪に加わってる。店の準備が終わったら、そっちでご飯食べるんだー。

テーブルを出して、テクトのスケッチブックを取り出す。大きいスケッチブックは角度をつければ自立するので『ポーション・宝玉売ってます』とか書いておく事にしたんだ。そうしたら私がお隣にご飯食べに行ってても、何のスペースなのか一目瞭然《いちもくりようぜん》。気楽に食事ができていい案だと思うんだよね。今度立てかける用の看板を用意してもいいなぁ。

もちろん書くのはテクトです。字、上手だからね……くそう、私もいつか上手に書きたい。

私は安全地帯全体の埃《ほこり》や汚れを落とす事にした。まだ人が来る階層だからか、埃や汚れがちょこちょこ目立つ。１０８階の何も変わらない床は物寂しいので、こっちは生活感があっていいなぁ。食事をする場所でもあるんだし、さっさとやろう。

洗浄魔法をかけてると、今日も休ませられてるシアニスさんが興味深げに近寄ってきた。

「ルイの洗浄魔法は本当に、綺麗ですね」

「そうですか？　ありがとうございます」

「魔法をかけたところもそうなのですが、何より泡が、今まで見たどの方の魔法より澄んだ色をしているように見えます。それが光を浴びてキラキラと……誰もが使える日常的な魔法のはずなのに、一種の芸術のように見惚《みと》れてしまうんです」

ええー！　そんな褒められるような、すごいものじゃないけどなぁ。掃除なんて毎日してた事だし、洗浄魔法だとその知識と経験が生かされる上に作業効率がぐんっと上がるんだもん。疲労感もそんなにないから、楽しくて仕方がないんだよね。

だから、えー、楽しんでやってた事を褒められちゃうと、頬や頭をかきたくなってしまうんだよね。つまり照れちゃう。

テレテレしていると、シアニスさんが微笑んで頭を撫《な》でてきた。

「ふふ。一緒に洗浄してもいいですか？」

「はい！」

洗浄魔法を隣り合ってかけていると、野菜をザクザク切る音がし始める。あっちも着々と下拵《したごしら》えを進めてるんだなぁ。さっさと掃除終わらせようか。今日のお昼は何だろう。またカメレオンフィッシャーみたいな魚を食べたいな。肉も好きだけど、肉が続くと魚食べたくなるんだよね。お昼に出なかったら夜ご飯に私が作ってもいいなぁ。

〈ルイ、書き終わったよ〉

「あ、テクトありがとう」

テクトが持ってきたスケッチブックには、開いたページの両面にそれぞれ『ポーション・宝玉売ってます―妖精《ようせい》のしっぽ―』『ただいま営業中　洗浄魔法でピカピカ清潔に！』と、大きく書かれていた。これはわかりやすい。っていうか、親しみやすい？　感じ？

〈あ、わかる？　ルイの記憶からよさそうなのを引用したんだ〉

なるほど道理で見やすいわけだよ。特にピカピカの方、近所のクリーニング屋さんの看板に店名と一緒に書いてあったもん。これ採用‼

〈冷やし中華始めましたっていうのも候補にあったんだけど……あ、何人か来る〉

それある意味ネタってツッコミ入れる前に、テクトが廊下へ顔を向けた。気付けばオリバーさんも同じ方向に視線を向けてた。釣られて皆さんも廊下を注視する。

どんな人来るんだろう。ルウェンさん達以外の冒険者は、どんな人達なんだろう。お人好《ひとよ》しが多い、とは言ってたけど……

しばらくすると、鉄板で食材が焼ける音以外に話し声が聞こえてきた。高い声だ。女の人かな。


「だからぁ、アリッサが前に出すぎなのが悪いと思いますぅ」

「なーに言ってんのよ。アタシはモンスターの懐に潜ってなんぼでしょ？」

「そりゃそうだけど、ここはもう100階層なんだし、今までみたいに上手くいくとは限らないじゃない。モンスターも強くなってんのよ。さっきだってギリギリ避《よ》けられたからいいものの、危うく腕持ってかれるところだったんだからね」

「アリッサは反省した方がいいと思いまーす」

「アタシだけが悪いの⁉」

「興奮して飛び出す癖《や》を止めろって事でしょ……陣形を考え直す頃合いなのかもね……あ」

「先客がいた、か……え」

廊下から安全地帯に入ってきたのは、5人の女性だった。先頭にいた猫耳の女性が、私を見て、シアニスさんを見て、ぐるりと見回してルウェンさん達を見つけた。

その直後、信じられないとでも言いたそうな顔で、あ、あ、と母音だけ零《こぼ》したかと思うと、消えた。いや消えたように見えるくらい素早く、仲間の後ろに隠れてしまった。え、何事？

「にゃっ、に！　にゃんで、あんたら、こにょ階層にいんのよー‼」

猫耳女性が仲間の後ろから顔も覗《のぞ》かせず、やけくそ気味に叫んだ。滑舌悪い感じだけど、これ、パニくってる？　めっちゃ猫っぽい感じに噛《か》んじゃったよお姉さん。ぶわっと毛が広がるカギ尻尾《しっぽ》も隠しきれずに見えてますよお姉さん。ますます猫っぽさが増してますよお姉さん！

三毛柄かぁ。毛並みいいなぁ、触りたい……いや、親しくない人の尻尾を掴《つか》むような不作法はしないよテクト、だから睨《にら》まないで。ごめんて。

背後に隠れてしまった猫耳女性を振り返って、他の４人は呆れている様子だった。「またか」「あんたも慣れないわね」「仕方ないんじゃない……私も、もっと先行ってると思ってたし……」「びっくりしたにしてもぉ、堂々とした方が印象悪くないと思いますよぅ」と口々に囁《ささや》いてるのが、ちょうど廊下側に近かった私とシアニスさんに聞こえた。

私がシアニスさんを見上げると、微笑《ほほえ》ましい光景を見ているような、優しい表情をしてるので、ああ知り合いなんだなぁ。と一人頷く。テクト的にはどう？

〈んー……会えばお茶飲みながら話すくらいは仲がいいみたいだね。実力はルウェン達には及ばないけど、心根は悪くない。真っ当な冒険者だ。話しかけても大丈夫だよ〉

おお、テクトからOK出た。そっか、じゃあ安心して商売できるね。

シアニスさんは「彼女達は信頼できる冒険者ですよ。紹介しますね」と言って、女性達の方へ向かった。そしてにこやかに片手を上げる。

「お久しぶりです。皆さん、ご無事なようですね」

「シアニスやっほー！　いやあ、うちのが騒がしくてごめんね」

と明るく挨拶《あいさつ》を返したのは、薄茶の垂れ耳が頭からぴょこんと出てる、ポニテ女性だった。そのスポーティな体と相反したごつくて大きな籠手《こて》が、魅力的な笑顔より目を引く。殴られたらめっちゃ痛そうっていうか吹っ飛びそう。そんな彼女のお尻《しり》から、毛量の多い尻尾がふわっと覗く。獣人族の人なんだね。何の動物を基にした種族なんだろう。触りたくてうずうず……するけど触らないからね。私そこまで見境なくないからねテクト！　オリバーさんの時だって我慢出来てたでしょ！

「元気が継続するという事は、閉鎖的なダンジョン内では重要だと思いますよ」

「そうねぇ。私もそれくらい余裕のある発言したいわ」

腰のベルトに長剣を固定してる長髪の女性が深くため息をついてる。茶髪を緩くリボンで一括《ひとくく》りにしてるから、一瞬巫女《みこ》さんかと思ったよね。そんな清楚《せいそ》な見た目なのに、憂いの表情はどこか色気が漂う……大人の女って感じ！　耳は尖《とが》ってないから人族かな？

「まあ、あのバカ猫娘は放っておいて、ちょっと聞きたい事があるんだけど」

「ちょっ、今バカって言った⁉　ねえ、今バカって……もが！」

「アリッサはすこぉし黙っててくださいねぇ」

「んー‼　～～～‼」

「エリンとパオラはそのまま押さえててね」

「はいはい……」

大声を上げかけた猫耳女性の口を背後から塞《ふさ》いだのはゆっくり丁寧に喋《しゃべ》る女性で、前から両腕ごと抱きしめて押さえ込んでるのは褐色肌の物静かな女性だ。

背後の人は俗に言うとんがり帽子に黒いローブと魔法使いスタイルで、明らかに後衛なんだろうなって感じ。確か、魔法を専門に使う人にとってローブは魔力を高めるために必要なものなんだっけ？　ローブの素材やら中身やらに、色々含まれてるらしいね。シアニスさんが危険なダンジョンへ来てるのに防御力ほぼなさそうな白いローブを着てるのは、治癒魔法の効果を高めるためだって、私のファッションショーしてる時に言ってたなぁ。セラスさんも攻撃魔法使うけど、メイン武器が弓だから動きやすくないと威力がガタ落ちだから、心臓を守る胸当てと、装飾の少ない軽装備にしたんだっけ。自分に合った装備を選ぶのも大切だって話だったね。戦闘できない私には無縁だけど、ちゃんと覚えてますとも。

　褐色肌の女性は小柄だけど、かなり力持ちみたいだ。明らかに体格が勝ってる猫耳さんがその細腕から微動だにできずにいるのが、褐色さんの実力を物語ってるようで。ふんーっふんーって鼻息荒く抜け出そうとしてるんだけどね。猫耳さん諦《あきら》めた方がよさそうですよ、褐色さん全然動じてないから。

「あなた達ならもっと先の階層に行ってると思ったんだけど、何かあったの？」

「そうですね、色々事情がありまして。クリス達はダンジョンに入って何日経《た》ってます？」

「10日よ」

「ではギルドが掲示した情報をまったく知らないのですね。会えてよかった」

「シアニスさん、シアニスさん。お話って長くなりますか？　立ち話もなんですし、うちのスペース貸しますからどうぞ座ってください」

「あらまあ、それはとても助かります」

「では皆さん、あちらのじゅうたんへ、どうぞ。はき物は脱いでくださいね！」

「え、可愛《かわい》い！　シアニス、この子どうしたの？　もしかしてついにおめでっ、いだー!?」

「こんな大きな子どもがいるわけないでしょアホか」

ポニテさんが興奮した様子で私を覗き込んできたけど、瞬きしないうちに巫女さんの鉄拳《てっけん》が落ちた。ゴンッて音した。うわあ、痛そう。涙目になって頭抱えてるよ……巫女さん容赦ないね。

言いたかった事はわかるけど、大分気が早いと思いますよ、うん。

「彼女も事情に含まれてます。私達冒険者はこれからよくお世話になるんですから、仲良くした方がいいですよ」

首を傾《かし》げる皆さんに微笑み、シアニスさんは私を前に押した。

「紹介しますね。彼女はルイ、そして小さい子はテクトです」

「はじめまして、ケットシーのルイです。こっちは妖精のテクト！　ダンジョン雑貨店『妖精のしっぽ』を営《いとな》んでます！　よろしくお願いします！」

〈まあよろしく〉

元気よくお辞儀してご挨拶すると、私の肩にいたテクトが背中に回ってピッと手を上げた。と言っても私には見えないんだけどね！　くっ、今の状況を私が客観的に見たい！　絶対テクト可愛いのに！

「なるほど、ダンジョン内で商売ね。そりゃお世話になるわ」

顔を上げると、巫女さんが私の認可タグと、手首のタグを見た。ほんの少しだけ鋭かった視線が和らぐ。認可タグの効果だね。どうぞしっかり確認してくださいね、ギルド公認の商売人ですよー。

「ルイ、こちらの長剣を持った方がクリス。彼女達のまとめ役です」

「どうも。後でどんな商売してるか詳しく聞きたいわ」

「クリスに叱られた方がドロシー。犬人《シャン》の中でもふさふさの尻尾が特徴的な部族の出です」

やっぱり獣人族だったね！　それも犬の獣人……そりゃ尻尾も艶《つや》ともふもふを兼ね備えた素晴らしい毛並みなわけだよ。

「はじめましてー！　尻尾触る⁉」

「ぜひ‼」

〈こら〉

ノリノリで尻尾見せられたら、そりゃあ思わず目で追っちゃうし、頷《うなず》いちゃうよね……テクトにぺちってされたから正気に戻ったけど。

「それから、口を塞いでいる方がエリン。服装で察したかと思いますが、攻撃魔法の使い手です」

「どうもぉ」

「前から抱きしめてる方がパオラ。ご覧の通り力の強いドワーフ族で、大きなハンマーを軽々振り回します」

「……よろしく」

「押さえつけられている方がアリッサ。とても身軽な猫人《シャト》で、素早くモンスターの懐に踏み込み切り裂く先制攻撃が得意です」

「んんー‼」

「なるほどー！」

ファンタジーの定番、ドワーフ族がついに目の前に！　ドワーフって言っても、筋肉マッチョの小さなおじさんじゃないんだね。耳も丸いし、めっちゃ可愛らしい人なんだけど。

それに、犬人と猫人かぁ。こうしてまじまじと見てみると、同じ獣人族なのにディノさんは毛むくじゃらで、オリバーさんやドロシーさん、アリッサさんは獣耳と尻尾がついてるだけ、他の造形は人っぽいんだね。爪が異様に伸びてるとか、手足に肉球があるとか、鼻が伸びてるとか、そういうのはない。熊人《ウルス》は分厚い毛皮をまとってるのが普通だって言ってたし、獣人族の中でも種族によっては人寄りか獣寄りか違うのかもしれないなぁ。いやあ不思議だねぇ。

「……この状況を笑顔で紹介できるシアニスも大概だけど、それに動じず受け入れてる彼女も相当だわ」

「私達の掛け合いでかなり驚かせてしまったので、耐性がついてしまったのかもしれませんね」

「ああー。あなた達矢継ぎ早に話し始めて終わるからね。特にセラスとディノがすごい」

「私が何ですって？」

「地獄耳は呼んでないわ」

なんて掛け合いはほどほどに。

絨毯《じゅうたん》に素足で踏み入った瞬間、「やだ何この気持ちよさ」「ここダンジョンだよね？　極上の宿屋じゃないよね？」「……どう考えても足裏が天国」「もう私ここで寝たいですぅ」「いい加減離しっ……はぁああ、なにこれぇ」とそれぞれ顔をとろけさせ……あ、アリッサさんの怒りの表情さえ瞬殺だった。うちの絨毯すごすぎない？　三層にして正解だったね。

そんなこんなで落ち着いた後、セラスさんはお昼ご飯の準備に戻り、シアニスさんはクリスさん達へ真面目《まじめ》なお話を始めた。

「単刀直入に言わせていただきますと、無期限に、１０８階層の探索は禁止されました」

「108階って言ったら、100年前に怪物が出たっていう階層よね？」

「はい。そして実際いました」

「……は？」

「私達、108階の怪物に遭遇しまして、死にかけました」

「はあ⁉」

「うそぉ⁉」

「えっ、あのうわさのっ、怪物でしゅっ⁉　ああっかんじゃいました‼　いたい‼」

「マジで⁉」

「……本当に、いたの？」

エリンさんが驚きのあまり口内を噛んじゃったらしく、口を押さえて悶《もだ》えた。あれはつらい。私もご飯食べてる時にガリッとやった事何度もあるよ。めっちゃくちゃ痛いよね。ご愁傷様です。

皆さん信じられない表情だ。100年前の遠い話が急に身近になったってのもあるけど、シアニスさんが世間話をするような穏やかな声で怖い事言うから尚更だよね。笑顔で死にかけましたとか怖いから止めようねシアニスさん。

「ええ、パオラ。いましたよ。そして私達では歯が立ちませんでした」

「は？　あのシアニス達が、手も足も出なかったって事？」

「はい。むしろあれは、私達で遊んでいた……本気ではなかったと思われます」

「……シアニス生きてるよね？」

「生きてますよ」

ドロシーさんが、シアニスさんの手を取ってぎゅうっと握る。ごつい籠手を外したドロシーさんの手は女性的ながらがっしりしてて、簡単に包み込んでしまった。体温を確かめてるのか、何度も手を擦《さす》って、ほっとした顔をする。

これだけ心配されるほど、仲がいいんだ。

「つまり、何が何でも逃げなければならない相手だったのね？」

「そうです。死に物狂いで逃げなければ、生き残れない相手でした」

「そんにゃあ……」

「私達はその日のうちにギルドに報告しました。その後、ギルドマスターが『100階まで行ける実力なら、107階までは問題なく狩れる』事、『108階の探索を禁止する』ことをギルド側から情報提示し、さらにダンジョンへ長期探索に入った方々へ伝えるよう頼まれました」

シアニスさんの言葉に、クリスさんとパオラさんの目が細まった。

「ふうん……長期探索をしていて外の情報を取り入れられない、108階層に近い冒険者に釘刺《くぎさ》しろって言われたんだ……。数えるほどのパーティしかいないのに……こき使われてるね……」

「働いた分は貰《もら》いますよ。それに万が一、何も知らないまま108階に入ってしまっては、取り返しのつかないことになりますからね」

「心配はありがたいけど、そもそもの話、当分無理ね。100階のモンスターで手間取ってるんだから、無理して先に進む気はないのよ。他のパーティもね」

「ここがシアニス達に及ばない冒険者の最前線って事……そのうち、アレク達が休みに来るよ……最近ずっと同じ顔触ればっかり……」

「なるほど、情報ありがとうございます。お礼と言っては何ですが、お昼を一緒にいかがですか？」
「それは助かるわ。あなた達のご飯、美味《おい》しいのよね。こちらこそありがとう」
「ちょ、ちょっと！　待って！　さも当然みたいに流してるけど、怪物は何だったのよ⁉　どんなモンスターで、どんな攻撃手段持ってるのか教えてくれてもいいんじゃないの？」

アリッサさんの疑問に、シアニスさんはもちろん、私も答える事ができない。ダリルさんと約束したからね。グランミノタウロスと上級ポーション、それから私が１０８階で暮らしてる事は内緒にするって。

ただダリルさん曰《いわ》く、それ以外は全然話してもいいよ、だそうで。

だからシアニスさん達にとっては不愉快だと思うけど、遭遇して死にかけた事を拡散しなくちゃいけないらしい。自分達より実力者であるシアニスさん達が遊ばれたという事実そのものが抑止力になるとか。

それだけの効果が出るほど、彼らの実力が突出してるんだなぁって思うのと同時、冒険者にそれとなく脅しかけてるみたいでダリルさん容赦ないなぁとも思った。手段を選ばないところがねぇ。

事実だしその分報酬貰うし近いうちやり返す予定だから全っっ然構わないんだけどね？　とは満面の笑みのセラスさん談。いや、全然のところに力入りすぎてて、それ以上は聞けなかったよね。背筋がぞわっとしましたよ。美人の凄《すご》みは怖い。この時ばかりは牛とダリルさんに同情してしまった。たった一瞬だけどね。

だからシアニスさんは困ったように笑って、口元に指を添えた。

「申し訳ありませんが、ギルド側から秘匿するよう命じられました。私達もそうするべきだと思ったので、お教えする事ができません」

「そうよね。じゃなかったら最初から言うわよ。アリッサもぎゃあぎゃあ騒がないの」

「どうせ私達じゃまだ行けないんだし、気にしたって意味ないじゃん」

「シアニス達の立場も考えましょうよぉ……ああ痛いしみるぅ」

「〜っ！　だって、そんなの気になるのが当たり前でしょ⁉　アタシおかしい事言ってない‼」

あー、隠されたら気になるよねぇ。ほら、押すな押すなの心理よ。ダメって言われるものほどやりたくなる、隠されるものほど知りたくなる、押すなのボタンは押しちゃうのが人の心理。よーくわかります、ゲームではセーブしてから押すけどね。

ただまあ、私は黙っているようにお願いされた側だし、話してしまったら取り返しがつかないので、お口チャックさせてもらいます。

って思ってたら、アリッサさんにギッと睨《にら》みつけられた。ほあ⁉

「っていうか、あんたらはそもそも何なのよー！　ケットシーや妖精《ようせい》なんて戦闘できない奴らが護衛もつけないでダンジョンなんかうろうろするんじゃないのよ、危ないでしょーが‼　てか何でさも当たり前のようにシアニス達と一緒にいるのよ‼　ずるっ……ちが、ちがう！　あーもう、わけわっかんにゃい‼　ギルドの思惑なんて知らないってのよ！　アタシは頭よくないんだからねー‼」

「知ってるよーそんなの」

「そもそも落ち着いて話聞けないものね、あなたは」

「すみませんアリッサ。結論から言うと、１０８階は絶対に探索禁止、怪物は実際いましたけど全《ぜん》貌《ぼう》はお話しできません、ルイとテクトは私達の恩人で商売人で安全に移動できるだけの宝玉を保有しています、の3つです」

「ほらぁ、シアニスが簡潔に答えてくれましたよぉ。アリッサも怒鳴った事を謝った方がいいと思いますぅ」

「アタシが悪いの⁉」

「……騒がしくて本当、ごめんね」

パオラさんに謝られたけど、別に気にしてないんだよねぇ。睨まれたのも大きな声もびっくりしたけど、言われた事を思い出してみれば私達を心配した発言だったし。会ったばかりですぐ心配してくれるとか、お人好《ひとよ》しの一片見えてるよ。深層にいる冒険者はお人好しが多い、っていう話に信《しん》憑性《ぴょうせい》出てきたよね。

「ねーねー、ルイっていつからヘルラースで商売してるの？　私ら、このダンジョンに雑貨店あるって聞いた事なかったからさ、ちょっとびっくりしたー」

未《いま》だぷんぷんしているアリッサさんから視線を外したドロシーさんが、私ににっこり笑いかけてきた。興味の対象が私に移ったの？　え、あっちまだぷんすこしてるよ？　って思ったら、そのアリッサさん含め、他の皆さんもこっちを見てるじゃないですか。びっくりした！

「聞いた事ないのは当然ですよ。ちょうど今日、認可が下りたばかりですから」

「は、今日からぁ⁉　初日にこんな深いところで商売してんじゃないわよ！　もっと浅いところ行けば？」

「えー……いつもはもう少し深いところをうろうろしてますから、むしろ安全な方に寄ってってると言いますか……宝玉があるからどこでも一緒かなぁって」

「待って、普段は100階より下にいるって事？　ケットシーであるあなたが、小さな妖精とたった2人で？」

「ええはい、まあ……もう慣れましたねぇ」

「……何か事情があるの？」

「ルイはダンジョンで生まれて以来、仕入れ先以外の外を知らないそうですよ。ちょっとした箱入り娘ですね」

「「はあああ⁉」」

「箱入りどころかダンジョン入りじゃないのよ‼　いや自分で言っててわけわかんないわ、何よダンジョン入りって‼」

それからは怒涛《どとう》の質問攻めだった。女3人寄れば姦《かしま》しいとは言うけれど、なんたって倍以上いるのである。まるで言葉の嵐だったよね。シアニスさん達のノリに慣れてようがあれはさばききれない。無理！

聞かれた事に「はい」「いいえ」って答えるだけの人形と化しましたよ私は！　まったくもう、頼りのシアニスさんは微笑《ほほえ》ましいホームビデオを見てるかのような菩薩《ぼさつ》の笑みで、時々口挟む以外は傍観してるだけ。テクトは害なしと判断したのか巻き込まれる前に昼食準備の方に行っちゃった。ちょっと店員さん！　店主置いてくとはどういう事かな⁉　私だっていい匂いに釣られたいよ‼

結局、架空のお母さんの話や、ルウェンさん達と出会った事、たまたま持ってたポーションのお陰で命を取り留めた事、その恩を返すために私がまともに働けるようになるまでは面倒見るつもりでいる事、テクトの気配察知がすごいのと宝玉の合わせ技で深い層でも平気な事などなど、人に話せる部分をちょっとずつ話し終えて、やっと嵐は収束した。

そうそう。宝玉を常用できる上に、それでも人に売れるほど大量に持っている事実にも、めちゃくちゃ驚かれたよね。宝玉がまあまあ手に入りづらいっていうのも現実味を帯びてきたねぇ。これはポーションより売れそう。

「ふー……たくさん喋《しゃべ》って疲れちゃいましたね。今お茶淹《い》れますから、ちょっと待ってください」

「え」

お昼の準備に時間かかってるみたいだし、一息つく意味でもお茶しよ。いつものお茶道具を出して、すでに沸かしておいた鉄瓶のお湯を注ぎ入れて皆さんに配る。ウェルカムドリンク的なお茶ですどうぞ。

シアニスさんは嬉《うれ》しそうに飲んでるけど、あれ？　他の人は手を出さない。ティーカップを覗《のぞ》き込んだりシアニスさんを見たり、それからちょこちょこ私を確認したり……あれ、もしかしてほうじ茶初めて？　でもテクトの話では、ほうじ茶は一般的に出回ってるらしいし、知らないはずはないよね？　そういえば、私がお茶淹れてる時もすごく凝視されてたような……ああ、熱々のお湯を鉄瓶に入れたままアイテム袋に突っ込んでたのが珍しかったのかな？　シアニスさん達はすぐお茶が飲めていいですねって喜んでくれたんだけど……

「えっと……あ、皆さんもしかして猫舌ですか？」

「それはアリッサだけですぅ」

「え、じゃあもしかして、ほうじ茶が気に入りませんか？　煎茶《せんちゃ》とか玄米茶とか、変わり種がお好みでしたらごぼう茶とかもありますけど」

「いやほうじ茶は好きだけど……あのさー……」

「はい」

「飲みましたね有料ですよお金ください私が直々《じきじき》に淹れたんですから色つけてくださいね、とか後出ししない？」

「言いませんよ！　何ですかそれ！」

新手の詐欺かな⁉　勝手にお茶出しといてそんな事言うの怖いね⁉　え、何でそんな風に思われてるの？　皆さんがお茶に手を出さないのって詐欺予防のため？　心外なんですが！

「これはサービスですよ。私のお店に来た人には、１杯だけですがおもてなししようって元々思ってたんです！　皆さん探索でお疲れですから、一息ついてからお買い物してもらおうって考えてたのにー……」

「え、冒険者のためを思って淹れてくれてるのこれ？　本当？」

「何それいい子じゃん」

「……こんなに健気《けなげ》なケットシーが実在するなんて……奇跡かな？」

「いやそんなご大層なものじゃないです。気に入っていただければお茶も売りますよーっていう宣伝っていうか。飲んでみなきゃ好みの味かどうかわからないじゃないですか。どうせなら美味しいの買いたいし」

試食試飲って最高の販売促進行為だと思うの。この肉美味しいよ！　って口で言うより、この肉美味しいよ、シンプルに塩胡椒《しおこしょう》で焼くといいんだ、食べてみて！　って試食する方が、買う側の気持ちって変わるよね。あらこれ本当に美味しい、買おうかしら。ってなるよね。まあ私は試食イコール買っちゃうタイプのチョロい人間だったけど。

お茶の試飲って言えば、お茶屋さんの試飲コーナーはいくつかピッチャーが並んでたり、ポットと急須《きゅうす》がセットで置いてあったりして壮観なんだ。飲み比べも出来て楽しいよね。産地別の煎茶とか、何が違うか言葉に言い表せないけど違う、どっちも美味しい！　って盛り上がったり……後は夏！　夏が近づくと果物のフレーバーが香る麦茶が何種類か置いてあって、好みの味を探すためにじっくり飲み比べしたのも楽しかった。ワインのテイスティングかよ！　ってツッコミ入れられるくらい口の中で味わった思い出がじわじわと蘇《よみがえ》るね。個人的にはリンゴの麦茶が好きだった。リンゴの甘い匂いと麦茶の香ばしさが、幸せコラボっていうか。たまりませんでした。

って思考がトリップしてた。現実に戻ってこい私……って頬をぐりぐりしてたらテクトと目線が合った。バッチリである。これはテレパスされなくてもわかるわ。次の買い物でリンゴフレーバーの麦茶買うからね。水出しだからじっくり待ってね。テクトは嬉しそうに頷《うなず》いた。

おっと話の途中。

「っていうかそういう事言っちゃう時点で、素直すぎるって驚かれたり、ケットシー界隈《かいわい》で大騒ぎになったりしてない？」

「知り合いにケットシーがいないので、わからないです。その、普通のケットシーってそんなにお金にがめついんですか？　隙あらば金取ろうとか考えてたりします？」

商売大好きな種族だと聞いてたはずなんだけど……あれぇ？

不安そうな私をシアニスさんが慰めるように撫《な》で、「本当に知らないんですねぇ」とエリンさんがゆっくりとした口調で話してくれた。

「買う側としては、やっぱり嫌なところが目立っちゃいますけどぉ。世間的に嫌われてるわけじゃないですよぉ。時々やり方の汚い人がいるってだけで、そんなの他の種族だって同じですしぃ。むしろ粗悪品だけは絶対掴《つか》ませない矜持《きょうじ》がある分、お金出す価値はあるっていうかぁ」

「……まっとうな客には誠意を返してくれるよ……元々、仲間で物を交換し合うのが好きだから、それが高じて商売好きになったっていう謂《いわ》れがある種族だし……」

「商売好きだから人族と違って場所を選ばないよね。どんなに遠くて険しい道のりでも、物を買ってくれる人がいるならって田舎まで喜んで行く人だっているし」

え、それはすごい。採算度外視だよね。移動だってタダじゃないでしょ？　商売そのものが好きっていうケットシーも多いんだなぁ。

「私達、一度押しつけがましく色々買わせてくるケットシーに会っちゃった時あるのよ。だからちょっと警戒しただけ。あなたが悪いわけじゃないの、ごめんなさいね」

申し訳なさそうに目尻《めじり》を下げたクリスさんは、私が首を振ると小さく頭を下げてから、ティーカップを傾けた。こくり、ほうじ茶を飲む。口の中に残る香りをしっかり楽しんで、満足げに頷いた。

「美味《おい》しい。このほうじ茶なら買いたいわ」

「同じくー」

「私も賛成ですぅ」

「……毎日飲みたい」

「ふへへ、そうでしょうそうでしょう！　私のお気に入りのほうじ茶ですからね！」

「よかったですね、ルイ。あら？　そういえばアリッサがさっきから大人しいですが……」

ふと私の真ん前、一番遠い場所に座っているアリッサさんへ皆さんが視線を向けると、彼女は真剣な顔でほうじ茶に息を吹きかけていた。こっちの様子なんて、全然気にも留めてない。

え、もしかしてずっとほうじ茶冷ましてたの？　最初から躊躇《ためら》いなく飲む気だったって事？　やっぱり可愛《かわい》い人じゃんアリッサさん。

「ふーっ、ふーっ……ん？　あ、何よ？　熱いままじゃないと飲んじゃダメだっての？」

「いいえ、お好きな温度でどうぞ。お茶にそんなルールないです」

「アリッサのバカさ加減って私達の救いよね」

「……アリッサを見習おう、皆《みんな》」

「何も考えてないだけだと思いますぅ」

「いきなり何よ！　喧嘩《けんか》なら受けて立つけど⁉」

「好きだわー、アリッサのそういうところ好きだわー」

「はあ⁉」

お昼は鉄板を丸々使った巨大パエリアと、ポトフだった。

ディノさん曰《いわ》く獣人族の郷土料理的な炊き込みご飯らしいけど、旨味《うまみ》スープを吸って色付いたご飯や短く折られたパスタ、オーク肉、カメレオンフィッシャーの魚肉、彩り野菜が鉄板のギリギリまでたっぷり入ってるのを見ると、サイズの大きなパエリアにしか見えないんだよね。足りないのはサフランの黄色くらい。

っていうか鉄板のオールマイティーさがやばい。縁が少し反ってて美味しい汁気を一切逃さない感じがもう、エイベルさんの強いこだわりを感じます。いいなぁ。

カタログブックで魔導具鉄板を一度調べてみたんだけど、大きさや鉄板の質の違いとかはあっても、エイベルさんみたいに細部までこだわったものはなかったんだよね。今だって鉄板を皆で座って囲むために長い脚部分をたたんで、テーブルくらいの高さにしてくれてるもん。高さ調節ができるんだよ、すごくない？　食べ物焼けるテーブルだよ？　立ってても座ってても使える鉄板って無敵じゃない？　世間の方々は何でこういう商品を作ってくれないの、カタログブックは非売品は何故《な ぜ》か取り扱ってくれないんだよ。是非エイベルさんに学んで開発していただきたいわ。一般的に出回れば私も買えるんだから‼

まあ、そんな一方的な憤りはパエリアを口に含んだ時点であっさり霧散するわけでして。口内に入れた瞬間、ぶわわわっと広がる旨味のオンパレードに、幼女は悶《もだ》えるしかできないのである。

ああー、うまぁ‼　オーク肉のジューシーさがご飯とパスタに染み込んで、一緒に噛《か》めば噛むほどにじゅわじゅわ旨味がとろけ出てくる。けどそんなオーク肉に負けない存在感を出すカメレオンフィッシャーのほろほろ淡白魚肉！　後追いで野菜の甘み！　どこを食べても美味しいってずるいよ、スプーンが止まらない‼

「ルイ、おこげも美味しいわよ。まだ食べられそう？」

「はいもちろん！　食べれます！」

おこげもパリパリ歯ごたえと香ばしい匂いがたまらーん！　そう思った時には素早くテクトが鉄板からおこげ部分を取り上げていた。相変わらずの適応速度、テクトも目を輝かせておこげをモグモグしてる。うんうん、格別に美味しいよね。女性陣に挟まれた私と、男性陣に挟まれたテクトは向かい合ってるから、テクトが満足してるのがよく見えるよ。

〈ルウェン達が作る料理って美味しいし、この速度に釣られて止まらなくなるよね……ルイ、これパエリアだっけ。作れる？　また食べたい〉

ルウェンさん達と同じくらい素早く取り皿へ山のように盛り付けて、バクバク食べてるテクトから期待した視線向けられる。

テクトって、炊き立てのご飯は結構好きだよね。食パンには劣るけどって一言つけつつ、尻尾《しっぽ》めちゃくちゃ振るよね。ぶんぶん振られてる尻尾を見て、思わずにやけた。相当気に入ったんだなぁ、パエリア。

テクトが気に入ったなら作ってあげたいけど、どうだろうなぁ。パエリア自体は、何度かホットプレートで作った事あるから出来ると思う。でも今食べてるパエリアは、これだけ大きい鉄板で大量に作るからこその美味しさがぎゅうっと詰まってるわけでして。同じものは作れないだろうなぁ。

つまりテクト、美味しいパエリア食べたかったらルウェンさん達……特に鉄板料理人エイベルさんにおねだりするしかないと思います。

〈そっか……いつか催促しよう〉

その時は私も協力するよ。恥をかき捨てる全力の幼女パワーをお見せしようじゃないか。ふひひ。

その笑い方は止《や》めた方がいいってポトフ食べながらのテクトにツッコミ入れられてると、シアニスさんが私達を見て微笑《ほほえ》んだ。

「ルイもテクトも、ちゃんと食べてますね。特にテクトは、人数が増えても問題なさそうです」

「えー、すっごい食べるじゃん。小さいのによく入るね？　お腹はちきれない？」

女性陣の視線がルウェンさんとエイベルさんに挟まれたテクトに集中するけど、本人は我関せず。パエリアとポトフをぱくりごくり。

「テクトは私達に負けず劣らずの速度と底なしの容量持ってるわよ」

「あんなに食べる妖精《ようせい》初めて見た……って、あー！　エリンそれアタシが取った肉‼」

「私腕が短いから届かないんですぅ。はぁー、美味しい……」

「こんのっ……！」

「あんた達、招いてもらって行儀が悪い。止めてちょうだいよ」

「気にしないでください。むしろいつもの癖で早く食べてしまう私達が、人を招く側としてあるまじきと言いますか」

「強奪する勢いじゃないと食べたいものなくなるわよ」

そう言うセラスさんは、隣のディノさんからおこげをこっそり取って私の皿に入れてしまった。

わぁお鮮やかなお手並み。

ディノさんごめん、ちょうど余所《よそ》見《み》してたから気付かなかったんだね。おこげ美味しいからありがたくいただきます。

あ、そうだ。ポトフにおこげをちょっとだけ入れてふやかして、おこげスープにしよう。これ絶対美味しいはず！

ディノさんとセラスさんの「取った」「取ってない」の口喧嘩《くちげんか》をBGMに、おこげをスプーンで押し込んで、パエリアの旨味が溶け出たスープと一緒に掬《すく》って口の中へ。んんー！　おこげがパリもち、ポトフがさらに濃厚に……！

「ルイ、美味しそうな事をしてるね」

「オリバーさん、美味しいをかけたら、もっと美味しいにしかならないですよ！　つまり最高ですこれ！」

「そうだな、確かにそうだ！　俺もやってみよう！」

「ルウェンと同じ思考回路してんなー」

〈何それ美味しそう僕もやる〉

ルウェンさんとテクトが真似《まね》すると、他の人達も揃《そろ》っておこげをポトフに入れた。クリスさん達もいそいそと鉄板からおこげを回収してるし、口喧嘩中の2人は言い合いながらおこげを沈めてる。相変わらず器用だなぁ。

皆さんでほっこりおこげスープを味わってると、パオラさんが幸せそうに息を漏らした。

「……毎度思うけど、シアニス達って料理上手っていうか、凝ってるよね……美味しい」

「まあなー。どうせ食うなら美味《うま》いもん食いたいだろ？」

「その気持ちはすっごくわかるんだけどねぇ。探索で疲れてたり痛かったりでそれどころじゃないっていうか、何でもいいからお腹いっぱいにして休みたいって気持ちが勝るっていうか」

「これくらい手間暇かける事はなかなかないわ。それこそ、料理人かってくらいこだわるじゃない」

クリスさん達は気に入ってるお店の料理をアイテム袋に入れて持ち込む事はあるそうだけど、長期間探索するとなると5人分の料理はかなりの量になる。つまりテイクアウトは財布に大打撃となるので、食材そのものを大量に買い込む方が多いらしい。毎日ある程度は作るけど、ここまでやり込みはしないんだね。

「ご飯を節約して装備にお金回したいのでほどほどにしてますけどぉ、やっぱり自分達で作るとなると、そんなに頑張れませんよぉ」

「私達だって最初はそんなにこだわってなかったわよ。調味料も満足に揃ってなかったし、とりあえず大量に作れる料理！　みたいな感じだったわ」

「懐かしいですね」

「でもルウェンがさ」

「俺が？」

「ほら覚えてねーわ。当たり前みたいな顔しておいてこれだぜ。人をここまで担ぎ上げといて」

「元々の発端はルウェンでも、便乗したのはエイベルでしょ」

「俺じゃなくてシアニスだったろー」

すっとぼけた声だけど表情は明るいエイベルさんは、まだ首を傾《かし》げてるルウェンさんの肩を軽く叩《たた》いた。

懐かしい顔で皆さんが語ったのは、ルウェンさん達がパーティを組んでしばらくしてからの話。日々の稼ぎで悠々と生活できるようになった頃。ルウェンさんが市場で、味噌《みそ》を見つけたんだって。

故郷の味が唐突に恋しくなったルウェンさんは味噌を買って持ち帰ったものの、まともに調理を学んだのが故郷を出てからだったせいもあり、母親が作ってくれてる味噌料理を朧《おぼろ》げに覚えてるだけだった。ルウェンさん以外は初めて見る調味料だから、もちろんレシピなんて知ってるわけがなく。結局、皆さん顔を突き合わせてああでもないこうでもないと試行錯誤して、ルウェンさんの記憶を掘り起こしながら、味噌汁を作ってみたんだって。

結果は「ちょっとしょっぱいけど美味しい」とルウェンさん的には満足のいく味だったんだけども。これで火が点《つ》いたのはエイベルさんとシアニスさん。シンプルに美味しい、懐かしい！　の言葉が聞きたかった2人としては、ルウェンさんの反応は納得いかなかった。

エイベルさんは出汁《だし》の取り方やら味噌の分量を変えて色々試してみたり、シアニスさんはルウェンさんの故郷の食文化や文献を図書館で片っ端から漁《あさ》って調べたりしたんだって。毎日モンスター狩りの合間に、拠点に帰って、暇な時間を見つけては、2人は何度も試行錯誤を繰り返したらしい。どれだけ情熱注いでたかよくわかるね。

限りある味噌が底を尽きかけた頃、努力のかいあって、やっとルウェンさんの故郷の味が再現できた。味噌汁を飲んだルウェンさんが思わず涙を零《こぼ》すほどの美味しさだった。

「それは覚えてるぞ。エイベルとシアニスが俺のために頑張ってくれたんだ。あの時の嬉《うれ》しさも、味噌汁の味も、ちゃんと覚えてる」

泣いてはいなかったと思うが。と言うルウェンさん。いやたぶん、皆さんの反応を見るに泣いてたと思うよ。

〈……うん、記憶を見ても、泣いてるね〉

はい、チートな聖獣様からも証言いただきました。まあルウェンさんの事だからきっと、自分の涙より、仲間が頑張ってくれた事が何倍も嬉しくてたまらなかったんだろう。自分の怪我《けが》を忘れてシアニスさんに付き添っていたあの姿を思い出せば、なんとなく納得できる。この人は恥ずかしくて忘れてるふりをするタイプじゃない。

「俺の曖昧《あいまい》な記憶と文献で、あんなに美味しい味噌汁を作れる2人は天才だと思ったんだ」

「それ！　それだよ。その言葉に乗せられたんだよー」

「あんなに輝いた顔でべた褒めされたら、本当にそうかも？　と思ってしまいますよね。あれ以来、料理に熱中してしまいました」

「こんな小せーフライパンじゃ俺の理想は作れねー！　とか言い出して、鉄板作り始めたのもこの頃よね」

「あの時は美味い焼きそばがどうしても作りたかったんだよ！　今も使えてるんだからそれ以上は止めろ！」

「そして毎日ルウェンが美味しい！　と顔を輝かせるのを見てさらにやる気が満ち溢《あふ》れる２人……便乗してしまう俺達」

「ああー……わかる。わかります！」

私もテクトに美味《おい》しい！　って言われると、めっちゃやる気出るし、次はもっと美味しいの食べさせてあげようって気になる‼　当時のエイベルさんとシアニスさんのお気持ちがよぉおくわかってしまう‼

「こんな感じで徐々に舌を肥えさせられたせいでな……飯にこだわりを持つようになっちまったんだよ」

「恐ろしいわね料理への情熱」

「おっそろしいのはルウェンでしょ」

「それは言わないでおきましょうよぉ」

「いやー、なんて言うか……巡り巡ってそんな経緯の美味しい料理を私が食べてるんだから、人生何が起こるかわからないね！」

「ドロシー……それフォローになってない……」

「あれ⁉」


食後のまったりタイム中に、クリスさんに宝玉とほうじ茶について聞かれた。お、おおう、商売タイムだ！　店長頑張るぞ！

「宝玉は4種類1個ずつ欲しいんだけど、ほうじ茶はどれくらいの値段か聞いていい？」

「はい！　えっと、この紙袋に300g入ってるんですけど、1500ダルに運送代を足して1575ダルですね！」

茶葉は1杯3gが目安だとして、5人で300gだと、1人当たり20杯。定期購入してもらうならこれくらいの量かなーって思ったんだ。あと単純に私が数えやすい。茶葉の元値が1000円、なんの変哲もない茶色い紙袋が100円均一で数枚セット。さすがに日本語が書かれた元々の袋に入れたまま渡すわけにはいかないから、紙袋に入れ替えたんだよね。その手間賃で500弱足して、切りのいい1500に。100階は運送代5パーセントなので75ダルをプラス。うん、覚えやすい。

ちなみにルウェンさん達は私に淹《い》れてもらうのが間違いなく美味しいから今のところ買うつもりはないらしい。おかわり分から言い値で支払うって言われたけど、その値段も考えないとなぁ。

って思ってたら、クリスさんにがっしり肩を掴《つか》まれた。

「駄目よそんな安値じゃ、こんなに美味しいのに！　もっと取らないと安い茶を取扱ってる商人が怒り狂うわよ‼」

「そんなに⁉　え、量が少ないとかの話じゃなくて値段ですか⁉」

「量なんて何個も買えば一緒でしょうが！　それより単価よ、もっと取りなさいよ‼」

「でも明確な産地とか言えないっていうか、元値１０００だし！」

「元値は口に出さないの、っていうか本当に安いわね⁉　ああもう、商業ギルドの許可取った時に値段の相場聞かなかったの⁉」

「は！　色んなものの相場を書いた紙、貰《もら》ったんでした‼」

１００階に来たのが嬉しくて忘れてた‼　リュックを慌てて漁る私と心配を募らせてきたクリスさんを見て、皆さんが微笑ましくしてたとは露知らず。

「これはシアニス達が心配になるのもわかるわ。あの子純朴すぎ」

「……クリスの世話焼きが、顔を出した……シアニス達の出番取ってごめんね」

「いいですよ。たくさんの人と触れ合うのも勉強です」

「信用できる人数増やした方がいいだろうしなー」

「親身になってくれる人がいるって、まずは覚えてほしいよね」

「あー、なるほどね。お茶出してもらった時疑わなきゃよかったなぁ」

「あれくれぇで怯《ひる》むほど弱くねぇよ。今は笑ってんだろが」

「ですねぇ。アリッサのおバカさんのお陰ですぅ」

「そういえば、その問題のアリッサは？　さっきから静かだけど」

「絨毯《じゅうたん》の端っこで丸まって寝てるよ」

「吸い込まれるように絨毯に近づいて、寝転んだら一瞬だった」

「自由か」

確かすぐ出すからって思って、アイテム袋の前のスペースに入れたような気がしたんだけど……リュックの方にも宝玉入れてるから邪魔だ探しづらい！　テクト、私どっちに入れたっけ⁉

〈リュックの方に入れようとして、いや荷物に潰《つぶ》れて紙が切れると困るなって考え直してアイテム袋に入れたんだよ。ルイって本当に、興奮すると忘れっぽいよねぇ〉

呆《あき》れた様子の声なのに、優し気に微笑むテクト。いやー本当にご迷惑をおかけして……いや、ありがとうテクト！　そこらへんの諸々《もろもろ》は否定はしないし直せるように善処します‼

「あっ、ありましたよクリスさん！　ほうじ茶、は……？　あれ、こっちに全身洗浄とご飯の相場があって、んん？　違う場所にもご飯が、あ、食材の方？　あれー⁉」

「ちょっと落ち着きなさい……って何これ本当に情報が取っ散らかってるじゃないの！　誰よこれ書いたの‼」

「おそらくギルドマスターですね」

「だな」

「グロースはもっと見やすい字だったもの」

「必要なものを思いついた順に書いていきました、みたいな並びだね」

「だっ、ダリルさぁあああん‼」

ごめんねー、てへっ。と茶目っ気たっぷりに笑っていそうな初老のおじさんに向かって叫ぶ。

あなた私の字とどっこいどっこいでは⁉

番外編　帰り道より

「あ、お疲れ様です。無事、用件は終えられたんですか？」

　ダンジョンの受付にいたヴィネは、宝玉にて帰還したダリル、グロース、マルセナに気付き立ち上がった。同じ受付のフルビアとジャックも姿勢を正して向き直る。ダリルは軽く手を振って、のんびり歩いた。２人もそれに続く。

「まあね、何とか終わったよ。ああー、いいよいいよ楽にして。毎日お疲れ様だね。今は暇な時間かな？」

「もう少しすると、昼食を求める冒険者がちらほら出てくるくらいですかね。今日は新人が多かったのですぐ出てくるとは思うんですけど」

「そういえばこの前、新人研修したねぇ。そっかそっか、もうダンジョンに潜れるようになったんだねぇ。フルビア君的に新人達はどう？」

「んー、そうですねぇ。ダンジョンに入る前のやる気が帰ってくる頃になくなってなければいいなー、とは思いますよ」

　先輩であるフルビアの手厳しい言葉に、ヴィネは思わず言葉を呑《の》み込んだ。次に出す言葉を見失い、呑むしかなかったのだ。

本当は、ダリル達が何をしに行ったのか、聞き出したかった。

先日、セラス達に続くように護衛のグロースを連れてダンジョンへ入っていくのを、ちょうど受付だったヴィネは見送ってしまった。ダリルは新人がどれだけ頑張ってるか見守ったり、モンスターの分布が変わってないか調べたりするなど、ダンジョンに入る事自体はなんらおかしくはないのだが、友人を追いかけているように見えたのが、不安の種になった。

そのセラス達も、ダンジョンに入る時に「買い忘れたものがあったわ。先に行ってて」なんて言い出してディノを連れて街へ戻り、先に行ったはずのオリバーがダンジョンから戻ってきたり……何食わぬ顔で宝玉を無駄遣いするような一連の様子が、ヴィネの不安をさらに募らせる事になっていた。彼らはいつも宝玉が見つからないと嘆いていた。友人であるヴィネは愚痴を聞いていたし、覚えていた。

むくむくと成長した不安を刺激するように、今日は商業ギルドのギルドマスターまで巻き込んでダンジョンへ潜っていったのだ。ヴィネの不安は、元々あった108階の化け物の事もあって日に日に彼女の表情を曇らせている。

ダンジョン内で何が起こっているのか、それに友人達が関わっているのではないか。ヴィネが聞き出そうとするのはもっともな事だった。

だが、ダリルも先輩も、その言葉さえ出させるつもりがないらしい。頑張ってねー、と労《いたわ》りながらも帰っていったダリル達を、見送るしかできなかった。

気落ちするヴィネの肩を、フルビアが抱きしめて頬を寄せる。

「しゃーないでしょ。ギルドマスターが喋《しゃべ》る気なかったんだから、私らは話合わせるしかできないわよ。そんな気落ちしないの」

「でも……」

「どうせギルドマスターの事だから化け物がどんなものか遠くから見てみようかなーとか、グロース任せの危険な散歩楽しんでんのよ」

「じゃあ何で今日は商業ギルドの人連れてったんすか。それに、こんなに頻繁に入るのも珍しいじゃないっすかー」

１０８階の化け物が判明した日も一緒に仕事をしていた同期、ジャックが口を尖《とが》らせて不満そうな顔をした。

「そんなの私が知るわけないでしょ」

「ええー！　先輩、何も知らないのにギルドマスターの話にノリノリで返事したんすか⁉」

「今、話す気がない人に何言っても無駄でしょ。そのうち発表されるわよ。あの人、ちゃらんぽらんだけどやる事はやるし」

「そうだと、いいんですが……」

未《いま》だ晴れないヴィネの表情を見て、フルビアは肩を軽く叩《たた》いた。気合を入れたのだ。これが男なら背中に力いっぱい叩きつけている。

「そんで、ヴィネは心配したんだぞーって帰ってきたシアニス達に言えばいいのよ。友達なんだから、それくらいぶつけときなさい」

「……はい。ありがとうございます、先輩」

「いいって事よ。さー、仕事するわよ。記入漏れしたら事だかんね」

「はーい」

後日、ギルドから100階付近で公認の雑貨店が開かれた情報の提示、そしてシアニス達から直接説明を受けたヴィネの表情は、一転して明るくなるのであった。


半ば無理やり連れてきたのだから、丁寧に送り返す必要がある。マルセナを商業ギルドへ送る途中、彼女から疑問を切り出された。

「いったい彼女は何者ですか？」

会わせたい人がいる、と連れてきたのはダリルなのだから、勿論《もちろん》、聞かれるだろうと思っていた。

返す予定だった言葉を、彼は口に出す。

「ダンジョンの外に出ない世間知らずのケットシー、だね」

「それはわかります。あれは相当な箱入りの反応ですよ。宝玉を無償で渡すなど……商売人気質であるケットシーとしてはありえません」

愛嬌《あいきょう》のある顔の裏できっちり計算をこなす。商品に粗悪品は絶対にないが、値引きなどは一切しない。価値あるものを正しい値段で。商魂たくましい妖精族《ようせいぞく》とは、彼らの事を示す言葉だ。

しかしだからこそ、商売相手としては信用を持てる相手なのだが。

「彼女の言葉を信じるなら、ダンジョンの外に出た事ない、らしいしね。何も知らないんだろう」

「それにしてもほどがありますよ……何事か企《たくら》んでいるわけではないんですね？　他国の手の者……例えば、最近大陸戦争へ参戦したフォルフローゲンからのスパイという可能性は？」

「あー……」

随分と昔の、とある国の話だ。

その国に他所《よそ》から流れてきた商人が店を構えた。商人が営む雑貨店は、その名の通りたくさんの商品を取り揃えていた。生鮮食品、生活用品、文具、武器防具、魔導具まで。さらには客が頼めばどんな商品だろうと数日で取り寄せた。その店に行けばありとあらゆるものが手に入ると謳《うた》われ、大変繁盛したそうだ。国中に支店ができ、人々がこぞって訪れたという。

繁盛する陰で元々あった商店がいくつか立ち消えても、世間は平和だった。商人が作った雑貨店があったからだ。雑貨店がなければ生活がままならない、なんて冗談が飛び交った頃。

商人が、忽然《こつぜん》と姿を消したのだ。雑貨店は支店も含めてすべて、閉店の札がかけられ、もぬけの殻となっていた。

突然の事に驚いたものの、大多数の国民はそれほど深刻には考えていなかった。商人はどこに行ったのか。そもそもどこから来たのか。何者なのか。店がなくなったら少し困る。閉店するほど困窮したようには見えなかったけどな。程度の認識だった。

生活がままならない、と言ったのは本当に冗談だった。別に雑貨店がなくなっても、元々ある商店で必要なものは買える。必要なものが見つかるまで店を巡る、そんな昔に戻っただけだ。

謎の商人の話題に花を咲かせていたのは、言い知れない不安を払拭《ふっしょく》するためだったのか。本当は、深刻に考えたくなかっただけなのかもしれない。見えない恐怖を、おそらく誰もが感じていた。

真っ青になりながら農村や漁村から帰ってきた仕入れの者達が、食べ物がほとんどなくなっていたと語ると、不安は蔓延《まんえん》した。

その日の前日、各地に点在する農村の備蓄をすべて買い取っていったのは、商人の手の者だった。

農民はいつも通り売ったつもりだった。商人は毎回、農民達が生活に必要な分以外を買い取っていた。元々あった取引先がいつの間にか少なくなっても、その余剰分すべて買い取ってくれたから助かると思っていた。

国中から食料が消えた。食料だけじゃない、工房から武器や防具も消えた。魔導具も消えた。皆が口を揃えて言った。

「いつも通り、いつもの商人に売っただけだ」

消えたのは商人でも、雑貨店でもない。生活に必要なすべてだった。物資が消えた国は数日も経《た》たず隣国から攻め込まれ、瞬く間に滅んでしまったという。

その噂《うわさ》の商人が、隣国のスパイだったのでは？　というのが後の世の見解だ。だがダリルは、ルイ君はまったく関わりがないだろうなぁと思った。口には出さなかったが。

「不安になるのもわかるよ。彼女はあまりに無知だ。自分がどれだけ価値あるものを持ち得ているのか、まるでわかってない。だから善意のつもりで渡してくる」

「あれが善意、と言いきれるのですか。私はケットシーと幾度となく話してきましたが、その誰もが一筋縄ではいかない相手でした」

「その常識から外れちゃったケットシーなんじゃない？」

「……随分、彼女の肩を持つんですね。冒険者ギルドのマスターともあろう方が、いち商人に贔屓《ひいき》ですか」

「いやー、あのグロース君が、ルイ君を気に入っちゃったんだもの」

「グロースさんが？」

マルセナの眉《まゆ》がはね上がる。

グロースが鑑定スキルの手練《てだ》れだという事は憲兵組織、各ギルド上層部には周知の事実だ。そのスキルで、市民に紛れた連続殺人犯を捕まえた事件は記憶に新しい。最初は罪を認めなかった犯人も、自宅に隠していた凶器が見つかると顔面蒼白《そうはく》になり自白した。

憲兵組織に所属している鑑定士が凶器を見れば、それが誰の持ち物で、どのように使用されてきたかわかるからだ。鍛錬を積んだ鑑定士がいるからこそ、憲兵は犯人を捕まえる事ができる。遥《はる》か昔は現行犯でなければ捕まえる事が出来なかったらしいが、恐ろしい話だ。

犯人は、絶対に見つからない場所に隠したのに……と茫然《ぼうぜん》自失《じしつ》だったらしい。その隠された凶器を発見したのもグロースだった。

あまりにも的確に探し当てるので、もしや共犯なのでは？　と一時期疑われはしたが、鑑定スキルはレベルが高ければ高いほどものの本質を見破るという事実、ステータスを示す魔導板に現れた偽りようのないレベルの高さに、なるほどと誰もが納得したのだった。この世ではステータスチェッカーに出されたスキルの正当性が信頼されている。

彼の鑑定スキルはS。最高クラスの鑑定眼の持ち主だった。商売人でもなかなか辿《たど》り着けない、至高の瞳《ひとみ》だ。その目は人の悪意さえ見逃さないのだという。

「ものの本質を見抜いてしまうグロース君は、腹に色々抱えた大人には敬遠されるけど、一方で純真無垢《むく》なものに惹《ひ》かれやすい。子どもに群がられる彼を見た事がある？　彼は子ども特有の無垢さが好きなんだよ」

「……情報からすれば、彼女、50年は生きてるようですが？」

「あんなに無知じゃ子どもと同じじゃない？」

「……グロースさんが気に入ったとして、それでどうしてスパイじゃないと言い切れますか」

「グロース君、戦争嫌いだし。平穏を崩されるのが嫌でこの国に流れてきたようなものだし……そんな彼が、戦争の発端になりそうなスパイを見逃すばかりか、気に入って懐に入れると思う？」

護衛としてつかず離れずの距離でついてくる一見儚《はかな》い男を、マルセナは一瞥《いちべつ》した。

そういえば、と報告書の内容を思い出す。彼が捕まえた連続殺人犯の主な被害者は幼い子どもだったか。街中ですれ違っただけの男を、腕を捻《ひね》り上げ、問答無用で憲兵に突き出した。こんな出鱈《でたら》目《め》な逮捕劇、今までなかっただろう。

どうやら、あの可愛《かわい》らしいケットシーには出鱈目な護衛がついてしまったようだ。安全性が格段に上がる、という意味では構わないだろうが、本当に彼女がスパイだった場合はどうするつもりなのだろうか。

「まあ、何かあったら彼が責任を取るでしょ」

自分が考えていた事の返事を突然貰《もら》い、目を白黒させたマルセナは、しかし数秒後には不機嫌そうに眉根を寄せた。

この男の、悪い癖だ。時々、人の心を読んだかのような発言をする。それが大変胃をキリキリさせるのだと、意地悪な初老の男にいつか訴えたい。慰謝料請求ならこっちに分があるのだ。

だが、それより今はルイの、その周りの話だ。

「では、かの冒険者達があれほどまでに肩入れする理由は？　命を救われたとは、あなたから聞き及んでおりますが……だからといって、あそこまで口出しするものでしょうか」

「そうだねぇ。まあ確かに、過保護な感じはしたね」

冒険者は基本、貰ったものと同じ価値のものを返して、後腐れなく別れるものだ。根無し草で命の危機が常に隣り合わせな冒険者は、返せる当てがないものは貰わない。貰ったまま逃げるような輩《やから》もいるが、ルウェン達はまっとうな冒険者だ。契約式具に登録された情報にも、逮捕歴はない。短くはない付き合いの中、ギルドの情報を確認しなくても、それくらいは知っている。特に借りを作るのが嫌いなエイベルとセラスの事も、ダリルはもちろん知っている。

そんな彼らが、しばらくルイを見守ると言った。さらには魔法を教えたりと、通う予定も立てていた。かなり驚きはしたが、ダリルは何も言わなかった。

どうせグランミノタウロスを倒すために、ダンジョンに潜って稼ぐ事はわかっているのだ。その間、彼らが何かしていてもダリルの管轄外。冒険者は自由なのだから。ギルド職員が口を挟む問題ではない。

「その理由を、あなたはご存知《ぞんじ》ないのですね」

「んー、まあ聞いてないからね。でもまあ、彼らが何か隠してるのはわかるよ。ほら、ルウェン君って隠し事できないタイプでしょ？　何かあると彼の言葉を止めてるの、バレバレなんだよねぇ。彼らの涙ぐましい努力のお陰で、核心的な発言は聞けてないんだけどさ」

「ルウェンさんは無理でも他の方々なら可能でしょう。ルイさんが何も知らないのをいい事に、悪用する事だって……」

「そのルウェン君がよしとしないなら、やらないよ。彼らはそういうチームだからね」

あまり付き合いのないマルセナは知らないだろうが、全員が真正直で誠実なルウェンに恩義を感じて集まったチームだ。彼が悪行を許さない限り、最悪はありえないだろう。ひねくれて本音を言わない彼らだが、それだけの信頼はある。

つまり、彼らが隠しているのはルイの善意を利用する事ではなく、ルイ自身の秘密に関わる事だ。個人の秘密なら絶対に口を割らないだろうなぁ……と、ダリルは隣で眉根を寄せて考え中のマルセナに微笑《ほほえ》む。

「まあ、マルセナ君が色々納得できないのもわかるよ。ルウェン君達の対応もそうだけど、ルイ君が持つ雰囲気はあまりに平穏すぎるからね」

「……まあ、そうですね。冒険者の事はあなたの方が詳しいでしょう。あなたが問題ないと言うなら、商業ギルドとしては何も言う事がありません。確かにルイさんはおかしいです。ダンジョンの中で育ってあれでは、違和感を持つなという方がおかしい……ダリルさんは、何故《なぜ》認可タグを発行したのですか」

「ルイ君が『誰かの役に立ちたい』って言うからだよ」

あんなに真っ直《す》ぐに、目を逸《そ》らす事なく、認められるか不安な顔して……まるで孫が勇気を振り絞って相談してきたかのような姿で。

「老人としてはね、若者のやる気を削ぐのはよくないと思うんだよねぇ。冒険者が安全に深い階層に潜れるならそれに越した事はないし」

「それが本音でしょうに……はあ」

「ん？」

「商業ギルドとの契約を認めたのは私です。ラースフィッタ支部を任された私が、この目で見て、構わないと判断したのです。今更文句を言うのは筋違いでしょう。お耳汚し、大変失礼しました」

「いやいや、僕も結構言っちゃったし、お互い様って事で」

そう言うダリルを鋭い視線で射貫《いぬ》き、しかし微笑み返されては次に何も言う気になれず。マルセナはまったく手応えのない壁を殴っている気分にさせられた。

「ルイ君の優しさを悪用する者はいるだろう。特に、なかなか下へ潜れずくすぶってる冒険者達はね。だから彼女には下層でとどまってもらうよ。100階付近の子達なら問題ないでしょ」

悪感情を抱く者を感じとるという小さな妖精の、その精度がどれほどのものかは知らないけれど。全幅の信頼を預かって胸を張る、うさぎともリスともわからない妖精の姿を思い出す。

「……そうですか。私としてはこれ以上言うつもりはありません。が、いつか突《つつ》かれますよ」

「それまでにちゃんと危機感のわかる保護者が傍《そば》に出来るといいねぇ」

あとがき

お久しぶりです、こんにちは。時潟と申します。

本作はネット小説サイトにて掲載していたものを改稿したものになります。今作は幼女と家、ダンディとオフィスレディ、新たなる保護者と早食い大食いな人達を詰め込んだお話となりましたが、いかがだったでしょうか。


さて、今作でウェブ及び1巻のサブタイトルを回収する事が出来ました。胸を張って言いましょう、お店開けたからタイトル詐欺ではありません！　元々はルイが「これから開きたいな」と思っている、というニュアンスでつけたものだったので、騙《だま》すつもりはなかったのですが……2巻で有言実行できてよかったです！

また今作は料理の描写が比較的少なく、ありがたい事に私は肥える事なく原稿作業を終えました。現状維持です。時期的に鍋《なべ》が食べづらかったのもありますが、誘惑が多くない、というのは重要ですね。

作者の呟《つぶや》きはここまでにして、恒例にできたらいいなと思っている登場人物のこぼれ話を一つ二つ三つ。

前作では番外編のみの登場だったダリル。今回、意地悪を爆発させていましたね。名前の由来は「愛《いと》しい人」。小憎たらしいおじさんですが、なんか憎めない。隣人として愛すべき人、という人物像からつけました。補足ですが愛妻がいます。あんなダンディを世の女性が放っておくわけがなかった。

同じく番外編でチラッと出ただけだったのが大躍進、まさかの種族バレをしたグロースは、英語で「成長、発展」という意味を持っています。ルイの心に端的ながら大きな一石を投じ、幼女と聖獣の仲を進展させるきっかけの男。そういう意味でつけました。

初登場のマルセナさん。大変胃の痛い思いをさせて申し訳なかったです。彼女は「交戦」という意味を持つマルティナを、ルイが言いやすいようにアレンジしました。言いづらい「ィ」はディノだけで十分です。ダリルと舌戦を交わす人（敵対意識はない）という宿命を持った彼女の奮闘を、是非とも温かい目で見守ってください。

他の主要人物達はまたいつか、機会がありましたら。


最後になりましたが、この度は本作を手に取っていただき、ありがとうございます。読んでいただいた方がちょっとでもクスッとしたり、腹の虫が鳴ったりしたら、作者としては幸いです。またこの場を借りて書籍化に関わったすべての皆様へ、お礼申し上げます。たくさんの人の手によって1巻のみならず、2巻まで世に出る事となりました。光栄の至り。

それではまた、会える事を願って。

時潟

カドカワBOOKS

聖獣《せいじゅう》と一緒《いつしよ》！2
～ダンジョン内《ない》で冒険者《ぼうけんしやむ》向け雑貨店《ざつかてん》はじめます～

2020年7月10日　初版発行

著者／時潟《ときがた》

発行者／青柳昌行

発行／株式会社KADOKAWA

〒102-8177
東京都千代田区富士見2-13-3
電話／0570-002-301（ナビダイヤル）

編集／角川ビーンズ文庫編集部

印刷所／大日本印刷

製本所／大日本印刷

Printed in Japan
ISBN 978-4-04-109263-7 C0093

新文芸宣言

かつて「知」と「美」は特権階級の所有物でした。

15世紀、グーテンベルクが発明した活版印刷技術は、特権階級から「知」と「美」を解放し、ルネサンスや宗教改革を導きました。市民革命や産業革命も、大衆に「知」と「美」が広まらなければ起こりえませんでした。人間は、本を読むことにより、自由と平等を獲得していったのです。

21世紀、インターネット技術により、第二の「知」と「美」の解放が起こりました。一部の選ばれた才能を持つ者だけが文章や絵、映像を発表できる時代は終わり、誰もがネット上で自己表現を出来る時代がやってきました。

UGC（ユーザージェネレイテッドコンテンツ）の波は、今世界を席巻しています。UGCから生まれた小説は、一般大衆からの批評を取り込みながら内容を充実させて行きます。受け手と送り手の情報の交換によって、UGCは量的な評価を獲得し、爆発的にその数を増やしているのです。

こうしたUGCから生まれた小説群を、私たちは「新文芸」と名付けました。

新文芸は、インターネットによる新しい「知」と「美」の形です。

2015年10月10日

井上伸一郎

シリーズ好評発売中!!!!
フラれるだけの職業《せってい》なんて
絶対に変えてみせます!!
FLOS COMICにて
コミカライズ連載中!!!
漫画：加々見絵里
勇者様の幼馴染という職業《せってい》の
負けヒロインに転生したので、
調合師にジョブチェンジします。